藥堂營業中 2

朝夕池 著

目錄

第二十章

等商會的事項都敲定好，天色已經是濃稠到化不開的黑色，今夜無星無月。

眾人互相告別，各自回家去。

拒絕了錢掌櫃送她回家的提議，瀟箬提起一盞燈籠，替小院落鎖後，獨自一人往自家走去。

她身有異能，天生又是個膽子大的，根本不怕一人走夜路。若真的遇上歹人，一把火燒過去，只怕到時候哭的是那個歹人才對。

沒走幾步就看到巷子口有個人影也提著燈籠，靠在院牆上。

燈籠被那人拿得很低，只照出一小圈圓形的黃色光圈，那人好似等得有些無聊，晃著燈籠桿，連帶著地上那光圈也一跳一跳的蹦躂。

瀟箬身形纖瘦、腳步輕盈，行走在黑夜裡像一隻貓兒一樣毫無聲息，那人卻好似聽到了她的腳步聲，將燈籠抬高，朝她的方向喊了一聲。「箬箬。」

是林荀。

瀟箬加快腳步走過去，笑著喊他。「阿荀，你怎麼知道我在這裡？」

林荀之前跟著江平去湘西護鏢，出發前只說會在年前趕回來，沒想到現在離過年還有小半個月，他已經回來了。

「聽鄭老說妳來貓兒巷，具體哪間不知道，我就在巷口等妳了。」林荀也不由跟著咧嘴笑，他很容易被瀟箬帶起情緒，她笑，他每次就忍不住也跟著笑。

十二月的夜晚寒氣逼人，兩人說話都能看到呼出的白氣。

瀟箬穿著內裡絮棉的鹿皮襖，外面還加了防風大氅，並不覺得冷，可林荀只穿著相對厚實的袷衣，暴露在空氣中的手凍得通紅，讓她看著都替小狗打哆嗦。

「別站著了，咱們快回家吧！」她把燈籠桿換到另一邊，騰出的右手握住林荀的左手。

凍得有點僵硬的手被握住，林荀能感覺到皮膚接觸的地方傳來陣陣暖意。

瀟箬的手小小的，軟軟的，在兩個燈籠的亮光間展露著白皙的顏色，像一塊精雕細琢、溫潤的羊脂玉，讓他幾乎挪不開雙眼。

「傻小狗，看哪兒呢，看路！」瀟箬笑罵道。

半年的朝夕相處，瀟箬也不傻，她能看出林荀的心思。

只是在她的心裡，林荀只是個十六、七歲的孩子，而自己內在卻已經是二十幾歲的成年女性，她實在沒辦法說服自己老牛吃嫩草啊！而且這草也太水靈了吧，還沒長大呢。

沒準兒等林荀恢復記憶，見過更廣闊的世界，認識更多溫婉的、可愛的、形形色色的女子後，他會遇見更適合的人。

現在，就讓自己扮演好姊姊的角色，陪著小狗慢慢長大吧。

兩人腦中各想各的，兩盞燈籠照著眼前的路，護著他們在冬夜中慢慢往家裡走去。

貓兒巷距離他們的家不算遠，不一會兒他們就看到家裡的燈火透過開著的院門，灑在房屋前的路上。

院口探出個小腦袋瓜，紮著兩個圓圓的小髮髻，滴溜溜的大眼睛一下子就發現了遠處的兩點光亮。

「阿姊！阿荀哥哥！你們回——」

話音還沒落，突然從黑暗裡伸出一雙手，把她拽向黑暗中，只留下含糊的嗚嗚聲，是瀟嫋被捂住嘴巴努力掙扎發出的聲響。

熟悉的童音突然中斷，林荀敏銳地意識到不好，他只來得及拋下一句「箬箬小心」，就似離弦的箭向聲音消失的方向飛奔而去。

濃稠的夜色成為最好的掩護，燈籠在快速的奔跑中已經起不了什麼作用了，林荀乾脆扔掉燈籠，只靠耳力來分辨他們的位置。

那人顯然早有預謀，身上穿的是和夜色融為一體的夜行衣，穿行在無星無月的夜晚，幾乎找不到一絲痕跡。

幸好瀟嫋不是，小丫頭愛漂亮，今天穿著一身嫩綠色的小襖，在偶爾別家窗戶洩漏出的微弱燭光下，時隱時現，好似一團微弱的螢火蟲。

靠著這團朦朧的綠，林荀緊緊跟在賊人的身後，並且逐漸縮短距離，到欽州護牆邊的時候他們不過相距幾十尺。

懷裡抱著不斷掙扎的瀟嫋，黑衣人顯然體力不支，眼看無法躲過身後人的追擊，他眼中寒光一閃，從腰間抽出一條細鞭就向林荀抽去。

細鞭在空中展開，足足有一丈長，鞭子的末梢閃著銀白色的光，竟是鑲嵌了鋒利的倒鈎，若是挨上一記，只怕要被扯下一大塊皮肉來。

林荀彎腰朝左邊一滾，躲過這要命的一鞭，他隨即抽出隨身的短劍，壓低重心蓄力，在賊人甩手收鞭的同時向他衝去。

短劍與鞭子在虛空中有一瞬間的撞擊，甩鞭子的那人只覺虎口一麻，鞭子脫手而出，在空中甩出一條短短的拋物線後，頹然落地。

鞭子落地時林荀已經衝到黑衣人面前，別無選擇之下，黑衣人只能把懷裡的瀟嫋用力往林荀相反的方向扔了出去。

瀟嫋小小的身子猶如斷線的風箏，眼看就要落地，林荀硬生生用右腳撐住地面，停住自己衝向賊人的慣性，反身撲向瀟嫋，終於在最後一刻把自己當成肉墊，將她小小的身子護在懷裡。

黑衣人怪笑一聲，右手從身後又抽出一條八寸短馬鞭，啪的一聲狠狠抽在來不及起身的林荀小腿上，同時左手去拉他懷中的瀟嫋，竟還不死心地想帶瀟嫋走。

就在此時，一團鮮紅的火光憑空出現，吞噬了黑衣人伸向瀟嫋的左手。

瀟箬氣喘吁吁地趕來，她沒有內家功夫，跟不上林荀和黑衣人的速度，只能朝著他們前行的大概方向奔跑。

她不知跑了多久，視線裡終於出現了兩個模糊的人影。一個看起來體型較大的人影蜷縮在地上，似乎在護著懷裡的什麼東西，另一個人影抽出鞭子狀的武器正在攻擊地上的人影。

她立刻就判斷出地上的是林荀和瀟嫋，來不及思考，她伸出右掌朝黑衣人的方向虛空一握，高溫火焰溫順地隨她的心意吞噬了黑衣人。

「啊——」黑衣人發出淒厲的慘叫聲，短馬鞭落地，他慌亂的用右手去拍打左手，想要撲滅這莫名出現的火焰。

但是任憑他撲打、倒地翻滾、上竄下跳，火焰絲毫沒有減弱的跡象，只給他帶來更加劇烈的疼痛。

「阿荀！嫋嫋！你們沒事吧?!」瀟箬無視旁邊在火焰裡翻滾叫號的黑衣人，匆匆去察看蜷縮在地上的兩人。

瀟嫋聽到熟悉的聲音，從林荀的懷裡抬起頭，看見是自家長姊，眼淚像決堤的河水奔湧而出。她的嘴巴被布條牢牢搗住，只能發出悶悶的嗚咽聲。

瀟箬趕緊解開小丫頭嘴巴上的布條，布條是黑衣人逃跑中匆忙綁上的，勒得很用力，解開後瀟嫋的小臉蛋上都有了深紅色的痕跡。

「哇嗚嗚……阿姊……嗚嗚嗚……阿姊……」瀟嫋撲進長姊的懷裡，哭得一抽一抽的，她嚇壞了。

瀟箬輕輕拍著她的後背，發出像哄嬰兒一樣有節奏的「哦哦」聲。

隨即她發現不對勁，林荀依然蜷縮在地上。

「阿荀？阿荀！」瀟箬跪坐在林荀旁邊，一隻手摟著瀟嫋，另一手觸碰地上的林荀。

她感覺到手下的身體在微微顫抖，瀟箬一驚，提高了嗓音又喊道：「阿荀！阿荀你怎麼了？你受傷了嗎？」

依舊沒有回應。

此時的林荀根本聽不清任何聲音，從短馬鞭抽到他身上開始，他的腦子裡就像是有人在不停的放炮仗，砰砰砰的炸裂聲還帶著紛亂的畫面。

他感覺自己變成了瀟昭那般大小的孩童，在高高的馬背上，有人在旁邊鼓勵他不要怕，好男兒應該縱馬飛馳，於是小小的他舉起手上的馬鞭，狠狠抽打在馬屁股上。

砰的一聲，場景又變成了黑暗的小房間，高大的黑影在對他咒罵，罵了什麼聽不清，可能他默不作聲的樣子激怒了黑影，黑影舉起手，啪的一聲又是一鞭子抽在他身上，帶來一陣火辣辣的疼痛。

被鞭打的疼痛未消，場景變成了草木茂盛的山林，他飛奔穿梭在樹叢裡，尖銳的荊棘劃破他的皮膚，稜角分明的石塊撞擊他的腳踝，但是他不敢停下，他拚命地奔跑著，好像身後有可怕的猛虎在追他……

「何人在此吵鬧！」威嚴凌厲的聲音傳來，是欽州官府的夜巡衙役。

近期欽州不太平，連續有好幾戶人家擊鼓鳴冤，哭訴家中小兒被拐被搶，欽州刺史特命下屬衙役日夜巡查，全力緝拿人牙子。

「大人！」瀟箬見有官差到，趕緊指著地上奄奄一息的賊人道：「這個人牙子想搶走我家幼妹，我們追尋至此，和賊人發生了衝突！」

她一手摟著瀟嫋，一手撫著蜷縮在地的林荀，懇求道：「我家兒郎因此受傷，現在不知傷情如何，還請大人幫忙，把我們送到最近的醫館救治。」

來的兩個衙役舉高手中的火把，看清說話的是位柔弱美麗的女子，懷裡的女娃娃滿臉淚痕還打著哭嗝，地上蜷縮的男子面色蒼白，雙手緊緊抱住頭部。

再反觀另一個躺在地上的人，雖然左手彷彿被火烤了一樣黑，看起來奄奄一息，但是他身穿夜行衣，臉上還蒙著黑布巾，怎麼看都是形跡可疑的那一方。

當下衙役就做出判斷，兩人對視一眼，默契地分開行動。

其中一人過去攙扶起瀟箬，溫和道：「姑娘放心，我們這就送妳家兒郎去就醫。」說罷蹲下身把林荀的雙手往自己脖子上一環，一使巧勁就將人揹在身後。

另一個衙役走向躺在地上時不時抽搐一下的黑衣人，一腳踢在他的腿上道：「起來，別裝死！跟我們去衙門受審！」

見黑衣人依舊軟著身子抽搐，他才一把拽起黑衣人的胳膊，半拖半架地把黑衣人押解起來。

兵分兩路，黑衣人被帶去衙門地牢關押起來，等著明日欽州刺史親自審訊。而瀟箬一行人則是來到了最近的久信醫館。

聽到拍門聲時，丁掌櫃正要吹熄蠟燭就寢。

他今日當選了欽州醫藥商會主事，心中喜孜孜地想在夢裡稟告自己故去的老師父，好讓他知道他的徒兒沒有墜了師門名頭，久信醫館馬上就要發揚光大了。

「誰啊？今日已經打烊了，有事明日再來吧！」他朝外喊道。

「開門！我是欽州府衙的衙役金輝，有要事需要你協助。」

一聽是官家人，丁掌櫃趕緊舉著蠟燭一路小跑來打開門。

看清門外的來人，丁掌櫃不由吃了一驚。「瀟姑娘，妳怎麼在這兒？」

「丁掌櫃，說來話長，我以後再跟你說，你先看看他怎麼了，是不是受了內傷？」

瀟箬幫著衙役把林荀放在診凳上坐著，她另一隻手還牽著瀟嫋，沒法攙扶著林荀，只能自己也挨著診凳半蹲著，讓林荀的頭靠在自己肩膀上。

林荀此時已經不再顫抖，只是臉色依舊蒼白，額頭滿是汗水。

丁掌櫃伸出二指探著林荀的脈門，閉眼感受一會兒後說道：「這位少俠脈象平和，只偶有洪脈之狀，並無內傷。」

「他剛才渾身顫抖，呈蜷曲狀，雙手護頭，是不是傷到了頭部？」瀟箬不敢大意，將剛才觀察到的症狀一一細說給丁掌櫃。

丁掌櫃沈吟片刻，又去觸摸林荀的後腦勺、天靈頂及太陽穴。

無出血，無淤青，無硬塊。

「他此前是否頭部受過傷？」丁掌櫃問道。

「是的，大約半年前，他曾經受傷失憶，至今沒有恢復記憶。」

「那就對了！」丁掌櫃一撫掌，下了判定。「我看他眼皮下眼球左右移動，有快速運轉的現象，他的頭部沒有外傷。若是先前曾失憶，老夫以為，他很可能是在恢復記憶中！」

「那他現在還未清醒是因為……」

「無礙，妳讓他好好休息，睡一覺，沒準兒明天醒來他就想起來了。」

丁掌櫃這樣說，瀟箬才鬆了口氣。

既然無事，瀟箬便向丁掌櫃道了謝，打算先回家去。

衙役金輝見瀟箬瘦瘦弱弱，還有個不安得必須要抱著的小娃娃在，主動說要把林荀揹回去。

「那就麻煩金大哥了。」瀟箬微微屈膝，向他行個禮。她也不想麻煩別人，但是此刻若是沒有金輝相助，她確實沒辦法同時帶著瀟嫋、林荀一同回家。

「哎，這有什麻煩的，我還要謝謝妳今晚幫我們抓到人牙子呢，不然我們兄弟們不知道還要巡查多少日夜。」金輝豪爽地笑道。

他為了抓人牙子都好幾天沒回家，再不回去，他兩歲的兒子都要認不出他這個爹了。

踏著冬夜寒風，幾人終於到了瀟家，金輝好人做到底，乾脆把林荀揹到房間裡的床上再放下，省得這個家裡的老人、小孩還要想辦法把林荀給弄上床去。

瀟箬感激地把金輝送到院外，要不是天色晚了，這世界又分外講究男女有別，她都想請這個熱心的衙役大哥喝杯熱茶再走。

「姑娘別送了。」金輝揚揚手，示意瀟箬趕緊回去。「明日還要煩勞姑娘上衙門一趟，大人審人牙子時可能需要問妳一些話。」

「這是自然，明日若是我家兒郎醒了，我們會一同前去。」

目送金輝消失在夜色中，瀟箬才呼出一口氣，轉身關緊院門進屋。

整整一晚，瀟箬都守在林荀床前。

雖然丁掌櫃說林荀並無大礙，但是他昏睡中緊皺的眉頭，痛苦的神情，以及滿額頭的冷汗，都讓瀟箬無法讓他一個人待著。

雄雞三啼曉，瀟箬才迷迷糊糊地睜開眼，她昨晚不知何時睡著了。

剛醒來腦子裡還是混沌一片，她忍不住把腦袋往枕頭深處埋，嚶嚀一聲，冬日的被窩實在太舒服了，讓人壓根兒不想動彈。

在被窩裡蠕動來、蠕動去像隻被蠶繭包裹的蠶寶寶，瀟箬瞇著眼睛發出舒服的喟嘆聲，賴床什麼的果然是冬天最快樂的事情。

「噗哧。」一旁邊傳來一聲輕微的笑。

瀟箬猛然驚住，像是被按了暫停鍵一般不再蠕動，腦子也開始恢復清明。

她昨晚不是在陪床嗎？不是在看護病患嗎？現在怎麼會躺在被窩裡？

從被窩裡露出眼睛一瞄，這窗櫺，這屋頂，林荀的房間！

那她豈不是躺在林荀的床上？她剛才是在林荀的被窩裡像隻傻蟲子滾來滾去？

瀟箬彷彿被雷劈了一樣呆住不動了，內心開始一萬隻草泥馬奔騰而過，她都能聽到自己的姊姊光環啪嚓一聲碎了一地……

「醒了？要不要再睡一會兒？」林荀的聲音從床邊傳來。「我做了雞絲粥，在灶上溫著，妳想睡會兒再吃也不會冷的。」

哀怨地從床上坐起來，瀟箬實在做不到在林荀眼皮子底下睡回籠覺。

她在被窩裡翻滾過的衣服皺皺巴巴的堆在身上，髮髻也鬆散開來，腦袋上還翹起一根呆毛。

「你什麼時候起來的？」她假裝不在意地問道。

「寅時三刻左右醒的，我看妳趴在床邊睡著了。」林荀盯著她那根呆毛看，手感覺癢癢的。「外面冷，我怕送妳回房間會凍著妳，就讓妳直接在這裡睡了。」

男女有別，沒有成婚，不能睡同一張床榻的。

「反正我也睡不著了，起來給大家弄了些早飯。」林荀又補充解釋道。
他沒忍住，還是伸手去壓了壓那根呆毛。
倔強的呆毛被壓扁了一瞬，立刻又彈回原狀。
瀟箬推開在自己頭頂作亂的手，撓了撓頭，起身下床。
「嫋嫋呢？你早上看過小丫頭的狀況嗎？」她昨晚回來後忙著照顧林荀，只能把瀟嫋交給兩個老人安撫，也不知道現在怎麼樣了。
林荀看她只穿著襪子就下榻，眉頭微皺，上前一把將瀟箬從腋下提起，幾步把她放在凳子上讓她坐好。
他現在身量比瀟箬高很多，提抱她就像提起一隻貓兒一樣輕鬆。
「我去廚房之前就看過嫋嫋了，她昨晚和昭昭一起睡，兩個娃娃抱成一團。昭昭懂事，會安撫好嫋嫋的，妳別擔心。」
他拿過瀟箬的鞋子，一隻手握住她纖細的腳踝，幫她把鞋子穿好。
瀟箬有點不好意思，上次別人幫她穿鞋，還是她三、四歲的時候。
她忍不住輕輕踢了踢，說道：「小狗，放開，我自己穿。」
「別動，很快就好了。」林荀動作麻利地幫她兩只鞋子都穿好，還左右端詳了一下確定不會掉下來。
待林荀雙手一離開自己的腳踝，瀟箬就立刻站起來跺了跺腳，雙眼亂飄地說道：「走吧，吃飯去吧，我都餓死了。」

說罷也不等林荀反應，她就一陣風似地小跑出了林荀房間，腦後傳來林荀憋笑的氣音也不敢回頭看。

跑到院子裡呼吸到清晨清涼提神的空氣，瀟箬才放緩腳步，她伸出在被窩裡烘得暖和的雙手拍了拍自己的臉頰，臉上的熱度竟然比手還要高。

「該死，妳在臉紅什麼勁啊瀟箬！」她忍不住暗暗唾棄自己。「阿荀還是個孩子呢！」深呼吸幾次平復下怦怦亂跳的小心臟，她這才冷靜下來，逐一去敲家裡的房門，把一家老小都喊起來吃早飯。

瀟嫋端著小飯碗坐在桌邊，平時靈動的大眼睛垂著，盯著自己的飯默默地吃，她還沒緩過神來。

昨晚她害怕想找長姊一起睡，結果長姊要照顧昏迷的阿荀哥哥，她只能和瀟昭抱著睡。還好弟弟一直拍著她的後背，讓她感覺好像爹娘在身邊一樣，後來哭累了，不知不覺就睡著了。

瀟箬擔心地看著枯萎了似的妹妹，說道：「嫋嫋嚇壞了，老爺子晚點給她熬點安神湯，喝完再睡會兒，等會兒衙門她就不必去了。」

「啊？還要去衙門啊？」岑老頭心疼道。

昨晚三個人和衙役一起狼狽歸來，可讓他擔心死了，小的哭得直抽抽噎噎，大的昏迷不醒，就瀟筈還算全鬚全尾。真是造孽。

「我和阿荀去就行了，總要去和官家說清情況的，更何況那搶人的賊人還在牢裡關著，我得去把他罪名坐實了，省得他再出來禍害娃娃。」瀟筈解釋道。

岑老頭點了點頭，確實要讓那些人牙子得到該有的審判，上次誘拐不成這次就強搶，若是讓他放出來，還不知道有多少娃娃要被擄走。

吃完飯一起收拾好碗筷，瀟筈和林荀就出發去欽州衙門。

臨出門前瀟筈還特地叮囑今日瀟昭不必去上學，夫子那邊她會去告假，今天瀟昭就在家好好陪著瀟嫋，見瀟昭點著小腦袋答應，二人這才放心出門。

第二十一章

二人行至府衙，就看到金輝正巧在門口。

「姑娘可來了，我們大人卯時就開始審那人牙子，這會兒估計問得差不多了，妳進去說說昨晚情況就行。」金輝道。

瀟箬、林荀向金輝行了一禮表示知曉，便跟著他進了府衙。

這人牙子誘拐和搶奪孩童，已是板上釘釘的大罪，所以欽州刺史曾永波是直接在牢裡審的罪犯。

牢房的門很窄，窗戶也只達到正常身高的腰部，看起來壓迫感十足，牆上掛著的各種刑具，閃著寒光威懾著人犯。

金輝領著二人進入牢房後，向正中高坐的人彎腰拱手道：「大人，苦主帶到。」

「苦主上前來。」曾永波道。

兩人依言走近，向刺史行禮。

「小人瀟箬，見過大人。」

「小人林荀，見過大人。」

行完禮，報完姓名，卻久久沒聽到大人喊免禮，瀟箬不禁偷眼去瞧這個欽州刺史。

欽州刺史曾永波大約四十多歲的年紀，丹鳳眼，臥蠶眉，相貌端正威嚴，一看就是個正派之人。他平日治下嚴明，不多結交鄉紳富戶，是百姓交口稱贊的好官。

這位不怒自威的大人臉上此時卻是驚愕之色，盯著他們發起呆來。

「大人？」金輝也察覺氣氛不對，試探地提醒自家大人。

這聲提醒像是把曾永波的魂給喊回來了，他猛地一震後輕咳幾聲道：「本官失態了，這位小哥面容熟悉，似曾相識，一時想出神了。」

聽刺史這麼說，瀟箬也扭頭看向林荀。

劍眉星目，鼻梁高挺，下頜線清晰，還是她熟悉的英俊面龐。

「大人認識他？」

「我不曾見過大人。」

兩人同時說道。

聽身邊人這麼說，瀟箬忍不住又看向林荀。

但林荀肅立如松柏，平靜地和曾永波對視，並沒有看她，只隔著衣袖捏了捏她的手心。

「啊，哦，是否曾見過，本官一時也想不起來。許是少俠風骨，讓本官覺得熟悉吧哈哈哈！」曾永波點頭笑道。

這少年不卑不亢，敢直視當朝刺史毫無懼色，他很是欣賞。

「你們來認一認下面跪著的，可是昨晚搶奪妳家幼童的賊人？」曾永波一指幾步外跪在地上，臉貼著地面，不敢抬頭的人問道。

瀟箬幾秒鐘內腦子裡思考了很多，她想到昨晚丁掌櫃說的林荀可能會恢復記憶，難道阿荀已經想起什麼了？

曾刺史若真的認識阿荀，那他又為什麼不認呢？阿荀捏她手是什麼意思，讓她不要現在問嗎？

或者他認為和曾刺史相認會有風險，才不想曾刺史說出實情？

腦中百轉千迴，瀟箬面上卻不顯現，她眯起眼睛辨認跪在地上瑟瑟發抖的人。

牢中光線昏暗，全靠點燃的幾盞燭火來增加亮度，在影影綽綽的燭火中，瀟箬看到這人的左手焦黑，只用潦草的裹著布條固定，正是她昨晚用異能燒傷的。

「回大人，就是此人！」瀟箬肯定地回答道。

聽到瀟箬的聲音，跪伏在地上的人抖得更厲害了，渾身如篩糠一樣。

「那妳詳細道來。」

「昨晚民女和我家兒郎晚歸，剛走到家門口，就看到此人擄走民女的幼妹，我家兒郎奮力追趕，才在護城牆邊將他制伏，搶回妹妹。」瀟箬說道。

「大、大人，她……她是妖女！」跪著的人突然抬頭，目眥盡裂地嘶聲喊叫道：「她是妖女啊！我的手，我的手就是她燒的！」

「放肆！」

金輝見犯人神色瘋癲，竟然有起身撲向刺史的動作。他厲喝一聲，抄起靠在牆上的火棍重重打在犯人腿窩，砰的一聲，剛挺起半個身子的人牙子就又被打倒，撲在牢房濕冷的地面上，像一隻剩沒幾口氣的癩蝦蟆。

「你的手明明是打鬥中被燈籠燒傷的，與我何干？」瀟箬面色平靜，冷冷地盯著癩蝦蟆道：「我還沒說你打傷了我家兒郎呢，兩位衙役大哥可以作證。」

被提及的金輝放下手中火棍，拱手恭敬道：「稟大人，確實如此，昨晚是我和田立新共同巡夜，行到護城牆邊聽到有打鬥聲和孩啼聲，我們當時就想到會不會是人牙子半夜搶人，循聲而去，果然是這賊人在為非作歹。

「當時這位姑娘抱著受驚啼哭的娃娃，這位少俠就躺在地上，想來確實是被賊人所傷。我們還在地上撿到了人鞭。」說著他呈上一條八寸短馬鞭。

曾永波接過短馬鞭仔細翻看。

皮質的短馬鞭柔韌精悍，便於攜帶，抽在人身上能教人疼到皮肉裡，但是又不會造成致命的危險，通常是人牙子隨身帶著用來教訓不聽話的人牲。

而所謂人牲，就是指被他們買賣的人。那些或被拐賣，或者強行擄掠的人們被毫無尊嚴地買賣著，像可憐的牲畜一般，故而被叫做人牲，抽打他們的鞭子，就叫做人鞭。

「哼！」曾永波狠狠地把人鞭扔在地上，憤怒地看向趴在地上的犯人問道：「你不守朝廷法律，販賣良人，還專挑年幼孩童，害得別人骨肉分離，你可知罪？」

地上趴著的人動也不動。

裝死？瀟箬心裡冷哼一聲，她前世見過死人無數，真死、假死她一眼就能看出，這賊人就是企圖裝死來躲過刑罰，哪有那麼容易。

「大人，小人略懂岐黃製藥，剛好帶了一顆還魂丹，不如給這賊人吃下，省得還沒審出詳情他就扛不住刑罰死了，平白耽誤大人的時間。」

「哦？」曾永波看向金輝，他要先確定瀟箬所說是不是真的，萬一她只是隨口胡言，假藥吃死了犯人也是不妥。

金輝心領神會，走到曾永波身邊附耳說道：「昨夜我聽久信醫館的丁掌櫃說，這個女子是他們欽州醫藥商會的什麼理事，想來是真懂岐黃之術。」

曾永波這才點頭，答應瀟箬使用她所說的還魂丹。

其實這哪是什麼還魂丹，就是瀟箬用蓮子心、黃連、苦參、龍膽草等煉製出來的藥丸，沒什麼其他作用。

最大的特色就是一個字形容：苦。

兩個字形容：很苦。

三個字形容：非常苦。

苦得是一佛出竅，二佛升天，提神醒腦，苦不堪言。苦得讓人想暈都暈不過去，從腳底板到天靈蓋都浸泡在苦海裡。

完全就是她惡趣味的產物。

林荀怕賊人還會暴起，接過瀟箬手中的藥丸，示意他去餵。

裝死的賊人牙關緊咬，死活不張嘴，林荀兩指捏住他的下頷一用力，竟直接卸掉了他的下巴，把藥丸往他合不上的嘴巴裡一扔後，又把脫臼的下巴喀嚓的一聲接回去了。

藥丸入嘴，登時鼻涕、眼淚就縱橫了人牙子整張臉。

他呸呸呸想吐出來，可是藥丸中摻雜了大量澱粉，緊緊黏在他的嘴中，想要吐出來只能用舌頭去舔舐，一舔舐又更苦。

苦得他用雙手掐著自己的喉嚨，嗚嗚嗚地在地上打滾扭曲起來。

「好了大人，他這不就精神了，大人只管問，他要是再暈死過去不老實回話，我這兒還魂丹管夠。」瀟箬笑咪咪地道。

一聽瀟箬這麼說，人牙子也管不上涕淚交流了，連跌帶爬地跪回刺史面前，磕頭如搗蒜道：「大人，大、大人我說！我說！」

曾永波被還魂丹的藥效驚到了，但此時還是審問犯人要緊，他端正坐姿，驚堂木啪地一拍，喝問道：「你為何販賣良人？可有同夥？所擄孩童現在何處？還不速速招來！」

「我、我也是收人錢財，替人辦事⋯⋯」人牙子邊說邊用尚且完好的右手抹了一把快流到嘴邊的鼻涕，繼續說道：「同夥，同夥我也不知道有多少，都是上面安排的⋯⋯

「我們每隔一段時間就去悅來客棧天字三號房領銀子和任務，要抓什麼樣的人牲都是他們安排好的，我們照著抓就行……

「他們要的大多都是孩童，偶爾也要少年，擄來或者拐賣的人牲都被關在城外的山神廟裡了……」

人牙子竹筒倒豆子般把自己知道的所有事情吐露了個一乾二淨，只求刺史大人給他個痛快，他真是苦得痛不欲生，恨不得當場昏死過去，不再受這無盡的折磨。

確定從人牙子嘴裡審不出其他消息了，曾刺史命人將他關回牢房，不再理會他的哭爹喊娘。

從牢房裡出來後，曾刺史就派手下衙役兵分兩路，一路去城外山神廟尋找被關在那裡的孩童，另一路直奔悅來客棧天字三號房，去抓捕人牙子口中的上線。

不過這些和瀟箬他們無關，兩人出了府衙就往私塾走去，他們還要去給瀟昭請一日假。

冬日暖陽溫暖地照在大地上，替萬物都披上一層淡淡光暈，路邊支起的攤販叫賣著琳瑯滿目的貨品，整個欽州充斥著活泛的煙火氣。

瀟箬無心欣賞這種熱鬧，她手指絞著垂在胸前的髮帶，思考著曾刺史那句似曾相識。

「小心！」

她猛地被拉進一個溫暖的懷裡，一個尖聲笑鬧的熊孩子擦著她的裙襬跑過去。

待熊孩子跑遠，確定瀟箬站穩了，林荀才微微後退，將瀟箬從懷中放出來。

「箬箬在想剛才衙門裡的事情嗎？」林荀一直留意著她的神情，大致能猜到她為何心不在焉。
在林荀注意她神情的時候，瀟箬也同時在偷偷觀察林荀。
他臉上毫無閃躲之意，坦坦蕩蕩，好似在瀟箬面前，他就是本敞開的書籍，隨她翻閱。
「嗯……那你想說嗎？」瀟箬問道。
她不想勉強小狗，如果小狗想保留自己的秘密，她尊重他。
「箬箬想知道什麼都可以的，只要妳問。」林荀語氣平靜道。
別看他波瀾不驚，只有林荀自己知道，他內心的狗尾巴都要搖出殘影了，全身上下都散發著「快問我！快問我！」的氣息。
他特別喜歡瀟箬問他，問什麼都可以，從早飯吃什麼，到行鏢要走幾天，問得越詳細他就越高興。
「那你為什麼說沒見過曾刺史？」得到允許，瀟箬就直接問道。
「因為我確實不記得見過他。」
「那為什麼當時不讓我多問呢？既然曾刺史說你似曾相識，沒準兒他真的認識你，或者認識你的家人呢？」
「因為我不信任他。」
瀟箬被這個回答給哽住了，她沒想過是這個原因。
林荀牽著瀟箬的袖子帶著她繼續往私塾走，要是一直站在街邊討論，只怕說完人家夫子都下學了，不如邊走邊說。

「我昨晚作了很多夢，嗯……說夢也不像夢，就是看到了很多東西。」邊說著，林荀不動聲色地和瀟箬換了個邊，讓她靠牆走，自己走在靠路這一側。

「我看到一望無際的草原和荒漠，上面有很多奔馳的馬匹，馬身上還有盔甲裝飾。

「還看到和那個人鞭一樣的武器，抽打在我身上。打我的都是黑影，我沒看清。還有人餵我吃很苦的黑丸子，吃了身上很痛很熱，但一會兒又覺得好像在冰塊裡凍著……」

從林荀的描述中，瀟箬腦補出一個可憐兮兮的小男孩被欺負的場景，一想到那個小男孩就是林荀，她心臟就一抽一抽的疼。

「你說夢到過草原和荒漠，這些場景應該都是北方的風光，難道你的家在北方？你是被人牙子擄到這邊的？」

皺著柳葉眉，瀟箬陷入思索。若是林荀本家在北方，那確實不能告訴官府。

北方動亂，流民眾多，為了保證北方的勞動力和戰鬥力，沒有經過登記允許遷移的青壯年一旦被官府發現，是會被遣返回原籍的。

北方這麼大，林荀還想不起來自己家到底在哪裡，一旦被遣返，也是居無定所，食不果腹。

「那等過完年，我去官府打探打探，這些人牙子都什麼來路，看能不能找出一些線索，沒準兒他們和當初擄你的人有關聯。」瀟箬說道。

官家查案裁定都要時間，年關將近，這案子要有結果，只怕也要年後了。

林荀點頭贊同，他心中也有了打算，說道：「年後江大哥說有幾趟往北的鏢，到時候我想和他一起去。」

之前鏢多往南方押送。

一是南方鏢路近，瀟箬交代了不讓他遠行，他自然不會違背瀟箬的囑咐。

二是南方富庶，護鏢銀錢給得多又快，他一心只想快點賺錢養家，就選這種來錢快的鏢路。

現在瀟箬炮製藥材供應各大藥鋪醫館後，家中銀錢不再那麼短缺，他也就有心去進一步探尋自己的來路。

「也好，我還是那句話，你自己一定要小心，家裡都在等你回來呢。」瀟箬溫柔說道。家這個字撓得林荀心中癢癢暖暖的，他嘴角也不由掛上了淺淺的微笑，輕輕應了一聲。

「嗯。」

說話間兩人已經來到私塾，煩勞門僮通報夫子，瀟箬親自向夫子告假，只說家中有事，瀟昭今日不便來私塾，請夫子允准。

夫子向來喜歡聰穎早慧的瀟昭，笑著應允了，只讓瀟箬回去轉告瀟昭，今日在家也不可懈怠，需多加誦讀三經，明日來夫子可要考校的。

拜別夫子後兩人又沿著街道慢慢往家裡走，路上還給瀟嫋、瀟昭各買了一串通紅誘人的糖葫蘆。
回到家裡的時候，院門緊閉。
林荀叩響門板，裡面傳來鄭冬陽謹慎的聲音。「誰！」
一朝被蛇咬，十年怕井繩。現在家中兩個老人是草木皆兵，風聲鶴唳。
「阿爺，是我和阿荀。」
吱呀，門只開了一條縫，透過門縫確認了的確是二人後，鄭冬陽才把大門完全打開，讓二人速速進來。
林荀後腳跟剛邁進門，鄭冬陽又趕緊把院門關上，把門栓插得牢牢的。
而岑老頭在鄭冬陽去開門時，則是離院門遠遠的，差不多貼在最靠裡的房門上了，把雙胞胎都緊緊摟在懷裡，警戒地盯著院門方向。
兩個老頭這副高度戒備的姿態讓瀟箬又欣慰、又好笑，雖然提高警覺沒有錯，但神經一直緊繃著對兩個老人的身體可不好。
「老爺子，阿爺，剛才官府已經派人去剿滅人牙子團夥了，估計明天就能看到其他孩子被救回來的告示了。」瀟箬安慰著兩個老頭子。
「當真？那些賊人都招了？」岑老頭抬起眼皮問道。
「真的，我看一時半刻，欽州應該不會再出現人牙子了。」瀟箬的杏眼彎成月牙兒，笑著說道。

瀟箬的笑容很有感染性，兩個老頭終於放鬆了點，被緊緊抱著的雙胞胎也得到了自由。

瀟嫋記吃不記打，看長姊帶回來的糖葫蘆她立刻垂涎三尺，噙著口水問道：「阿姊，這是給嫋嫋吃的嗎？」

「是呀，嫋嫋和昭昭一人一個。」瀟箬把糖葫蘆遞給雙胞胎。

瀟嫋接過糖葫蘆立刻咬了一大口，酸甜可口的味道讓她快樂得瞇起了眼睛，全然沒有早上那副無精打采的模樣。

接過糖葫蘆的瀟昭卻沒有吃，而是看著瀟嫋沒心沒肺的快樂樣嘆了一口氣，把自己的糖葫蘆竹籤插在平日晾曬藥材用的草垛子上。

「昭昭怎麼不吃呀？」岑老頭問道。

「留著給嫋嫋吃吧。」瀟昭背著手，搖搖頭。

這是現在的他能給這個雙胞姊姊不多的快樂之一，糖葫蘆就留給她好了，自己還是回屋多背背三經。

往房間走了幾步，他又突然回頭一本正經的叮囑。「這串要留著等晚飯後吃，不然嫋嫋就吃不下飯了。」

這小大人樣逗得其他人哭笑不得。

第二天官府果真張貼了告示，列出被營救的孩童數量及姓名，請有孩童丟失的人家去衙門辨認。

岑老頭瞇著眼睛在公告牌前看了很久，他數了數足足有十八名孩童在列。

「造孽啊，這些娃娃要是沒有被救回來，那得多少家要哭著過年了。」岑老頭感嘆道。

他今天是和瀟箬、林荀一起來買紅紙、神馬之類的年貨，明兒個就是臘月十五，他們打算今年春節回井珠村過，得早早置辦起來，不然怕來不及趕回去了。

街道上到處都是賣年貨的攤子，攤架相依，琳瑯滿目。賣春聯的、賣畫幅的、賣佛花供品的、賣杯盆杵臼……不一而足。

「老爺子，您看這疋布料給瀟昭做套小長衫行不？」瀟箬在不遠處喊岑大夫，手上拿著一疋竹紋青的蜀錦。

岑老頭不再看告示，轉身向瀟箬走去。

他摩挲蜀錦，布料光滑，織造細密，是疋好料子，竹紋青的樣式也很適合讀書人穿。

「好，這料子不錯。」他肯定地點點頭。

小販見有戲，趕緊推銷起來。「客官好眼光，這蜀錦可是好東西，就是這布尾沾染了點污漬，所以才在我這小攤上賣，不然就這品相，肯定是進好布坊的貨架的！」

瀟箬展開布疋，果然在布尾看到一小塊白色的汙漬，不過瀟昭身量小，這布幅夠寬，不影響給他做衣裳。

「老闆，這疋布多少錢？」

「本來要二十貫鐵錢，不過有污漬就對折，十貫鐵錢就成。」

十貫鐵錢折算下來要十兩白銀了，屬實不便宜，但是瀟昭已經算是讀書人，雖然都說文人風骨，在私塾沒有些好的文人長衫，還是會被笑話的。

再說了，現在家裡也不需緊巴巴過日子，她賺錢不就是為了給崽崽花嗎？

最後瀟箬砍價以八兩銀子買下了這疋竹紋青的蜀錦，又以五兩銀子的打折價格買了一疋帶桃花刺繡的煙籠紗，這是要給瀟嫋做裙子用的。

置辦完雙胞胎的衣料，他們又買了米麵、臘肉、點心、糖果、黃曆等，這些東西在繁華的欽州反而價格比上溪鎮要便宜，也耐放，跟著他們上馬車回井珠村不怕壞。

至於香燭和金銀紙，瀟箬打算回鎮上再採辦，祭祀用品價格相差不大，回去後再買省得受潮，也省得占馬車地方。

待採買結束，天已擦黑，街上支的攤子幾乎都收起來了，三個人身上或提或掛，滿是年貨，還不算讓店家直接送去家裡的。

「哎呀，我都多少年沒買過這些年貨了，等咱們回去了肯定能過個熱鬧的年！」岑老頭笑得合不攏嘴。瀟箬給他和鄭冬陽也置辦了兩套過年的新衣，他都好多年沒買新衣服了。

「老爺子沒到過我們井珠村吧？到時候讓嫋嫋帶您好好逛逛，這小丫頭可是知道村裡不少好玩的犄角旮旯。」瀟箬也笑呵呵地回道。

春節是最重要、最隆重同時也是最富特色的傳統節日，過年這個詞更有著獨特的意義，它是闔家團圓，是過去辛勞的總結，也是明年希望的開始。

不論老少，都期盼年節的到來。

雙胞胎聽說過年要回井珠村時，小臉蛋興奮得紅通通的，瀟嫋更是嗚哇嗚哇地舉著小肉手在院子裡繞起圈子來。

「阿姊，阿姊，我們什麼時候出發呀？」小傢伙每天起床都要來問一遍瀟箬。

按照計劃，瀟箬本決定在臘月二十啟程，這樣能在二十六、七回到村子裡，剛好有兩、三天可以歸置灑掃舊宅，迎接新的一年。

可惜天不從人願，從臘月十九晚上開始，天上就飄起了鵝毛大雪。撲簌簌的雪片一夜工夫就壓彎了枝條，地面堆積的雪能到腳背。

「姑娘啊，這雪太大了，只怕上路不安全，不如我們等兩天，雪化了再走吧？」車伕說道。

他頭戴斗笠，披著蓑衣，說話間肩膀上都有了一層薄薄的積雪。

瀟箬也覺得雪天路滑不安全，這個世界可沒有什麼道路救援，萬一困在半路，那可是叫天不應、叫地不靈。

她只能應了聲好，和車伕約定兩日後再出發。

這場雪斷斷續續地下著，放晴一日又繼續，地面上的積雪化成了水還沒消散，就被踩踏凍結，又成了滑膩的冰面。

直到臘月二十五了，瀟箬他們還是沒能出發。

面對雙胞胎失望的神情，她只能安慰道：「爹娘的牌位都在身邊，咱們不還是一家人一起過年嗎，等開春暖和了，阿姊再帶你們回去給爹娘掃墓。」

好在雙胞胎都懂事，沒哭沒鬧，認認真真地去放置瀟家爹娘牌位的房間裡上了香、磕了頭，瀟昭還仔細彙報了自己的學業，讓瀟家爹娘放心。

瀟箬也去上了香，她跪在牌位前的蒲團上，雙手合十，心中默唸著她一直想說的話。

「爹娘，我占了這個身體，也該喊你們一聲爹娘的。你們不用擔心，瀟嫋、瀟昭我會好好照顧他們，直到他們長大成人。

「瀟昭書唸得很好，夫子都誇他是天才，明年四月他就要參加府試了，你們在天有靈，請一定要保佑他順順利利……

「瀟嫋這小丫頭聰明伶俐，就是淘氣了點，不過只要她平平安安、身體健康就好，等她長大了，我就給她找戶她自己中意的好人家……

「還有林荀，林荀雖然不是瀟家的人，但是他對我們所有人都很好，也很疼愛嫋嫋和昭昭。如果可以的話，祢們能不能也一併保佑他，保佑他健康平安，保佑他早日找回自己的過去……」

香爐裡的煙裊裊上升，慢悠悠升騰繞圈，好似在回應瀟箬的話一般。

第二十二章

「小孩，小孩，你別饞，過了臘八就是年。臘八粥，過幾天，漓漓拉拉二十三。

「二十三，糖瓜黏，二十四，掃房子，二十五，做豆腐，

「二十六，去割肉，二十七，宰年雞，二十八，把麵發，

「二十九，蒸饅頭，三十晚上熬一宿，大年初一扭一扭。」

隨著小孩的過年歌謠，瀟家院子也開啟了過年模式。

林荀在兩個老頭子的指揮下貼好了對聯，掛好了紅燈籠。

瀟昭私塾早已放假，他就接替了鄭冬陽的活計，給瀟嫋講各種話本，哄得瀟嫋不去纏著兩個老頭子，妨礙他們幹活。

瀟箬最忙，她不只要關注著自家的年節準備，還要接待絡繹不絕上門的客人。

這些客人都是欽州醫藥商會的成員們——各醫館藥鋪掌櫃。

「瀟姑娘在家嗎？」院門又被敲響，這回來的是錢掌櫃。

鄭冬陽開了門，他笑咪咪地接過錢掌櫃手上的禮物，熟門熟路地放進倉庫房。

這幾天來了好幾撥人了，每個手上都提著大包小包的禮物，他都收到麻木了。

「錢掌櫃來啦？合該是我去拜訪你們才是，結果你們倒是一個個搶先了。」瀟箬趕緊擦

了擦手，迎上前來。

她正給瀟昭的房間糊新的窗紙，這次買的窗紙更薄、更結實，能讓房間裡透亮，方便瀟昭唸書。

「哪裡的話，要不是瀟姑娘，我們今年的年可不好過啊！」錢掌櫃笑得跟個彌勒佛一般，白胖的臉龐舒展著。

「來年還要請瀟姑娘繼續多照顧我們，別的不說，妳炮製的藥材可要繼續優先賣給我們啊！」

「這是自然，我的藥材不先賣給你們賣給誰呀？」瀟箬也笑著打趣道。

「有妳這句話我就放心了！」

隨即錢掌櫃又掏出兩張密密麻麻寫滿字的熟宣紙，遞給瀟箬道：「這是妳上次交代的，咱們欽州及附近常駐的藥材商及藥農的匯總，妳看看這樣分類對不對？」

兩張薄紙上工整分列著不同地區的各藥材商和藥農的名字，名字下面又更詳細地列出他們所能供應的藥材種類，對應的品質等級，以及建議的售價。

瀟箬把紙遞給岑大夫過目，從根本上來說，岑大夫就是她醫藥方面的師父，讓岑大夫過目是對他的尊重。

岑老頭也不含糊，指點出幾處不合理的品質等級標注，錢掌櫃連連應是，說回去就立馬修改。

三人坐在院中又喝了幾杯熱茶，談論了會兒欽州醫館藥鋪的事情。

錢掌櫃告訴兩人，開彤醫館的掌櫃後來久等不到要買金烏頭的人，氣得把鋪面藥櫃都給砸了個粉碎，還跑去官府告狀。

偏偏他說不清賣給他金烏頭的是誰，要買金烏頭的又是何人。

雖然府衙中的主簿、參軍都與開彤掌櫃有往來，但是曾刺史壓根兒不理會這些，只道他無理鬧事，把他給逐出衙門去。

最後他還不上廣安錢莊的欠款，把開彤醫館的院子都賣了，一家老小都搬出了欽州，不知去向。

欽州原本最大的醫館最後淪落至此，三人不由唏噓，感慨真是人心不足蛇吞象，自作自受。

閒話一陣後錢掌櫃就起身告辭。

「今兒個年三十，我得早早歸家，瀟姑娘請留步，不必再送。」錢掌櫃拱手道。

瀟箬就不再和他客氣，道了別關上院門。

年三十，除夕夜，家家戶戶都準備了豐盛的飯菜，一家人團團圓圓共同守歲。

飯菜依舊是林荀掌廚，瀟箬負責看灶火，兩老兩小則眼巴巴地在廚房門口看著，燒好一道菜就顛顛地跑過去，接過熱騰騰的菜放在飯桌上。

待九大盆、八小碗的年夜飯準備妥當，六人圍坐在飯桌旁大快朵頤起來。

飯桌安排在院子正中間，上面支了塊篷布擋住飄落的雪花，四周擺著炭火，炭火上還溫著一壺小酒。

雖然沒有牆壁遮擋，但是炭火放得特別足，瀟箬又悄悄用異能增加了火焰的溫度，烘得幾人俱是暖意融融，在院子裡吃年夜飯只覺空氣清新，不覺絲毫寒冷。

「來，岑老哥我們乾一杯！」鄭冬陽倒好兩杯酒，其中一杯遞給岑老頭，還自己先把兩個杯子的口先碰一下。

「誰能想到幾個月前，我還是一個人守著三間漏風的小屋呢，哈哈哈！」他大聲笑起來，笑聲裡透著無比的快活。

岑老頭也樂呵呵地嘬一口熱呼呼的酒，說道：「是啊，我也沒想到自己有生之年還能過這樣的一個年，咱們幾個一起多熱鬧。」

「這算什麼熱鬧，等箬箬和荀小子成親，再生幾個小娃娃，那才熱鬧呢！」

鄭冬陽朝林荀擠著眼睛調侃道：「阿荀小子你怎麼回事，還不和箬箬成親，你小子不會打算不負責吧？」

瀟箬突然想起他們好似從來沒和鄭冬陽說過為何自己和阿荀沒有成親。

有心替小狗解圍，她給鄭冬陽挾了一筷子雞肉，說道：「我爹娘三月新喪，所以我打算三年之後再考慮成親的事情……」

話還沒說完，鄭冬陽突然站起，胯骨碰到飯桌，把桌子都撞得晃了一下。

他拔高聲音驚呼。「妳說什麼！新——」

話沒說完，他好像意識到什麼，克制自己內心的波動，俯下身來，壓低嗓音說道：「新喪?!妳家爹娘今年三月剛過世？」

所有人被鄭冬陽的反應弄得一臉懵，都搞不懂他在激動什麼。

「對、對啊……」瀟箬都有點結巴了。

「新喪，新喪，不行！」鄭冬陽不顧幾人困惑驚訝的神情，離開飯桌來回踱步起來，半花白的眉毛徹底皺成一團。

「太禮，你怎麼了？」岑老頭不明白鄭冬陽怎麼突然這個反應。

「哎呀，岑大哥，你糊塗啊！」聽到岑老頭的聲音，鄭冬陽好像才從自己的焦慮裡回過神，一步跨到岑老頭身邊，痛心疾首道：「你怎麼不早說他們父母新喪啊！」

「這、這有啥問題嗎？他們父母已經下葬了呀？」

「他們年幼不知道，你也不知道嗎？守孝三年不得應試啊！」

鄭冬陽連連搖頭，他要是早知道瀟昭父母新喪，他怎麼都不會同意瀟昭去參加縣試，這會兒還要參加四月府試！

聞言岑老頭懵了，瀟箬、林荀、瀟昭也都懵了，他們還真不知道有這條規定。

這下子飯桌上只有瀟嫋的小嘴巴裡還咀嚼著飯菜，其他人都愣在原地。

「瀟昭參加了縣試，已經是匿喪了，不行，四月的府試說什麼也不能讓他去參加了。」

鄭冬陽斬釘截鐵地道。

「可是……可是……」岑老頭又是懊悔、又是心疼。

自懊悔的是自己居然不知道早點去打聽好科考的忌諱，瀟箬他們年紀小想不周全正常，自己一把年紀了，怎麼就沒想到呢！

心疼的是瀟昭日日苦讀，為了府試他讀書讀得小臉蛋都沒那麼圓了，這下子不參加四月的考試，他不就白用功了？

「沒事，那咱們就三年後再考。」瀟箬最先冷靜下來說道：「既然是朝廷規定的，如果昭昭真的參加府試，反而是重罪。」

她又轉頭和瀟昭說：「昭昭，讀書不是一朝一夕的事情，就算這次的府試你不能參加，你也不能放棄，就當我們多了三年的備考期，準備得更充分去迎接挑戰，你說是不是？」

終究是小孩子，瀟昭肉乎乎的小臉蛋上難掩失落。

他對四個月後的府試很是看重，每天雞叫就起床默誦昨日夫子教的詩文，上課從不敢分心，就是為了能在府試中取得好成績。

雙胞連心，感受到瀟昭的難過，瀟嫋也停下啃雞腿的動作，癟癟小嘴巴，覺得自己心裡也是悶悶的。

她顧不上自己小手上還是油膩膩的，一把抱住瀟昭安撫著他。「昭昭別難過，你這麼聰明，就算三年後你也能考過那些大馬鈴薯的！」

她把私塾裡的其他學子一律稱呼為大馬鈴薯，因為她覺得那些人臉黃黃的，整天皺著眉毛晃著腦袋，像地裡剛拔出來的馬鈴薯一樣，沒一個好看的。

「哎呀，我的新衣服！」

眼看二姊給自己新做的衣裳上印出兩個深色的油掌印，瀟昭就顧不上失落了。

「嫋嫋，妳能不能斯文點！」

他也忍不住嘛起小嘴，手上卻拿起帕子給胞姊擦起了小手。

雙胞胎的互動萌得另外四人一臉笑，這也太有愛了。

「好了，別鬧了。」

鄭冬陽清清嗓子，端起為人師表的架勢說道：「瀟昭，山高自有行路客，水深也有渡船人，不過是晚三年而已，為師相信你到時候定能奪魁！」

「是呀，咱們昭昭這麼聰明，到時候還有院試呢，咱們來個小三元！」岑老頭也加入鼓勵隊伍。

林荀直接給瀟昭挾了個雞翅膀，寓意高飛，順帶給了個肯定的眼神。

在一家老少的安慰下，瀟昭的小臉蛋上也有了鬥志。

「好，那我好好吃飯、快快長高，等三年後我一定能考出好成績！」

他扒了一大口飯，腮幫子圓滾滾的鼓了起來。

看他恢復了精神，大家都鬆了口氣，又熱鬧地吃起了年夜飯。

除夕守歲，除了雙胞胎撐不住早早睡著，四個大人都過了午夜才去休息，等第二天門外傳來鑼鼓聲時，幾人都還在酣眠。

瀟箬從暖和的被窩裡掙扎起來，冬天的被窩是活的，總能死死拽住人再溫存一會兒。

「怎麼了？發生什麼事了這麼吵……」

她推開窗往外看，林荀不知何時出去過，正關了院門往回走。

「阿荀，誰在外面敲鑼？」

林荀來到她窗邊，身體右側了些，擋住順著窗縫往屋子裡灌的北風。

「是官府的人，挨家挨戶通知檢查房屋是否牢固，說是昨晚雪太大，西邊好幾戶的房頂被壓塌了。」

「什麼！屋頂塌了?!」瀟箬吃了一驚。

昨夜是除夕，每戶都是一家人團聚，若是屋子塌了，那豈不是全家人都……

「人呢？死傷得多嗎？」

林荀搖搖頭道：「還不知道，剛才通知的差役沒有提及。」

兩人話還沒說完，同樣被吵醒的岑老頭和鄭冬陽也起來了，披著裘衣探出頭來問發生什麼事了。

林荀又把剛才的話對兩個老人說了一遍。

「只怕是死傷不少啊……」鄭冬陽搖頭嘆息。

岑老頭瞇起眼睛看了看天，空中依然飄著雪花，這會兒雪花細碎，完全看不出有壓垮房屋的威力。

「多少年沒見過下這麼久的雪了，箬箬，年前我們炮製的苧麻根和白芨都還在庫房，要不妳……」

岑老頭話音未落，瀟箬就邊挽碎髮、邊從屋內走出來，她披著防風大氅，一副要出門的打扮。

「哎，我曉得，等會兒我一併帶去商會。」

苧麻根和白芨都有止血斂傷的功效，岑大夫幹了一輩子的藥師，醫者仁心是刻在骨子裡的。

她明白岑大夫的言下之意，這是怕受傷的人太多，藥鋪裡的止血藥材不夠用。

從廚房拿了兩個大笸籮，林荀快手快腳地幫她裝著藥材，堅持要和她一起去商會。

「林兄弟！林兄弟在家嗎？」

院門被大力拍打著，是馬老三的聲音。

鄭冬陽趕緊去開門。

院門一開，馬老三就跨步進來，先是對二老抱拳行禮，隨後繼續扯著嗓子喊道：「林兄弟！大哥讓我來找你！」

林荀從庫房抱著笸籮出來，裡面已經裝滿了苧麻根和白芨。

「馬大哥，有什麼急事嗎？」

「昨晚城西邊被雪壓塌了好多房子，埋了好多人，光靠衙役怕是人手不夠。大哥說鏢局裡的兄弟要是有空的，都去幫忙挖人，你去不？」

「去！」林荀把笸籮往肩上一扛，說道：「我把箬箬送到商會就來，你先去！」

「好！」

馬老三通知到位，又向幾人抱了抱拳，趕緊和江平會合去了。

「你別送了，我先帶一部分藥材去商會，等會兒不夠用再讓其他藥鋪夥計來取就是。」瀟箬攔住要跟著她的林荀說道：「救人要緊，你趕緊去和江大哥他們會合！」

她深知被雪埋的最佳救援時間極其短暫，能早一刻被救出來就多一分生存的可能。

看著瀟箬白皙臉龐上堅定的神情，林荀點頭道：「好，那妳小心。」

「嗯，你自己也小心。」

說罷，林荀拿上短劍就朝門外跑去，他身形極快，轉瞬就消失在白茫茫的街道盡頭。

抱不動笸籮，瀟箬就用竹籃，裝滿了藥材後她叮囑兩個老人在家照看孩子們。

岑老頭幾次提出要和她一起去藥鋪，都被她拒絕了。雪天路滑，他這老胳膊老腿的，要是摔上一跤可不是開玩笑的。

揹上竹籃，撐著傘，瀟箬一頭扎進雪裡。

今日雖有雪卻無風，撐傘不費力，她只需注意腳下的地面不要滑倒，饒是這樣，也比平日多費了一刻鐘才到貓兒巷。

欽州醫藥商會的總部就設置在他們最初秘密聚集的小院。

推門入內，院中早已聚集著三個人，是同記藥鋪錢掌櫃、仁心藥鋪的黃掌櫃和久信醫館的丁掌櫃。

他們三人是商會的主事，早上聽說了雪災之事後，不約而同地來到這裡。

「瀟姑娘，我們正打算派人去請妳呢！」

錢掌櫃呼出一口白氣，這麼冷的天他白胖的臉上竟然是一層細密的汗珠。

瀟箬和三人一一打過招呼，和他們一同進入主屋，不在院中受凍。

錢掌櫃有一身膘扛著，可偏瘦的丁掌櫃牙齒都開始打顫了。

「想必大家今天來都是因為雪災這事。」

把竹籃放在桌子上，瀟箬掀開上面蓋著的藍布，露出滿滿一籃子的苧麻根和白芨。

她指指籃子說道：「這些都是我家之前炮製的藥材，我家庫房裡還有，等會兒你們派幾個夥計去我家搬來吧。」

「瀟姑娘，妳的意思是……」

「我認為我們應該號召其他醫館藥鋪，調動各家所有能夠治傷的藥品藥材，全力救治這次受災的百姓。」

此話一出，三個掌櫃你看看我、我看看你，都不吱聲了。

雖然說醫者父母心，全力救治傷患病人是他們應盡的職責，可他們畢竟本質上是商人，掏空家底存貨去救災，他們還是辦不到的。

「這……瀟姑娘，妳若是要求我們按進價出售藥材，我們都可以理解……」錢掌櫃有點難以啟齒，猶猶豫豫說不下去了。

丁掌櫃接著說道：「我們確實不該趁著天災獲利，但是要把所有的藥品藥材都拿出來免費供應，這就有點為難我們了吧？」

看著面露難色的三位掌櫃，瀟箬素白的面龐上掛上淺淡的笑容，她安慰道：「雖然現在我說把全部藥品藥材都調動出來，可是並不會掏空大家的庫存。」

「瀟姑娘是另有打算？」黃掌櫃疑惑道。

他想不明白，救災難道還能救個皮毛？昨晚雪災垮塌的房屋眾多，因此受傷的百姓不在少數，他們一旦開始救治，總不能只救一半吧？還是選擇性的這個救，那個不救？

「救災本是官家的職責，這次雪災朝廷必然會採取措施。」瀟箬淡定地分析道：「只是等州府上報，上面商議出支援的策略，運送救援的物資都需要時間。

「等朝廷的物資一到，就不再需要我們往裡面墊藥品了，想必這時間也不會太久，我估計大概三到五日左右。」

她分析得條理清晰，有理有據。

三個掌櫃也是明白人，肚子裡算盤打得噼啪作響。

確實如瀟箬所言，朝廷會就近派遣人力及物資援助，最多不超過五天，補給就能送達欽州。

若只是幾天的用量，是不可能掏空十五家醫館藥鋪的庫存的，勻到各家，可能只需要每戶出點皮毛而已。

「就算我們三家沒問題，其他人……」

錢掌櫃還是面露難色，他和黃掌櫃及丁掌櫃今天既然能來到這裡，本來就是存著和瀟箬商量如何為救災出一份力的心思，其他沒來的人願不願意可就說不準了。

「你們無須憂心，只管去召集其他掌櫃來此，我來說服他們。」瀟箬說道。

三人立刻就喊上自家夥計，各自去通知其他掌櫃。

欽州城闊，雪天路滑，足足半個時辰後所有掌櫃才到齊。

有心急的在路上就打聽出了瀟箬為何召集大夥兒去商會總部，這會兒面上有些不滿。他們加入商會是為了做大藥材藥品買賣的，可不是來做慈善的。想做慈善他們不會去觀音廟施捨嗎？好歹觀音娘娘看著，沒準兒還會因此保佑他們呢。

「各位，想必大家都聽說了雪災的事情。」瀟箬面對眾人開口道。

屋內一片寂靜，誰也不出聲搭話。

無人回應下，瀟箬也不著急，繼續平靜地說道：「我認為我們商會作為欽州唯一的醫藥團體，應該為救災出一分力。」

「憑什麼啊……」不知是誰在人群中發出一聲嘀咕。

「各位莫急，我們商會參與救災也不是全無好處的。」

瀟箬不鬧不怒，也不去追究剛才是誰發出的抱怨。

她走到廳內的正匾下，邁步上了兩個臺階，站到臺階上後她就比眾人要高一些，能夠清楚看清所有人臉上表情。

「我們這次雖對外說是調動各家醫館藥鋪所有的救命藥物，實際上只有幾天的消耗，用掉多少，攤到每家又有多少，想必大家心中也清楚。

「我們商會是新成立的，不論是官家還是百姓，對我們都還不瞭解，很多人甚至根本就不知道我們商會的存在。

「名聲不夠響亮，商會很多工作展開就很困難，想必在這方面，幾位主事都有體會。」

說到此處，瀟箬頓了頓，眼睛看向錢掌櫃。

錢掌櫃點頭道：「確實如此，我之前去聯繫藥農時，他們都不相信我們欽州醫藥商會的存在，價格啊、藥材的產量之類，都不肯告訴我們。」

聽到這裡，底下其他掌櫃開始交頭接耳起來，低聲討論著。

「各位，這次救災就是打響我們欽州醫藥商會名聲的機會，讓藥農和商行，乃至欽州的百姓們都知道，我們欽州醫藥商會不僅存在，還是個救命治人、扶危濟困的好商會！」

底下的討論聲更大。

「屆時不只欽州，附近州府的百姓可能都願意來尋我們商會的成員單位買藥，各商行也更願意和一個有好名聲的商會交易。

「我們這幾日用出去的藥就是我們投出去的廣告費，這筆費用不僅能讓我們在欽州站穩腳跟，甚至能讓官家朝廷都對我們刮目相看。

「各位，難道不想有朝一日，你們的藥材藥物能和朝廷搭上線？若是我們商會被朝廷認可，這也不是不能實現的。」

重生前當了幾年隊長，瀟箬可太會畫大餅了，不給隊員希望，在環境險惡的末世怎麼能帶領隊員們一路前行？

這一套放在這個世界也同樣適用。

激昂的演說之後需要留給聽眾適當的時間去消化，美味的大餅也需要聽眾去咀嚼。

瀟箬說完後就閉嘴不言，澄亮的杏眼觀察著大家的反應。

原來嗡嗡的議論聲逐漸開始清晰，她能在其中聽到幾聲贊同的話。

時機已經成熟，瀟箬給最靠近她的三位商會主事遞了個眼色。

錢掌櫃依舊先開口道：「我覺得瀟姑娘說得不無道理，我同記願意出藥品參加救災。」

緊接著是黃掌櫃和丁掌櫃。「我也參加。」

一有人起頭，剩下就是水到渠成的事情，各家醫館藥鋪的掌櫃紛紛同意參與救災。

在瀟箬的指揮下，欽州城分別在正中、西南、西北三方立起了三個臨時藥攤，每個藥攤上有四至五個夥計及大夫，只要是因為雪災受傷的人都可以到藥攤上得到免費救治。

每個醫館還另外派遣出兩名年輕力壯的夥計，跟著瀟箬趕往坍塌最嚴重的西邊，好給不方便行動的，或者不好挪動的傷患進行包紮救治。

第二十三章

情況比瀟箬預計得更嚴重。

欽州城西邊的房屋是最早搭建的，住在此處的人也是窮人居多。沒錢翻修屋頂，平時有破漏只尋些破瓦遮蓋，甚至有些用稻草堵住漏風口就作罷了，這樣的房屋在連日大雪的威壓下不堪一擊。

起先可能只有一兩間倒塌，梁木瓦礫砸到地上，帶動了旁邊房屋的積雪震動，搖搖欲墜的屋柱再也支撐不住，像骨牌一樣接二連三倒地不起，足足波及了數十丈的距離。

到處都是掩埋在積雪下的殘垣斷壁，僥倖活著的人跪在房屋前痛哭失聲，有親眷好友生死不明的人則是不死心地刨著雪堆，企圖能挖出他們的心頭牽掛。

幾十個人在這片可以稱得上廢墟的地方忙碌著，他們或挖或抬，搜尋著有無倖存者。

這些人中大部分是衙役裝扮，剩下的皆腰上繫著黑紅腰帶，末端刺繡的順字閃著一抹金光，是順記鏢局參與救災的鏢師們。

幾個衙役抬著一具蓋著白布的屍體從瀟箬身邊走過，其中一人突然回頭看了她幾眼，瀟箬注意到視線也抬頭望去，是金輝。

「哎？這不是瀟姑娘？妳怎麼來這兒了？」

他奇怪瀟箬這柔柔弱弱的姑娘家怎麼來這種地方，突然了然道：「妳是來找妳家兒郎吧？喏，我剛才在那邊看到他了。」

金輝指了指瀟箬右邊不遠處，那兒正有幾個順記鏢局的鏢師在從倒塌的牛棚裡往外拽東西。

瀟箬頷首道謝，又給帶來的夥計們分配好帶來的藥物，讓他們兩兩一組，去看看哪裡有需要幫助的地方。

安排完後夥計們都各自散去，她和同記藥鋪的夥計一組，朝金輝剛才指的方向走去。

眼尖的馬老三先看到瀟箬，他趕緊撞了撞還在埋頭挖雪的林荀道：「哎，你家那位來找你了！」

林荀停下手中的動作，抬頭一看，果然是瀟箬來了。

他把手上的鏟子塞到馬老三手裡，小跑幾步到瀟箬面前。

「箬箬，妳不是去醫館嗎，怎麼來這兒了？」

他不太希望瀟箬看到這些僵硬的軀體，還有他們臉上不甘和絕望的神情。

「商會在周邊設了臨時救助點，我帶幾個年輕力壯的人來看看裡面有什麼需要幫助的。」

「受傷能治的基本都送出去了，剩下的……」

瀟箬明白這句沒說完的話中意思，從雪災發生到現在已經將近六個時辰，已經超過黃金救援時間太久，還埋在下面的人大概沒有生還的希望了。

她抬手去撫摸林荀皺起的眉頭，安撫沮喪的小狗。

「你們已經盡力了，剩下的就看老天爺發不發善心。」

林荀的指節因為一直在挖雪凍得通紅，她心疼地搓揉著小狗爪子道：「我給你們生火，你先來烤烤火，別把自己凍傷了。」

馬老三這時也湊過來，聽到瀟箬說要生火，他說道：「別費力氣了瀟姑娘，我們一來就試過了，這兒沒個乾木柴，雪又不停，根本生不起來火。」

瀟箬也不反駁馬老三，只神秘一笑，從刨出來的雜物裡撿出幾根木棍搭成三角塔狀，再用火摺子一吹，溫暖的火苗就出現在他們面前。

「哎喲，哎喲神了，不愧是煉藥仙子啊！」馬老三驚喜地說道。

煉藥仙子是順記鏢局幾個和林荀熟悉的弟兄們渾喊的，他們早就聽說過瀟箬炮製藥材時能把火控制到完美的程度，笑鬧著就和林荀說你家莫不是藏了個煉藥的仙子？

「你去喊他們來烤烤火，我們帶了暖身子的藥酒。」瀟箬對林荀說道：「輪著來，別一氣兒都凍壞了，後面就要人手都不夠了。」

林荀點點頭，去和江平說了瀟箬的安排。

順記鏢局的鏢師在江平的安排下分成兩班，一班烤火喝藥酒暖身時，另一班就繼續清理積雪，看看雪下或者倒塌的房屋下是否還有人。

這兩班輪流的安排下，反而比所有人都拚命幹活來得效率高。

到天黑時，在衙役和鏢師們的共同努力下，受災的地區已經被清理出三分之一，抬出去蓋著白布的共計四十餘人。

酉時三刻，忙了一天的眾人疲憊不堪，但又不敢回去休息，參軍有令，今晚需清理到至少一半的進程。

在瀟箬的幫助下，差役們原地支起大鍋煮起米粥，打算填飽肚子後繼續幹活。

就在這時，聽到拉長的通報聲。「刺史到——」

曾刺史身後跟著三個小隊的士兵出現在眾人面前。

「見過大人！」眾人齊齊行禮。

「免禮。辛苦各位了！」曾刺史抬手道，又轉頭向身後說道：「武校尉，這就是我欽州受災最嚴重的地方。」

這時眾人才發現曾刺史身後還有一個身穿軟冑盔甲的青年，天色昏暗，曾刺史在前擋住火把的光線，才使得他剛才隱匿無蹤。

被稱呼為武校尉的青年向前邁了一步，這才置於火光之中，跳動的火焰使得他一身鎧甲反射出薄薄一層光暈。

「奉中郎將命，我武毅帶十五名兄弟為先頭軍，來協助各位一起救助百姓！」他聲音鏗鏘有力，帶著一股威嚴。

「曾刺史，請您放心，中郎將已奏請上呈，後續的物資與人力已經在安排的路上了。」
聽武校尉這麼說，曾永波鬆了一口氣。
一開始他接到去城外迎接援助的命令時，一看只有三個小隊，他心都涼了半截，以為朝廷並不重視欽州這次的雪災。
原來是中郎將武瀚前往幽州，恰好路過欽州百里處，聽說欽州在除夕夜發生了雪壓塌眾多房屋的情況，臨時指派自己的親弟弟，校尉武毅先帶十五名急先鋒來援助。
「中郎將大義，曾某替欽州百姓感謝各位。」
曾永波匆匆謝過後就又趕回府衙，還有難民的安置問題需要他解決，著實是沒空做表面工夫。
刺史離去，校尉就是在場等級最高的領導者，武毅清點完人數，確認了衙役共三十人，加上自己帶來的小隊士兵，合計共四十五人。
「州府衙役就這麼些人？」武毅問道。一般州府衙役少則上百，多則上千，此時只有三十人確實不該。
金輝作為衙役的領頭，上前回話道：「大人，本來年節當值是七十人，有二十人分出去巡查其他百姓房屋是否牢固，防止再產生坍塌，另外二十人把傷患運送至各醫館和救援點，所以現場清理只餘三十人。」
武毅點頭表示知道了，這個安排很合理，他沒有什麼要說的。

金輝又說道：「還有順記鏢局鏢師二十人，他們是自願來幫忙的，今天多虧了他們，早上才能及時挖出更多傷者送去救治。」

「哦？有此等義士？」武毅驚訝道。

他原先看其他在場的人未做衙役裝扮，還以為是出錢請的壯士，沒想到居然是欽州的鏢局自願幫忙。

他舉著火把看向衙役們身後的人群，這些人雖然衣服各不相同，腰間卻都有一條黑紅腰帶，果然是同一鏢局的。

突然武毅掃視的動作一頓，他在這些人當中看到了幾張熟悉的面孔，特別是那張棱角分明的英俊面龐，他定然不會認錯。

「這位可是林荀小兄弟？」武毅忍不住跨步上前問道。

所有人的視線都隨著他這句話落在林荀身上。

「阿荀，你認識他？」瀟箬扯扯林荀衣角，等他微微偏頭俯身時在他耳邊悄聲問道。

林荀搖頭。

和他隔著兩個身位的江平來回打量兩人。

數個視線來回後，江平一拍腦袋，他想起來了，這武校尉不就是小半年前，林荀第一次和他們護鏢途中救下的那個青年嗎！

彼時臉色蒼白、奄奄一息的人，現在神采飛揚，穿著威武的盔甲，難怪林荀一時沒有認出來。

江平在人群後方蹭到林荀身邊，小聲提醒道：「他就是之前你救過的那個人，你還記得不，去滇南那趟……」

原來是他。林荀這才想起來，他還曾為此人耗費了一粒瀟箬辛苦煉製的救命藥丸。

「小人林荀，見過武校尉。」他抱拳說道。

「林荀小兄弟不必如此客氣，你是我的救命恩人，該是我向你行禮致謝才是。」

武毅能在這裡遇到自己的恩人，又驚又喜，只是現在不是敘舊的時候，他說道：「救命之恩，我武毅沒齒難忘，只是眼下有更要緊的事，等過幾日得空了，我定然登門道謝。」

說罷他朝林荀等人抱拳，又囑咐道：「你們今日辛苦，後面的就交給我們吧。」

在武毅的指揮下，十五名急先鋒訓練有素，分頭行動，兩人一組負責一間房屋，對受災屋子進行了搜救。

軍隊的士兵和一般人果真不一樣，他們行動迅速，視力敏銳，互相只需要一個手勢就能明白對方的意思，十五個人的搜救速度竟然比衙役和鏢師們加起來都要快。

「大人，這兒有個活的！」

遠處傳來一個士兵的喊聲，竟是發現了倖存者。

眾人連忙往叫喊的士兵處跑去，到了跟前才看清，那個倖存者是個垂髫小兒，約莫三、四歲，被她的母親緊緊摟在懷裡。

母女二人卡在牆壁和掉落的木梁形成的三角區內，才沒有徹底被積雪掩埋。

只可惜他們所在的房屋位置偏遠，前面又有多處完全坍塌的房子阻礙人們前進，整整一天下來沒有人聽到母女倆微弱的求救聲。

母親看小女兒凍得直打哆嗦哭都哭不出來了，無奈只能脫下自己單薄的棉襖全部裹在孩子身上，自己就被活活凍死了。

臨死之前她還是保持著懷抱孩子的姿勢，企圖用自己的肉體來為孩子擋住一些寒風。

也正是因為她這個舉動，她的孩子在被雪埋了一天後還一息尚存。

「快！把她帶到火堆那邊去！」瀟箬喊道。

因她帶來了不少藥品藥酒，在場的人們都默認她是個大夫，趕緊按照她說的把孩子抱出來往火堆處送。

孩子母親的身體徹底凍住，士兵們硬生生地把她的胳膊拉到位移，才將她懷裡的孩子順利抱出。

完全不顧地上泥濘的雪水，瀟箬直接解下大氅將其鋪在火堆旁，示意士兵把孩子放在大氅上。

她又去旁邊捧來乾淨的白雪，捲高孩子手腳的褲腿袖筒，開始用雪用力搓。

這個舉動看得旁人摸不著頭腦，孩子都凍成這樣了，她怎麼還用雪去搓娃娃的手腳？

欽州地處南方，他們很少能看到雪，自然也理解不了凍傷的人該如何處理。

瀟箬沒有時間和他們解釋，只說道：「再去弄點乾淨的雪來，這點不夠！」

順記鏢局相熟的幾個鏢師在林荀的帶領下去挖雪，不一會兒瀟箬身邊就堆起半人高的乾淨雪堆。

她示意林荀幫她一起，用乾淨的白雪搓孩子的手腳，直到孩子的手腳恢復柔軟，身體不再像冰塊那樣僵硬了，她才拿過衙役準備好的毯子，將孩子裹住後匆匆送往最近的醫館。

幸好瀟箬處理得當，這孩子才得以保全手腳，不至於成為殘疾。只可惜她一家人都在雪災中喪生，三歲娃娃在這世界上孤苦無依，也不知她活下來算幸運還是不幸。

這個春節對於欽州來說是沈重而悲痛的，武毅帶著士兵及衙役挖掘了三天都沒有挖完屍體。

第四日，朝廷派人送來了衣物糧食及藥品等資源，卻沒有看到增援的士兵。

「北方人手吃緊，朝廷只下令運送這些來欽州，還請曾刺史理解。」護送物資的軍官如此說道。

曾永波也別無辦法，只能嘆了口氣感謝聖上垂憐欽州百姓。

中郎將遠赴幽州有要事，武毅也不能長期停留在欽州，朝廷物資一到，他就要帶著三小隊士兵去追趕行軍的進度。

臨行之前，他果然如來時所言，上瀟家登門拜謝。

「我武毅是知恩圖報之人，林荀兄弟日後若有需要，只管來盈都找我！我若不在，你只管去我武家軍報我武毅名號。」

武家軍、奔狼營、火器所和飛魚衛正是盈都四大軍，名義上直屬兵部管轄。其中武家軍和奔狼營善戰，值守護衛盈都是他們的主要職責，受天子直接調度。火器所內有大量能工巧匠，極擅火藥軍械，負責研發和製造武器以供全國士兵使用。飛魚衛則是負責參與收集軍情、策反敵將，行巡查緝捕之責，由當朝天子唯一信賴的安親王管理。

再偏遠的地方，都聽說過盈都四大軍的名號，更何況欽州並不偏遠。一聽武毅說自己是武家軍的，家中兩個老人面面相覷，態度越發恭敬。他們還沒見過這麼大的官呢。

林荀和瀟箬則沒有多少反應，瀟箬只當武毅這是客氣的場面話，林荀壓根兒就沒打算以後與武毅有交集。

「要我說啊，林荀兄弟這麼好的身手，只做個鏢師未免太可惜了，不如來我武家軍，一起報效朝廷，不也是美事一樁！」武毅說道。

他那日被追殺，雖然因為暈眩沒能看完林荀擊退那幾個殺手的全部過程，但是昏迷之前他分明看到林荀身形矯健，出劍時俐落乾脆，宛如游龍出水。

「謝武校尉抬愛，我暫時沒有從軍的打算。」林荀拒絕得毫無半分拖泥帶水。

看他表情堅定，武毅就知道這不是託詞，他是真心不打算當兵入伍。

「哎，也行，好男兒各有所志。」

說罷武毅解下腰間一塊玉牌，放在林荀面前的桌子上，抱拳道：「軍令如山，我得歸隊不能再待，這是我的隨身信物，贈予林兄弟。」

不等林荀拒絕，武毅就轉身大踏步離去了。

第二十四章

武毅離去，也帶走了隨他而來的士兵，本就缺乏的人手更加不足。

面對數量龐大的災民，曾永波咬牙決定先暫停對因雪災垮塌地區的搜尋，集中人力、物力救治活著的傷患。

欽州醫藥商會在這次救治中發揮了重大作用。

前期各家藥鋪醫館出藥出力，設置的三處臨時救助點挽救了不少傷患，使他們免去落得殘疾或喪命的下場。

待朝廷的糧食藥品到位，他們又讓各家駐店的大夫輪班為欽州百姓看病，只要是因為雪災造成的外傷或者凍害，都是免費看診，分文不取。

百姓對此皆是交口稱贊，曾刺史更是為商會題字「仁心仁德」，製成匾額掛在商會大廳中。

「瀟姑娘，這次多虧了你們商會出手，不然我欽州百姓只怕傷亡更重啊。」

曾永波特地親臨商會總部，對瀟箬表示感謝。

「大人客氣了，我們只是力盡所能。」瀟箬遞上一杯熱茶，說道：「只是苦了百姓。」

「是啊，粗略統計因此受傷的有四百餘人，確認死亡的四十八人，失蹤九十六人，只怕這些失蹤的都還埋在雪下……」

曾永波雖談不上愛民如子，但也是心繫百姓，欽州一口氣損失這麼多人口，開春的耕種都會受到影響，他從年初一至今就沒睡過安穩覺了。

「現在雪化一些了又凍上，更難挖掘，只能等天氣暖和了，冰雪消融，再進行收殮。」其他掌櫃也是搖頭嘆息，確實如曾刺史所說，只能如此。

幸好欽州地處江南，出了正月，天氣就逐漸暖和起來。

融融的暖陽開始籠罩這座剛受過創傷的城市，原本堆積到硬邦邦的雪堆也開始融化成一灘灘的水，像一道道顏色發暗的傷口，斑駁地趴在欽州的皮膚上。

趁著天氣好，瀟箬和岑老頭一起將家中的被褥拿出來拍打晾曬，等晚上就能在蓬鬆柔軟的被子裡舒舒服服地睡上一覺。

敞開的院門探進一張塗著厚厚胭脂的臉，是隔壁的謝春花。

「忙著呢？」謝春花看院中只有瀟箬和岑老頭兩人，也不客氣，扭著腰肢就進門來。

「春花嬸，今天怎麼有空來我這兒？」瀟箬笑著和她打招呼。

謝春花年輕時候是個清官人，彈得一手好琵琶，在醉香樓也算是一塊活招牌。後來年紀大了，用多年的積蓄給自己贖了身，嫁給了欽州賣豬肉的屠夫。

她家院子和瀟家只隔了一道小巷，平時瀟箬經常看到她歪著身子依在窗邊，把她保養得蔥白細嫩的手放在陽光下細細端詳，自我欣賞著。

有時候若是她興致來了，還會把以前的琵琶找出來，撥著弦咿咿唱上兩句。

附近的鄰里也許是嫌棄她的出身，並沒有幾個人願意和她攀談，她自己也就識趣地很少出門。

「哎，我這不是無聊嗎，隨便走走。」

謝春花看到還有一床被子沒抖開，就把繡著桃枝的袖子往上一挽道：「我來幫妳吧！」她一靠近，岑老頭就後退幾步，看謝春花動手抖被子了，岑老頭乾脆就去藥房，打算把昨天沒切完的橘皮再切一些。

他倒不是嫌棄謝春花，只是男女有別，謝春花一個他人婦在這兒挽袖子、露胳膊，他要避嫌的。

這袖子一挽，瀟箬就注意到謝春花白生生的手腕上戴著個掐金絲的如意鐲。

「春花嬸子的鐲子真好看，是大牛叔給妳新買的？」瀟箬笑著問道。

她大概猜到謝春花今天怎麼突然出門逛了，這是新得了首飾想顯擺呢。旁人都不怎麼搭理她，她才會蹓躂到瀟家來。

「他哪有錢給我買這掐金絲的首飾呀，這是觀音娘娘賞給他的！」謝春花一臉得意。得了這麼漂亮的一個東西沒處說道，可給她憋壞了，瀟箬隨口一問正問到她心坎裡。

用力拍打了幾下被子，讓裡面的棉絮更鬆散，瀟箬手上活不停，隨口就搭了句話。「觀音娘娘怎麼賞給大牛叔的？夢裡給的嗎？」

她也不是真想知道，嘮嗑嘛，隨口問、隨口答，誰也不往心裡去。

謝春花突然就神秘起來，她先是走到院門口左右張望了一下，確定隔牆無耳，這才小碎步走到瀟箬身邊，拉著瀟箬到院子角落，手攏著嘴巴悄聲說道：「是觀音娘娘在西邊賞的。」

「西邊？」

瀟箬心中一動，有一種微妙的感覺。

「對呀，我悄悄跟妳說，妳可別告訴別人啊，這西邊現在可有不少好東西呢。」

謝春花塗著厚厚口脂的嘴角翹起，得意地說道：「我家大牛去得早，一去就得了這個鐲子，可不就是觀音娘娘賞的嗎。那些後來去的啊，就不一定能撿著這樣的寶貝啦！」

果然，如瀟箬所想，這些東西哪是什麼觀音賞賜，就是屠夫王大牛從雪災垮塌的房子裡拿的，甚至有可能是從死人身上扒下來的！

「春花嬸，這可不能戴啊！」瀟箬皺起柳眉看向謝春花道。

「怎麼就不能戴了？這都是無主的東西，誰碰上了就是誰的，我家大牛撿著的，那就是我家的東西了。」

謝春花有點不高興，又說道：「又不是只有我家大牛去撿，好多人都在撿呢！那些鍋碗瓢盆、桌椅板凳，不都被人撿走、抬走了！」

看瀟箬臉上的表情越來越凝重，謝春花的聲音也越來越小，最後覺得有點自討沒趣，嘀咕了幾句是不是嫉妒啊之類的話，扭著腰肢就出了瀟家的院子。

對她這樣的反應，瀟箬無奈地嘆了口氣。

倉廩實而知禮節，衣食足而知榮辱。在這個物資並不豐沛的世界，她確實不能要求人人都能明白死亡的厚重。

「王家娘子走了？」

岑老頭從藥房裡推開窗戶，看院中只有瀟箬一人。

「嗯，剛走。」

被褥都晾好了，瀟箬也進了藥房，幫岑大夫一起切橘皮，邊切邊把謝春花剛才說的話告訴了岑大夫。

聽瀟箬的轉述，岑老頭的眉毛越皺越緊。

等她講完，岑老頭停下切橘絲的動作，手握著藥鍘陷入思索。

「老爺子，怎麼了？」瀟箬不解道。

突然岑老頭鬆開藥鍘，起身就往外走，邊走邊叮囑瀟箬。「丫頭妳和太禮一起，去把荀小子和嫋嫋叫回來，我去接昭昭。」

此刻才午時三刻，離瀟昭下學還早得很，瀟箬不明白岑大夫怎麼突然做出這樣的決定。

「老爺子，發生什麼事了？」

「妳莫問，先按我說的做，回來我再跟你們解釋。」

岑老頭叮囑完瀟箬，就急忙往瀟昭所在的私塾趕去。

一路上他邊走邊觀察著從身邊擦肩而過的所有人。

這人手上捧著個缺了一角的陶罐，幾步外那人手肘上搭著濕漉漉的棉襖，還有人拎著一隻倒掛的死雞，心滿意足地晃著……

原先沒有注意到的細節都被岑老頭盡收眼底，他越看越心驚，只能暗暗加快腳步，好快一些趕到私塾。

「瀟家老爺子好，您這是來找瀟昭嗎？」

私塾中誰人不知先生最喜愛的學生就是瀟昭，年紀最小卻最有天賦，長得又是玉雕一般可愛。

連帶著私塾門僮對瀟昭的家人都多有留意，看看誰家祖墳冒青煙出了這麼一個神童，自然而然把瀟家人都記了個臉熟。

「哎，是，是。」岑老頭也不去糾正門僮的稱呼，他拱手道：「煩請小先生通報，家中有急事，我來接瀟昭回家去。」

私塾為了防止旁人打擾學生用功，是不許其他人擅自進入私塾的，只能讓門僮通報。

門僮作揖還禮，隨後就去和當日授課的夫子稟報。

「瀟昭，既然是你家人來尋，想必是家中有要事，你且歸去。不過課業不能落下，也要按時完成知道嗎？」

夫子看瀟昭乖乖點頭，欣慰地笑道：「去吧，莫讓家人等著急了。」

收拾好課本裝進布兜，瀟昭跟著門僮出了私塾。

岑老頭揣著手站在私塾外伸著腦袋眼巴巴瞅著，看到熟悉的小身影出來，他趕忙招手示意瀟昭。

「昭昭，這裡！」

小身子跑到岑老頭身邊，瀟昭抬頭問道：「岑爺爺今天怎麼這麼早來接我？是家裡出什麼事了嗎？」

「先跟我回家吧，咱們回去說。」

接過他身上的布包，牽起他的小手，岑老頭不敢再停留，匆匆帶著瀟昭回家去。

到家時，瀟嫋和林荀都已經被喊回了，一家人整整齊齊。

見人到齊了，岑老頭趕緊把院門關緊，插上門栓，這才鬆了一口氣，走到院中桌子旁坐下歇息。

他這套動作看得其他人更疑惑。

「老爺子，到底是怎麼了？」

瀟箬邊問邊給他倒了杯水，讓他緩緩。

「哎，今天這事讓我想起了我小時候。」

岑老頭接過杯子喝了口水，慢慢道：「我才十一、二歲，想必太禮那是還是襁褓中，所以不知道當時發生了什麼。」

鄭冬陽點點頭，他確實不知道岑老頭為何今天這麼緊張。

「那時也是夜晚，大家都還在睡夢中，遇上了地龍翻身。」

說起往事，岑老頭有些混沌的雙眼更顯迷離。

「那場面，可太淒慘了，數不清有多少人被掉下來的屋頂房梁壓死、砸死，到處都是哭喊聲……

「好多人家直接絕了戶，屍體堆起來足足有幾丈高，墳地裡都埋不下，最後只能草草埋到亂葬崗去……

「再後來，先是個欠了賭債的渾小子，家中沒有什麼能變賣成賭資了，他就把歪心思打到那些絕戶的人家身上，去空房子裡翻找搜尋。

「先是翻出人家藏起來的積蓄去賭，輸了又繼續去翻，就這麼來來回回，所有因為地龍死絕了人的空房子都被他翻了個遍。

「沒有金銀了就拿瓦罐、陶器去變賣，後來實在沒什麼可以拿了，他甚至去亂葬崗扒那些尚且完好的死人衣服，隨便淘洗下就拿去典當，或者賤價賣給不知情的。

「就這樣，這渾小子過了一段舒服日子，可是不知不覺間，鎮上的人就開始得了奇怪的病症。

「先是咳嗽發燒，然後是嘔吐腹瀉不止，人變得畏寒，四肢無力，最後手腳潰爛，周身流膿，淒慘死去。整個過程發病迅速，從開始到死亡，不過數天而已。

「那些最早得病的，就是從那渾小子手裡買了衣物、器具的人，等他們察覺不對，怒氣沖沖地找渾小子討說法，到了他家才發現，他們一家子早就全死在家裡，屍體都腐爛生蛆了！

「這個病症還會傳染給旁人，那一年鎮上每天都在死人，家家戶戶房門緊閉，誰都不敢隨便出門。但是有些房門關了，就再也沒打開過……」

在岑老頭蒼老的聲音中，瀟箬的心漸漸下沈，她明白老頭子口中的怪病是什麼。

古代科技、衛生落後，一旦發生大災，沒有及時處理好的人畜屍體會快速腐爛。滋生的細菌會蔓延入地下水，或沾染到與之接觸的人畜身上，從而爆發出廣泛而猛烈的傳染性疾病，俗稱瘟疫。

今天謝春花所言之情形，與岑大夫說的瘟疫前兆別無二致，只怕欽州接下來也難逃此禍。

「我剛才去接昭昭時，就看到不少人手上拿著死人器物……」

話點到為止，四個大人相互對視，明白接下來可能發生的事態有多嚴峻。

瀟箬最先冷靜下來，她明白在這個沒有抗生素，也沒有次氯酸能消毒殺菌的世界，瘟疫並非完全靠人力就能避免或者治癒的，更多的是只能盡人事、聽天命。

她心中盤算了一下家中的糧油儲存量，雖然年前準備了不少，但一個月的消耗後，剩下的米麵肉菜也只夠一家人再吃半個月左右。

「阿爺，阿荀，你們帶上銀子去買米麵和肉，能買多少就買多少，最好多跑幾家，分散著買，別太引起別人的注意。

「老爺子你就在家裡，看著嫋嫋和昭昭。我記得咱們倉庫裡還有雄黃，等會兒都拿出來燒了，我們進出門都要用雄黃的煙來熏蒸衣服鞋襪。」

安排完大人的任務，她蹲下和雙胞胎平視，一臉慎重地說道：「嫋嫋、昭昭，從今天起你們不可以再出門，除非阿姊說可以。知道了嗎？」

「去私塾也不可以嗎？」

瀟昭小臉蛋微微皺起。夫子才剛開始講解《曲禮》，他還想明日去向夫子請教。

摸摸他剛開始褪去嬰兒肥的臉蛋，瀟箬看著瀟昭烏黑的大眼睛，一字一頓說道：「不、可、以。」

隨後又安撫地摸摸他的小腦袋瓜。「學問上不懂的地方，你可以先和阿爺請教。」

得到雙胞胎節奏一致的點頭後，她才鬆了一口氣。

家中安排妥當，剩下的就是外面的事情了。

瀟箬看向天空，今日尚且晴好，但暴雨隨時都可能向這座城市襲來，欽州搖搖欲墜。

古代治療瘟疫的方法並不多，岑老頭寫了個散瘟湯的方子給瀟箬，主要是瀉肺胃之火。瀟箬心裡清楚，這方子不一定對症。

瘟疫是由細菌病毒引起，她沒辦法確定這次會是哪種病毒，這藥方只能說是聊勝於無，希望博大精深的中醫真能派上用場。

當她捏著方子匆匆趕到同記藥鋪時，錢掌櫃剛好在訓斥夥計。

「炮附子要用柳木你不知道嗎？你看看這弄出來什麼東西！這批附子全廢了！」

錢掌櫃氣得團團轉，指著夥計鼻子罵。

「要不是看在你娘的面子上，我早就讓你收拾鋪蓋滾蛋了！」

這夥計說起來是他表甥，他是受表姊所託才收進來做內堂夥計栽培的。

夥計被訓得垂頭喪氣，正發愁他這表舅舅什麼時候才能消火氣放過自己時，看到瀟箬神色匆匆往這兒走來。

「瀟姑娘！」他驚喜道。

「瀟什麼姑娘！你要是有瀟姑娘一半的炮藥本事，我就燒高香了！」

錢掌櫃以為他是故意岔開話題，氣得一巴掌拍在他頭上。

「哎喲，不是，我是說瀟姑娘來了！」夥計吃痛地抱住腦袋喊道。

錢掌櫃是背對大門訓人，聽夥計這麼說他才轉頭看去，果真看到瀟箬跨進門來。

「說曹操，曹操到。瀟姑娘今天怎麼來我這兒了？我們約定好的送藥日子還沒到吧？」

他臉上立刻由怒轉喜，又是一副樂呵呵的笑彌勒模樣。

「還有三日才到期限的，錢掌櫃，我今日來另有事情相商。」

瀟箬也不跟他客套，直截了當地說道：「錢掌櫃現在可有時間？」

看瀟箬俏臉緊繃，神情嚴肅，錢掌櫃心中一緊，連忙讓她進內堂說話。

同記藥鋪的內堂是掌櫃平日盤帳和接待貴客的地方，幽靜而敞亮，同時又兼具保密性。

錢掌櫃請瀟箬上座，就要親自給她看茶。

「不用，正事要緊。」瀟箬謝絕了錢掌櫃的茶水，問道：「不知現在商會是否能立刻聯繫上各大藥材商行和藥農？」

「能的，從那次救災義舉之後，咱們商會的名號就在欽州打響了，加上曾刺史的題字，那些藥材商和藥農這個月都主動來找我們商會了！」

說到這裡，錢掌櫃臉上滿是對瀟箬的敬佩。

「瀟姑娘那時的提議真是太有效了，現在我們商會要什麼藥材，就一句話的事情。」

身為欽州醫藥商會主事之一，他也是與有榮焉。

「那好，這上面寫的藥材，你聯繫下他們，能收多少、收多少。」

瀟箬把寫著避瘟散藥方的紙條展開，遞給錢掌櫃。

只見展開的紙條上端端正正寫著荊芥、石膏、玄參、天花粉、生甘草、黃芩、陳皮、麥芽、神曲、茯苓十種藥材，旁邊還標注著每種的用量。

「這是？」錢掌櫃一時沒反應過來，他沒看懂這個方子是何用途。

「這是避瘟散。」瀟箬沒打算隱瞞，她說道：「煩勞錢掌櫃今日就聯繫各位藥材商和藥農，務必儘可能多收購上面的藥材，還有若是有雄黃，一併購入。」

「可、可是現在也沒有瘟疫出現啊，咱們購買這些藥材到時候賣給誰呀？」

看錢掌櫃一臉疑惑，瀟箬想了想還是不打算全盤托出。

畢竟瘟疫可能到來目前只是岑大夫的猜測，要是她現在直接告訴錢掌櫃，只怕是會引起恐慌情緒。

「你若是信我，就按我說的做。」瀟箬只能這樣回答道。

「用不上自然最好，若是有一日用上了，我只要求你們賣這個藥不能超過半成利。」

欽州所有藥鋪醫館的掌櫃裡，錢掌櫃看瀟箬是最帶有濾鏡的，在他心中瀟姑娘簡直是聰明絕頂，所策所算從無半分遺漏。

這也是瀟箬選擇第一個就找錢掌櫃的原因。

果然不出瀟箬所料，錢掌櫃反覆看了幾遍寫著避瘟散藥方的紙，思忖片刻後握拳說道：

「我自然是相信瀟姑娘的，我這就去聯繫藥材商們。」

藥材一事算是辦妥了，瀟箬和錢掌櫃拜別後就出了同記。

她特意避開人流量較大的街道，轉而從小巷穿行。

其實她心中還在踟躕接下來要去哪裡。

是直接回家閉門等待事情的發生，還是去府衙把這個猜測告訴官家？

如果告訴了曾刺史，說自己猜測接下來可能會發生瘟疫，但是最後沒有瘟疫的話，會不會被治個誹謗罪？

在這個世界誹謗罪是重罪，立法明言：誹謗者，族誅。

她自己的生死是其次，家中的其他人可是會被連累的。

若是不說，瘟疫真的爆發……

她低頭沿著小巷邊緣走著，心中糾結成一團，突然肩膀被人從後面拍了一下。

瀟箬猛地一驚，她竟然沒有聽到有人靠近，還未回頭掌心已經開始隱隱發熱，進入警戒攻擊狀態。

「瀟姑娘，想什麼這麼入神？我喊妳好幾聲妳都沒聽到。」

熟悉的聲音傳來，是衙役金輝。

瀟箬僵硬的身體這才軟下來，不動聲色地收起半握成拳的手。

「金大哥，不好意思，我剛才走神了。」她盈盈一笑道。

「啊，正好遇上妳，省得妳以後再跑一趟了。」金輝撓撓腦袋，被眼前少女溫柔的笑容晃得有點害羞。

「妳上次不是託我打聽那個拐賣孩童的案子，上頭有消息了，說是抓到的幾個人牙子都要被押送到盈州，等刑部審判後統一流放呢。」

「盈州？還需要刑部來審判？」

這消息倒是出乎瀟箬意料，只是拐賣了十幾個孩童，需要用到最高的司法機關來直接審判？

「是呀，我聽司馬親口說的，錯不了。」金輝肯定地答道：「是大理司親自下令的。」

「不過為啥是這樣我也不知道，官老爺的心思咱們哪猜得透呀，上面什麼命令我們就照做。」

瀟箬若有所思地點點頭，金輝說得沒錯，官大一級壓死人，他今日告訴自己的已經是他所能知道的所有訊息了。

「謝謝金大哥告知。」瀟箬膝蓋微彎，行禮道謝。

「客氣了，舉手之勞而已。那我就先告辭了，曾大人還等著我去回話呢。」

金輝也抱拳還禮，說罷轉身就要往衙門走。

看著金輝高大的背影，瀟箬眉頭一跳，沒忍住開口道：「金大哥等等！」

金輝聞聲停下腳步，轉頭問道：「瀟姑娘還有其他事？」

看著金輝憨厚的面龐，瀟箬細聲細氣地說道：「也不是什麼大事，就是最近看到不少人都咳嗽不止，想來是天寒受凍，金大哥要多多注意身體才是。」

「多謝瀟姑娘關懷。」被漂亮姑娘叮囑小心身體，金輝多少有點不好意思。

「我皮糙肉厚，從小到大很少生病的，而且今年回春快，妳看這才出正月，我出去跑趟活計都能出一身汗呢，凍不著！」

他憨憨笑著，為表示自己強壯，還啪啪拍了兩下厚實的胸肌。

瀟箬並未再說什麼，抿唇一笑就向金輝告辭回家了。

她只能言盡於此，接下來發生什麼只能聽天由命了。

整個欽州她扛不起，但是至少要抗住瀟家。

第二十五章

金輝和瀟箬分別後就加快腳步往府衙跑，差事完成得抓緊時間回去覆命。

他今天是去調解西大街的陳記布店和張記燒餅鋪的官司。

陳記老闆狀告張記燒餅鋪每天做燒餅，燒出的柴火灰順著風飄到她家院子，把她新進的布料染得黑一道、灰一道。

張記燒餅鋪則是說陳記布店是把賣不出去的舊款式抹了煤灰，好賴在他們身上，訛詐他們錢財。

兩家鋪子從拌嘴吵架升級到大打出手，最後雙雙來敲鼓鳴冤。

這種家長裡短的雞毛案子向來都是派給他們幾個都頭處理。

要是平日裡，金輝會喊手下幾個去調停調停，可現在正是用人的時候，皂班、捕班、壯班通通人手不夠，他手下僅有的幾個下屬衙役全被徵用。

無奈只能他親自出馬，今天一下午他來回在布店和燒餅鋪來回跑，好不容易才給兩家人調解好，他得趕緊回衙門登記結案。

路上遇到瀟箬說了會兒話耽擱了時間，不快點用跑的話就趕不上吏員登記造冊了。

幸好他腿長，跑起來一步抵別人三步，終於在放衙前趕回來。

「……王叔，王叔，我、我今天還沒登記呢！」金輝氣喘吁吁地攔在王吏員面前，擋住他企圖早退的腳步。

「你怎麼不早點，再一刻就該放衙了，我筆墨都收拾好了！」王吏員翹著鬍子，滿臉不高興地說道。

「呼……這不還沒到點，你就幫我再記一筆……大不了，晚上我請你喝酒！」

「算你小子識相。」一聽到有酒喝，王吏員面色稍緩。

他慢悠悠地從摺好的布袋中拿出筆墨，滴上兩點清水，研磨起來。

「不過今兒個就算了，你先欠著，下次喝。」

王吏員出了名的好酒，今天居然不著急讓他兌現請喝酒的承諾，讓金輝不由有些好奇。他問道：「怎麼？王叔今日是有約？這酒都請不動你了。」

「約什麼約啊，我那不成器的小兒子，最近不知道怎麼了，老咳嗽發燒，風寒感冒的湯藥喝了幾帖了也不見好，我家那位正著急上火呢。」

王吏員撇著嘴說道：「我可不想在這時候出去喝酒，徒惹家中吵鬧。」

邊說著邊寫，沒一會兒王吏員就把金輝今日差事登記好，轉頭清洗起他那枝梨花木狼毫來。

「怎麼又是咳嗽發燒，我記得三班的兄弟們不少人告假都是因為這個吧？」

「可不是，也不知道這次的風寒怎麼這麼厲害。」

隨口答著，王吏員清洗好筆，又一一收納好，往院中日晷一瞧，正好是酉時，到了放衙的點了。

一到點，他的動作像是突然被加速快轉，和剛才慢悠悠的樣子截然不同。

起身拿起外衣，王吏員快速朝府衙外走去，邊走邊喊：「你記得欠我一頓酒！」

酒字音未散去，人都瞧不見影子了。

金輝習慣了王吏員放衙前後兩副面孔的樣子，隨意揮了揮手當作告別，心中琢磨起來。

剛才遇到瀟箬時，她就提起現在好多人都有咳嗽症狀，還說天寒讓自己注意別受凍。

可是今年天氣迴異，二月初氣溫已經很暖和了，好些人都穿不住厚實的棉襖，換上輕便的薄衣，說受寒受凍未免有些怪異。

然而最近自己身邊確實是有不少人開始生病，大多是咳嗽發燒，府衙中好幾個兄弟因此告假，導致三班衙役人手不足，他幾個下屬都被調去當值了……

越琢磨金輝心中越是覺得不對勁。

這些人都是先告假，隔幾天就接二連三都生起病來。不像是尋常的風寒感冒，倒像是什麼會過人的病症，那些告假的不是平日交情甚好多有走動，就是同班當值長期相處的。

想到這裡，金輝心臟猛地突突起來，彷彿要破胸而出。

若真是過人的病症，他要趕緊上報曾刺史才行！

話分兩頭，金輝這邊狂奔去找曾永波稟報自己的猜想，瀟箬這邊已經回到瀟家院子。

進門就看到院中堆放著幾十個麻布口袋，裡面鼓鼓囊囊都是大米、地瓜、馬鈴薯這些耐儲存的口糧。

庫房被清理成兩塊區域，原來炮製好放在倉庫裡的藥材都被整理到製藥房，僅留下不好搬運的木柴、炭火被最大限度地堆疊起來，占用了庫房的東北角。

其他空出來的地方，全部被林荀和鄭冬陽採購的食物堆得滿滿當當。

兩扇完整的臘豬用粗草繩穿起來掛在房梁上，旁邊還有同樣晾好的成串魚乾。煉好的豬油三大瓦罐，雪白的油脂散發著特有的香味，最能勾人肚子裡的饞蟲。精磨的白麵和粗磨的玉米麵各有六麻袋，磨好的麵粉容易受潮，瀟箬指揮著林荀把十二個麻袋都放在架子上。

院中的大米、地瓜和馬鈴薯通通搬進庫房，用品字型堆疊，既能保證空氣流通，塊莖類也不會因為擠壓而發霉腐爛，又能方便取用。

還有不能缺少維生素和纖維，但蔬菜含水量高，不耐儲存，瀟箬就把蘿蔔、白菜、冬筍類植物都切成厚片。

在她精妙的火候掌控中，這些果蔬片中的水分迅速蒸發，變成了一堆堆香脆的果蔬乾。需要食用時，只需在水中泡發，雖然比不上新鮮的，口味卻八九不離十。

瀟箬最慶幸的，就是當初選擇的這院子裡自帶了一口井。在這種需要閉門不出的時候，完美解決了水源獲取的問題。

清點完庫存，確定這些物資足夠他們足不出戶起碼三個月後，瀟箬提著的心終於放下。

她深深吐出一口氣，這口氣從岑大夫說出可能會發生瘟疫後，就一直哽在她的胸膛裡。這會兒吐出來，她才覺得身體逐漸放鬆下來。

「箬箬啊……」鄭冬陽撓撓臉頰，有點煩惱地說道：「我和阿荀光顧著要分批次，避人耳目的買東西，都沒怎麼講價……」

他老臉上泛起了憂愁。

「剛才我一算，好像把家裡的銀子都用得差不多了……」

當時著急要他們去囤物資，瀟箬把家中存放銀錢的木盒整個交給了鄭冬陽。

裡面是他們所有的積蓄，包括林荀護鏢的工錢，瀟箬平日炮製藥材換來得來的現銀，以及岑老頭攢的瑣碎銀兩。

他們日常的開支都是從裡面支取，瀟箬隔幾日就要從頭清點一遍，她還記得上一次數錢是在兩日前，木盒中共計八百六十二兩七錢，外加四百枚銅板。

「都花了？」瀟箬有點不可思議。

倒不是覺得他們買的東西多，這情況下多囤物資完全沒有錯，她驚訝的是這些物資基本都是米麵糧油，最昂貴的應該就是那兩扇臘豬，這全部加起來應該也用不到八百多兩銀子。

「本來是沒花這麼多的……可是後來我買了這些。」

鄭冬陽從庫房最靠裡頭的櫃子上搬下四個捆紮結實的皮袋子，解開繞了七、八圈的封口繩，裡面白花花的晶體就暴露在幾人面前。

用手指分別沾了一些送到嘴巴裡，瀟箬嚐到了熟悉的甜味和鹹味，竟然是白糖和鹽巴。四個皮口袋裡糖和鹽各半，剔透的晶體反射著燭光，像一粒粒細小的碎鑽吸引著瀟箬的目光。

她來到這個世界開始，就知道在這世界裡糖和鹽的昂貴。尋常百姓多食用麥芽糖或者飴糖，因為提取技術的限制，這類糖多半帶有苦味，像面前這樣雪白的白糖是非常稀少的。

鹽巴雖然沒有白糖這麼罕見，但是一斤純度不算高的海鹽也需要三兩銀子。看瀟箬直勾勾地盯著糖和鹽，鄭冬陽有點吃不準自己買這些是對是錯。

他本來是在買魚乾，剛好遇上一個行商從貨行裡罵罵咧咧的出來。那行商說話帶著口音，鄭冬陽聽了一陣子才聽明白，他是來賣貨，卻被這貨行的掌櫃惡意壓價了。

行商本著不蒸饅頭、爭口氣的心態，硬是不賤賣自己的貨，和貨行掌櫃吵得面紅耳赤，這才罵罵咧咧被貨行夥計趕出來。

「你們會後悔的！」行商面帶怒容大聲喊道。

這句彆扭的話挑起鄭冬陽的好奇心，究竟是什麼東西能讓這行商這麼有底氣？於是他上前搭話問道：「這位兄臺要賣什麼？能否讓老朽開一開眼界？」

行商見來問的老頭寬袖大袍，頗有些仙家風骨，不像是一般的小老頭，還真就把自己的貨給鄭冬陽看了。

正是這兩袋白糖和兩袋細鹽。

「老人家，不是我吹噓，就我這貨，你上哪兒都找不到這麼好的，我也是費了不少錢淘來的。」行商面露得意地說道。

「這可不是普通的鹽巴和糖，這色澤你看看，不帶一點點雜質！」

行商說話顛來倒去，倒也不耽誤鄭冬陽理解他話裡的意思。

看眼前的老頭感興趣，行商又吹噓起自己的貨物來。

「而且，我的糖和鹽，可是能救命的好東西，我曾看過有人用這兩樣救活人啊！」

這一番番推銷下，鄭冬陽有點心動了，忍不住詢問起價格。

「四百兩。」

行商的報價嚇了鄭冬陽一跳，他從沒想過四袋雪花鹽和白糖會要價這麼高，當下就打算告辭。

「哎哎，老人家，有話好商量的！」

行商趕緊拉住這潛在的客戶，看得出來這小老頭對他的貨本來是帶有強烈興趣的，要是錯失了這個機會，這糖和鹽巴又要重新去找商行賣。

欽州商行間都通著氣呢，他和這家商行掌櫃吵了一架，只怕等會兒全欽州的商行都知道了，他的貨想再賣個好價錢是不可能了。

「這樣，打折我可以，三百八十兩怎麼樣？」

鄭冬陽還是搖搖頭，三百八十兩！當這糖和鹽是金子做的嗎！

「那就三百六十兩！我進價都要三百五十兩了！」

行商急得一跺腳，說道：「我的貨真的能救人的！我親眼看到的，那人躺著氣都喘不上來了，大夫就把我這糖和鹽用水一攪和，灌下去就好了！」

看行商神情不似說謊，又思忖岑老頭剛才說的場景，鄭冬陽開始瘋狂心動。

若是行商所言屬實，那之後要真爆發瘟疫，這糖鹽是不是真可以救命？

他的糖鹽和普通的糖鹽確實不一樣，或許有意想不到的作用？

鄭冬陽自小苦讀，多年來也是獨自一人生活，和別人接觸得極少，這就導致他很容易相信別人的話。

思來想去，覺得三百六十兩買四袋能救命的糖和鹽，好像也不是不可以。

再一番激烈的討價還價後，兩人以三百五十四兩的價格成交。

此前鄭冬陽和林荀領到購買物資的任務時，他們就說好要分開行動，各自去欽州東西兩個集市採購，防止一起過於惹人注意。

鄭冬陽把木盒中的四百兩交給林荀，自己拿著剩下的四百六十二兩七錢，外加四百枚銅板。

這會兒買了糖鹽，他剩下的錢就不多了，緊巴巴算著帳又買了些米肉魚乾後，直接花了個精光。

聽完鄭冬陽買東西的過程，瀟箬心中默默嘆了口氣。

阿爺這是被忽悠了，白糖和雪花鹽雖然價格不菲，眼前四個袋子也就十斤一袋，算下來撐死不過一百八十兩銀子，奸詐的行商哭著怒賺一倍錢。

「他說這兩樣能救命……」鄭冬陽也意識到些許，囁嚅地低聲說道。

他原本黑白相間的頭髮在這半年中已經逐漸全部花白，這會兒心中發虛，又是懊悔、又是自責，身形也不自覺佝僂起來。

看這位平日放蕩不羈、灑脫自在的長者，此刻像個做錯事的小孩一般低著頭，瀟箬不忍心責備。她揚起笑臉說道：「腹瀉嚴重的情況下，糖鹽水確實是可以救命的。」

聽她這麼說，鄭冬陽有點難以置信地抬起頭。

「而且平時喝點糖鹽水，可以提高體力，維持電解質平衡，還有一定的消炎作用呢。」

笑容終於重新回到鄭冬陽的臉上。

看到一家人整整齊齊地圍坐在一起，瀟箬忍不住伸手摸摸崽崽們的小腦袋，露出心滿意足的笑容。

錢是身外物，花光了可以再賺，最重要的是大家都平平安安、健健康康的在一起。

沒有困難的生活，只有勇敢的瀟箬，不就是又沒錢了嗎，大不了從頭來過！

不過倒也沒有徹底重來，林荀後來悄悄塞給瀟箬一百多兩銀子。這是他未花完的，只是剛才的情形，他不好直接拿出來，以免惹得鄭冬陽更難過。

作為獎勵，瀟箬踮起腳尖努力伸長手，好好摸了一把小狗腦袋。

之後的日子瀟家院門一直緊閉著，一扇小小的木門隔出兩個世界。

欽州果然爆發了瘟疫。

越來越多的人開始咳嗽發燒，腹瀉不止，沒幾天就臥床不起，皮膚出現潰爛流膿。

隨著病人越來越多，街上已不復往日的熱鬧，各家店鋪每日只開張幾個時辰。走在路上聽到旁邊有人咳嗽一聲，人們都如受驚的鳥雀，立馬四散逃離，唯恐自己也沾染上要命的傳染病。

偌大的欽州現在最熱鬧的就是各家醫館，沒有明顯症狀的人們都來求購一劑避瘟湯。有沒有療效尚且無法考證，至少能求個心安。

原本人們還擔心醫館藥鋪們會乘機漲價，出售的避瘟湯想必也會價格高昂，可真的付錢時才發現，這湯劑僅售十文錢一碗，每日供應，從不間斷。

也不是沒人提出過要漲價，每每有其他藥鋪掌櫃來找錢掌櫃商議，是否把避瘟湯的價格往上提一提時，錢掌櫃都板著臉拒絕。

「我答應過瀟姑娘，這湯劑盈利不能超過半成，你想漲價，那先去問問瀟姑娘答不答應。」

他那張彌勒臉板起來時頗為威嚴，其他人也就不敢再提了。

欽州官府在瘟疫爆發時，反應也是前所未有的迅速。

從以往的記載來看，官府通常是在大規模死亡發生時，才會發現瘟疫爆發。

而這次曾永波在聽完金輝的彙報後，敏銳地察覺到異常。

他迅速讓人沿著告假衙役病症這條線開始查，得知這些人多少都在近期接觸了、或者去過了城西邊還未處理完的災區。

等曾刺史再派衙役去西區附近察看時，發現了幾個在倒塌房屋間穿梭尋寶的人。

衙役當即把這些人捆了押送回來，由曾刺史親審。

「你們何時開始撿取災區的東西？」

衙門審堂威嚴肅重，跪在地上的幾人瑟瑟發抖，從實招來。

「大、大人，我們是這幾天才開始去的，我們聽說好些人都在那兒找到寶貝了……」

「啊，不過我們去晚了，在我們之前去的人已經把那裡搜了個一乾二淨，連屍體上的衣服都被扒完了，我們可什麼都沒撈到啊！大人明鑑！」

曾永波又繼續問道：「那你們這幾日可有感覺身體不適？或者家裡妻兒身體不適的？」

其中一個瘦小的中年人回道：「我家老小都身體康健，倒是我鄰居這幾日沒見到，聽說是突發疾病，在家臥床不起了。」

聞言，曾永波面色大變，繼續追問道：「他是不是也去過災區撿取物品？」

「啊……啊，是、是的，我就是看他拿回來不少能用的雞籠子，才尋思也去淘點……」

瘦小的中年人被刺史突變的神色嚇得說話都結巴了。

不好！

曾永波在心中大呼，趕緊命令衙役去統計所有去過災區的人員，將這些人以及所有曾接觸過的人全部聚集到城外的空廟中。

隨後他又採取了按症狀輕重，分開隔離病患的方法，輕症的每日遞送湯藥，嚴重的關在最偏遠的房間裡，任何人不得接觸。

所有病患的衣物及接觸過的東西，通通用火焚燒後挖坑填埋。

頒發告示通知全欽州的百姓，家中若有從災區拾來的物品，都要一律銷毀，違者重罰。

一系列雷厲風行的舉措，才使欽州瘟疫的染病人數沒有呈階梯式增長。

饒是如此，這場災難也持續了四個多月。

直到桃花開敗，枝頭都結出了毛茸茸的小綠桃，欽州才漸漸恢復生機。

第二十六章

瀟箬走在去平欣醫館的路上，她今日要去拿延胡索回來炮製。

家中的銀錢不多，她不能自己去買生藥材加工後再出售，索性就直接從商會成員那兒接單子。

生藥材從他們那兒拿，炮製好後也送去給他們，瀟箬就從中賺個炮製費。

剛進平欣醫館的後門，她就看到兩個熟悉的身影。

「毛掌櫃，我來拿延胡索了。錢掌櫃你也在呢？」

兩人一個是平欣醫館的掌櫃毛增榮，另一個胖胖的彌勒模樣，正是錢掌櫃。

「瀟姑娘來啦。」毛增榮笑咪咪地打招呼道：「我這就讓夥計去取藥材，妳稍等。」

錢掌櫃拱手作揖說道：「我來找毛掌櫃商量點事，正巧瀟姑娘來了，不如一同商討？」

瀟箬笑著上前，放下手中提著的空籃子，等夥計裝延胡索。

她知道錢掌櫃現在看她都有點迷信了，懷疑她是哪路的神仙，不然怎麼會提前知道會有瘟疫發生，還早早準備了預防瘟疫的藥方。

「你們倆做生意還要帶上我啊？」瀟箬打趣道：「我可沒有銀子參股了哦。」

「參股？」錢掌櫃一愣，隨後又說道：「也不是我倆做生意，這事本來是找商會的。」

他習慣了面前古靈精怪的姑娘嘴裡會蹦出一些他聞所未聞的詞語，全當是她學識淵博，也不去追問。

說到是商會的事情，瀟箬這個欽州醫藥商會的外聘理事是要瞭解一下。

「有什麼問題嗎？」

「是這樣的，之前我們提前準備了大量藥材，販售平價避瘟湯的事情，已經傳遍了各個州府，咱們商會的名號已經算是揚名全國了。」

錢掌櫃說著又向瀟箬拱手行禮。「這都是瀟姑娘真知灼見。」

馬屁吹了一波後，他接著說起了正事。

「前兩天來了幾個面生的主，拿著個神奇的藥材問我們商會能不能弄到，說是他們家主母願意重金求購。

「我沒見過這種似蟲非蟲的東西，想著他們主母求購，怕是女人家吃的東西，這才來找擅長此道的毛掌櫃看看。」

說著錢掌櫃拿起桌子上摺成正方形的小塊絲綢。這方綢帕錦紋絢麗、格調高雅，上面繡著的雀鳥展翅欲飛，活靈活現。

瀟箬自然沒認出來這是號稱價比千金的雲錦裁剪而成，只覺得這小塊的絲綢怕是價值不菲，看來綢帕主人確實非富即貴。

摺起的綢帕被小心打開，露出裡面包裹的一枚小小藥材。

這藥材頗為怪異，下端是黃褐色的蟲子，上端卻是一截直立的植株形狀，好似活物又怪誕荒謬，錢掌櫃和毛掌櫃都從未見過。

「冬蟲夏草？」瀟箬一眼就看出眼前這枚藥材是何物。

「瀟姑娘認識？」兩人同時發問。

自然認識，瀟箬給基地醫生們當小煉丹爐的時候，可沒少見這個東西。

冬蟲夏草因為生長環境險峻惡劣，野生植株獲取困難等因素，自古以來定位都是價格昂貴的滋補聖品。

它能補腎益肺、止血化痰，多用於治療腎虛精虧，陽痿遺精，腰膝痠痛，久咳虛喘，勞嗽咯血，是一種補陽藥。

正因為它滋補養身，即便在末世，它也是高層們爭相搶奪的資源。

瀟箬把冬蟲夏草的功效及用法向兩人一一道來，聽得錢掌櫃和毛掌櫃嘖嘖稱奇。

「世上竟然真有蟲子和草的結合體，真是世界之大，無奇不有。」

「學而不已，蓋棺乃止啊。」

對瀟箬的博識錢掌櫃又是忍不住一陣拍馬屁。

「那瀟姑娘可知這種藥材何處可以求得？那位主母開價八百兩一根，不知其中可得幾成利？」

說到底大夥兒都是生意人，毛掌櫃忍不住關心起這筆生意到底能不能做。

就瀟箬重生後的瞭解來看，這個世界雖然不屬於她知道的任何一個朝代，但應該與古中國相差不大。

市面上能購買到的地圖雖然繪製簡單，但也能看出山脈走勢、河流分布都與瀟箬瞭解的現代大致相同。

冬蟲夏草主要分布於西藏、青海、甘肅等高寒地帶和雪山草原，若是按照這個世界的說法，應該是叫羌番地區。

「羌番蠻荒，經濟落後，這冬蟲夏草若是能向他們買，應該所需銀錢不多。」瀟箬緩緩說道：「只是北地路途遙遠，想要到那兒，只怕是困難重重。」

利潤有多高，風險就有多大。

在這個交通並不算發達的世界，想要跨越山河到版圖的另一端，可不是件簡單的事情。

聽完瀟箬的分析，錢掌櫃和毛掌櫃陷入了沈默。

此時夥計已經裝好了延胡索，瀟箬帶來的空籃子變得滿滿登登，放在桌子上。

瀟箬取來白布蓋住藥材，防止回去的路上蒙了塵土。

弄好一切後她向兩人行禮說道：「那我先告辭了，毛掌櫃，老規矩我兩天後給你送炮製好的延胡索來。」

她的異能每次耗盡後都有細微增長，現在已經能同時操控三口藥灶了，隨之她的炮藥效率也提高不少。

「哎，好的，也就瀟姑娘敢這樣承諾了，哪家炮製藥材的都沒瀟姑娘快！」毛掌櫃笑咪咪道。

與兩人告辭後，瀟箬提著籃子回到瀟家院子。

幾日前私塾恢復正常上學，鄭冬陽不放心瀟昭一人，跟著一起去了。

一個在裡面搖頭晃腦誦讀詩書，一個在外面擺著個小馬札，坐著看帶去的雜記，一老一少倒也各有各的忙活。

家中現在只有岑老頭、瀟嫋和林荀三人。

瀟嫋小耳朵豎起，聽到熟悉的腳步聲，像隻快活的小雀鳥嘰嘰喳喳叫著。

「是阿姊！阿姊回來啦！」

她新練就的絕活，聽聲辨人。

院門吱呀一聲，是林荀開的門。

他伸手接過瀟箬手上的籃子，又幫她拂去頭頂不知何處沾上的一片葉子。

「阿荀今日沒去鏢局？」

「嗯，今日不用訓練，就不去了。」

順記鏢局受疫情影響，也是歇了好一陣子，平日鏢師們就在鏢局裡練練手腳功夫，免得要用時手生。

「阿姊阿姊，嫋嫋今天做了條帕子！」

瀟嫋蹦蹦跳跳地跑到瀟箬身邊，獻寶地遞上她今日的作品。

她喜歡一切好看的事物，漂亮的花，亮閃閃的琉璃珠子，還有精緻的刺繡。從街上看到做工精美的荷包後，她就也想要一個。瀟箬給她買了個繡著兩隻燕子的，惹得這小傢伙愛不釋手，根本捨不得用。

後來不知她小腦袋瓜怎麼想的，竟然琢磨著自己繡一個先用著，阿姊買的要留起來。從此後就經常看到瀟嫋捏著繡線，認真做起了女紅。

瀟箬接過帕子展開一看，嫩粉的底布上歪歪扭扭繡著一團圓圓的黃色物體。

「嗯……不錯，嫋嫋這鴨子繡得可真像！」

本著鼓勵式教育的想法，她違心地誇獎道，完全沒注意岑大夫在瀟嫋背後擠眉弄眼，努力向她傳遞訊息。

「不是鴨子！」瀟嫋的小嘴巴噘起來。

「那……是鵪鶉？」

她實在沒看出來這坨是什麼，依稀感覺好像有翅膀的輪廓。

「是鴛鴦啊！鴛鴦啦！」小傢伙嘴巴都能掛油瓶子了。

岑老頭捂著眼睛直搖頭，方才瀟嫋把帕子給他看的時候，他也猜錯了……

「哦對對，鴛鴦！這鴛鴦真好看！」瀟箬毫無原則地說道。

她把縐巴巴的粉帕子抖了抖，讓它在陽光下舒展開來，陽光下又是粉、又是黃的帕子看起來更傷眼睛了呢……

不忍直視，瀟箬趕緊把帕子摺摺放進袖籠裡，摸了摸瀟嫋的小腦袋瓜。

「這麼好看就送給阿姊吧，嫋嫋去幫阿姊打點清水來，阿姊要幹活了。」

自己的作品受到了長姊的誇獎，瀟嫋小嘴一咧，露出缺了顆牙的笑容，美滋滋地去幫著打水。

說是幫忙打水，其實是等林荀把井水搖上來後，她站在井邊遞上裝水的木桶，就算完成任務了。

最終還是林荀提著裝滿水的木桶，倒在大木盆裡，好方便瀟箬清洗延胡索。

這次拿回來的延胡索有點多，岑老頭和林荀就和瀟箬一起洗。瀟嫋也有模有樣地搬著個小板凳坐在旁邊，小胳膊伸過來要一起幫忙。

洗好的延胡索還需要加醋汁燜潤兩日，才可進行下一步炮製。

四人正忙碌著，馬老三來了。他人還沒到，破鑼嗓子先敲響。

「林兄弟！林兄弟，來活了！」

他大跨步半跑著進到瀟家院子。「喲，老爺子，瀟箬姑娘都在呢！」

走得有些急，馬老三也不用他們招呼，一屁股坐在院中石凳上，給自己倒了一杯水就咕嚕咕嚕喝了個精光。

「馬大哥，是有鏢了嗎？」林荀問道。

「哎，對！你之前不是說過想走往北的鏢嗎，這次正好，剛才掌櫃就接了個往北的生意！」

馬老三一抹嘴巴，毫不在意溢出的茶水全擦手上了。

他心裡高興著呢，好久沒活計了，他手頭都緊了。

「這趟是個大買賣，掌櫃說這次鏢要分十八個兄弟去，想來鏢錢不會少！」

「鏢地是北邊哪兒？」

「這我倒沒怎麼留意，好像聽掌櫃提了一嘴，羌番吧？」

羌番？

聽到這兩字，瀟箬心中一動，問道：「是誰託鏢的？」

馬老三搔了搔頭，皺眉道：「我光顧著來和林兄弟說有北行鏢了，託鏢老闆是誰我沒聽到……」

瀟箬對於鏢局的事情很少會問得這麼細，林荀不由疑惑起來。

「箬箬怎麼問起這個？」

他看到瀟箬的袖子在搓洗藥材的動作中有點下滑，盆邊緣的水濡濕了一小圈袖口。

林荀甩了甩濕漉漉的手，在自己褲子上正反一擦，確定掌心已經乾了後，伸手去把瀟箬的袖子又向上挽了兩摺。

動作流暢，神態自然，好似這樣親密的動作已經被進行了千百次。

瀟箬也習慣了林荀有時候奇特的注意點，伸著手隨他擺弄衣袖。

「我方才去找毛掌櫃時，就和他們在說羌番的事情。」

袖子挽好了，她白皙的手又伸到木盆裡繼續揉搓一粒粒延胡索。

「平時很少聽到人說起羌番，今天倒是巧。」她笑著說道。

「不是巧合！」雄厚的聲音傳入門內，聲音主人高大的身影也跨入門內。

來人正是鏢頭江平。

他一把拍在馬老三的後肩上，把馬老三拍了個趔趄。「毛毛躁躁，掌櫃的話都沒說完你就開溜！」

挨訓的馬老三垂著腦袋不敢說話，他向來最服江平，也最怕江平。

江平不是真生氣，就是看不過跟著自己好幾年的兄弟毫無長進，罵了兩句後就說回了正題。

「瀟姑娘，今日來鏢局託鏢的正是你們欽州醫藥商會。」

瀟箬心中了然，錢掌櫃和毛掌櫃終究是放不下肥厚的利潤誘惑，又憂心羌番蠻荒路遠，要是自己組個商隊前行，怕路上多有不測，於是便找上聲名在外的順記鏢局，好有個保駕護航的。

「我也記著林兄弟年前和我說過，他想走遠點長長見識，特別是北方的鏢。」

江平粗獷的臉上帶著笑容道：「所以這回掌櫃說要多點人手，我就毛遂自薦了。」

鏢局的鏢頭一般都會有慣跟的鏢師，鏢頭和鏢師組成固定的小團體。若鏢頭接了任務，經常跟他的幾個鏢師就會一同出鏢。

「這回掌櫃點了兩個鏢頭，其中一個就是我。」

林荀點點頭，江平接這趟鏢多少是有他的因素在，雖然豐厚的鏢錢也是主要原因之一。

「謝謝江大哥。」他抱拳道。

他這一行禮，江平反而不好意思了。

古銅色的面皮遮掩了紅色，他笑著說道：「謝啥，我還沒謝謝你們呢，要不是你們給我送吃的，我都不知道能不能扛過來。」

瘟疫橫行之前，瀟箬特地讓林荀悄悄通知幾個相熟的兄弟，讓他們都去買點吃食囤著。江平心大，琢磨著好端端地買這麼多糧食幹麼，反正他老走鏢不在家，糧食放著也是發霉浪費。

後果就是街上鋪面開張甚少，物價飛漲，有時候手上捏著銀子都買不到吃的。

幸好林荀輕功好，半夜扛著糧食偷偷給他們幾個送去，江平他們這才沒有挨餓。

聽他語氣中帶著點不好意思，瀟箬笑著說道：「你不怪阿荀半夜摸上門，嚇你們一跳就好。」

彼時外面糧食緊缺，甚至發生了買了糧食回家路上被搶走的事情，那些餓狠了的人什麼事情都做得出來。

瀟家有存糧的事情，瀟箬是捂得嚴嚴實實。

有人來敲門求一口吃的，哭訴自己快餓死，岑老頭心軟想開門給個饅頭，都被瀟箬勸阻了。

今天要是給了這個饅頭，明日就有人敢砸門硬搶。

所以瀟箬讓林荀給江平他們送吃的都是選在半夜。林荀輕功甚好，來去無蹤，半夜扛著幾十斤糧食從江平家、到翟二家，再到馬老三家走了一圈，連門口的狗都沒發現他。

他第一次敲江平家窗時，給江平嚇了一跳，還以為鬧鬼呢。

回想當時自己的表情，江平自己都被逗得發笑，嘿嘿道：「林兄弟功夫了得，輕功趕上水上漂了，這回北行鏢還真是非他不可。」

「就是，林兄弟可是我們幾個裡身手最好的了！」馬老三點頭附和著。

又一記鐵掌拍上馬老三的後背心，發出響亮的啪聲。

「你還好意思說，你也不看看你長林兄弟幾歲！」江平氣不打一處來。

拎著馬老三的後脖領子，他咬牙切齒道：「給我回鏢局好好練練你的刀，我來給你餵招！」

彷彿被扼住命運的咽喉，馬老三意思意思地手腳並用掙扎幾下後，就垂頭喪氣地任由大哥倒拖著他往門外走。

「瀟姑娘，林兄弟，岑老爺子，我們這就告辭了。」

手上提著不成器的，無法行禮，江平只能言語辭行。

「江大哥、馬大哥慢走。」瀟箬回道。

面對馬老三求助的眼光，林荀只攤了攤手，表示愛莫能助。

兩人走遠，瀟家院子又恢復到歲月靜好。

瀟箬搖頭笑了笑，低頭繼續幹起手上的活計。

木盆裡本來是三雙手忙碌，其中骨節分明的那雙突然停了下來。

林荀抬頭看著瀟箬線條柔美的側臉，說道：「箬箬，妳會想我嗎？」

「啊？」

瀟箬一時沒有反應過來。

林荀看了她一眼，又低下頭去，手捏起一粒延胡索搓著，一會兒輕、一會兒重，全無章法。

他搓兩下，又抬頭去看瀟箬，口中嘀咕著。「我已經開始想妳了。」

這句話含糊又低沈，從瀟箬耳朵傳進，又到腦子裡跑了兩圈，她才聽明白這話的意思。

羌番路遠，這趟鏢一走沒個三、五個月怕是回不來。

小狗還沒出門就開始想家了。

瀟箬心裡暗自好笑，明白了這句話的言下之意後，再看林荀投遞過來的眼神，就品出了一絲委屈的意味。

林荀這會兒坐在小木凳上搓洗藥材，原本高大的身子彎著，低頭時還能看到他髮頂的髮旋。

好像一頭憨憨的聖伯納犬。

白皙柔嫩的手從木盆裡抽出來，取過搭在一邊的擦手巾，仔細擦去手上的水漬。

瀟箬兩隻手都搭上狗腦袋，狠狠地左右開弓，搓揉起來。幾下就把林荀紮好的髮髻給弄鬆散開來。

炸開的毛髮看起來更像一隻大型狗狗了呢！

林荀被摸懵了，瀟箬從來沒有那麼用力地揉過他的腦袋。以前都是溫柔的撫摸，或者順毛摸。

看他臉上的憨直表情，瀟箬哈哈哈放聲大笑起來。

足足笑了好幾分鐘，她才揩去眼角笑出來的眼淚，說道：「阿荀你也太可愛了吧！「小狗離開家是不是害怕呀？那姊姊我陪你去？咱們同去同歸！」

聽她這麼說，林荀臉立刻變得通紅，連帶說話都有點結巴。

「不用，不用妳陪，太危險了……」

瀟箬有心逗一逗他，笑嘻嘻地瞅著他不說話。

其實她也不全是為了陪小狗，在錢掌櫃他們說有人重金求購冬蟲夏草時，她已經瘋狂心動。

以前是一人吃飽、全家不餓，現在她上有老、下有小，肩膀上是甜蜜的負擔。錢自然是賺得越多越好。

只是考慮到路途遙遠，她單槍匹馬去收冬蟲夏草的可行性太低了，況且一路上吃住都是耗費。現在既然商會出資請了鏢局護送，捎上她一個想必不是什麼難事。

「真的危險……北邊亂的……」

林荀無措地說著，指尖控制不好力道，啪一聲竟把一粒延胡索捏成扁扁一片。

噗哧一笑，瀟箬不再逗他，把可憐的延胡索全部用瀝水籃撈起，燜到醋汁裡，防止心緒紛亂的小狗爪子把藥材都捏爆。

「這不還有你嗎，有你護著有什麼危險？」瀟箬笑道。

小狗不知道她身懷異能，路上若真遇上劫道的，可能她比對方更具有殺傷力。一把火燒過去，什麼山匪莽夫，全給他眉毛、頭髮燒個精光，統統給老娘出家做和尚去，對著佛祖好好懺悔孽障。

「好了別憂愁了，我去商會一趟。晚上我想吃糖醋魚哦。」

站起來拍拍屁股上的灰塵，瀟箬嫣然一笑，報了個菜名讓小狗去忙活後，轉身出門朝商會走去。

第二十七章

果然十五家掌櫃都來了。

現在商會把左右幾個小院都買了下來，打通建成一體式三進三出的大院子，寬敞明亮。正廳上懸掛著曾刺史親筆題字的牌匾，看起來十分氣派。

此時十五家掌櫃都聚集在正廳當中，錢掌櫃、黃掌櫃和丁掌櫃作為主事坐在上方。看到瀟箬進來，眾人紛紛起身打招呼。

錢掌櫃說道：「瀟姑娘怎麼一人前來？我家夥計不是去接妳了嗎？」

原來錢掌櫃早在召開商會會議前就派他那外甥夥計去請瀟箬，還奇怪怎麼這麼久人還沒到。

「許是路上錯過了。」瀟箬替夥計解釋了一句。

和眾人行了一禮算是打了照面，她問道：「我剛聽說商會託了順記鏢局的鏢，打算去羌番？」

「是的、是的。」錢掌櫃連連點頭，向北方上位擺了個請坐的手勢，請瀟箬上座。

瀟箬也不客氣，示意眾人都落坐後，她直接走到上位坐下。

沒等錢掌櫃再說話，毛掌櫃搶先說道：「瀟姑娘，今天妳回去後，我和錢掌櫃商量了一下，覺得這冬蟲夏草是個很大的商機！」

他臉上滿是興奮，八字眉斜挑，隨著他說話一上一下的跳躍著。

「我們召集了各家有經驗的大夫，很多人都表示沒聽過冬蟲夏草，只有黃掌櫃家的大夫說是在醫書上見過，他記憶中醫書的描述和妳說的一般無二！

「想來確實是一味神藥，若是我們商會能搭上這條線，那何愁沒有利潤啊！」

這話有理，瀟箬認可地點點頭。

錢掌櫃接著說道：「我們打算每家都出些銀子和人力，組成商隊去羌番探查，日後可以做成一條專線，專門做冬蟲夏草的生意。瀟姑娘覺得如何？」

如何？當然是好的啊。瀟箬心裡默唸著。

她本就對此潛在的豐厚利潤心動中。

「我也贊成商會的這個決定，只是我有個不情之請。」

緩緩起身，她俏麗的臉上滿是鄭重的神情。

「瀟姑娘但說無妨。」眾人紛紛說道。

「我瀟箬並無各位的財力，沒辦法拿出那麼多銀子參與商隊的組建，但是我希望可以技術參股。」瀟箬說道。

技術參股？所有人都沒聽過這是個什麼東西。

看眾人皆是一臉疑惑，瀟箬解釋道：「就是我和商隊一同前往羌番。

「對於冬蟲夏草，想必在座各位沒人比我更瞭解，什麼樣的品相算是上品，收購的藥材要如何保存才能平安運送，以及冬蟲夏草後續如何炮製。」

每說一句話，堂下眾人就點一下頭。

確實如瀟箬所言，在這裡沒有人比她更瞭解這味神藥。

「我為商隊提供的技術支援，就抵做我出的銀子。」

這個提議獲得了所有人的認可，有熟悉藥材的藥師在，可比直接出銀子更重要。

「可是……羌番路遠危險，瀟姑娘妳……」

迷弟錢掌櫃很是放心不下瀟箬一個姑娘家，長途跋涉去蠻荒邊境。

瀟箬笑著說道：「既然請了順記鏢局，我就更不用怕了。」

錢掌櫃這才突然想到，瀟姑娘家的那位，不就是在順記鏢局嗎！

一拍腦袋，他怎麼把這事給忘記了。

「那好，咱們就這麼說定了！」

商會這邊敲定好各家的出資比例，以及事成之後的利潤分配，所有人都心滿意足地各回各家。

瀟箬回到家正好趕上糖醋魚起鍋。

她拿著小碟子吃了兩塊魚臉頰肉。

這是鮮活魚頭上兩面的肉，白如雪、嫩而鮮、味香且沒刺，每次做魚，林荀都要拿小碟子把這兩塊肉先剔出來，給瀟箬單獨吃。

「阿荀做的魚最好吃了！」

鮮嫩的魚肉美味得讓人想吞掉舌頭，瀟箬吃得眼睛都瞇起來，不住地誇獎瀟家金牌大廚師。

開完小灶，所有飯菜一一端上桌，瀟家六口團團圍坐。

瀟家沒有食不言、寢不語的規矩，瀟箬一直覺得，一家人熱熱鬧鬧吃飯，就該說些親熱的話。

問問崽崽們今天表現如何，說說明日都有些什麼打算。在飯菜的香味中互相交流著彼此的見聞和看法，能讓家的味道更溫馨。

鄭冬陽給雙胞胎挑著魚刺，隨口問道：「箬箬啊，妳說要和阿荀去羌番？」

聞言瀟箬抬頭看了下岑大夫。

他默不作聲地低頭嘬著小酒，沒說話。

瀟箬知道這事肯定是他和鄭冬陽說的。

今天老頭子雖然沒有發表意見，但從他臉色就能看得出，他並不贊同瀟箬跟著林荀一同去。

「嗯，是我們商會託的鏢。」

挾了一筷子岑大夫愛吃的花生米，瀟箬討好地對他笑著。

看碗裡突然出現的菜，老頭子抬起眼皮瞅了瀟箬一眼，依然沒說話。

「你們商會怎麼讓妳去啊？妳一個姑娘家的。沒其他人了？」鄭冬陽又問道。

下午他和瀟昭回到家時，岑老頭就拉著他絮絮叨叨說了一堆，意思就是希望他能勸勸瀟箬，不要跟著鏢隊一起去那偏遠的羌番。

「有的，其他家也都出兩個人力，算上我商隊一共三十一個人。」

看岑大夫手邊的小酒盅空了，瀟箬趕緊殷勤地給他滿上。

岑老頭傲嬌地哼了一聲，心中悶氣消了大半。

要知道為了他身體好，平日瀟箬可不許他喝酒超過一杯的。

「你們不用擔心，鏢局這趟派了十六個鏢師來護鏢，再說了，不是還有阿荀嗎！」

聽瀟箬提起自己，林荀嗯了一聲。

鄭冬陽點頭道：「有阿荀在我就放心了，那你們什麼時候出發？」

他這句話讓岑老頭當場就炸毛，把筷子往桌上一拍，氣呼呼地說道：「太禮，你怎麼這樣！不是約定好了要一起說服箬箬的嗎？」

簡直就是叛徒！

岑老頭吹鬍子瞪眼，刀子一樣的眼神嗖嗖嗖向旁邊的鄭冬陽射去。

鄭冬陽卻毫不在意，繼續慢條斯理地挑著魚刺。

鯽魚小刺非常多，他可得仔細著點，別扎了雙胞胎。

「我說岑兄，阿荀的身手你還不放心？有他在，箬箬不會有事的。」他挑好一塊潔白的魚肉，蘸滿糖醋汁後放到雙胞胎碗裡。

「再說了，我們箬箬這麼聰明，有什麼能難住她？你就別操心了。」鄭冬陽勸慰道。他現在對瀟箬也有種盲目的相信，和錢掌櫃這個迷弟有得一拚。

少數服從多數，見唯一的隊友叛變，岑老頭也不再掙扎。

嘆了一口氣，岑老頭拿起難得的第二杯酒，邊嘬著邊說道：「好吧好吧，我也攔不住，不過你們一定要給我平安回來。」

他抬起眼皮，看向給瀟箬挑魚刺的林荀。

「特別是你，阿荀，你一定要護好箬箬知道嗎？」

「嗯。」林荀頭也沒抬，他保護瀟箬是理所當然的，無須特別保證。

飯桌上的氣氛這才舒緩開來，一家人又親親熱熱地說了些別的閒話，度過了愉快的晚飯時間。

商會與鏢局約定的出發時間是三天後，黃掌櫃特地挑的黃道吉日，宜祈福，宜移徙，宜納財，宜出行。

這三天裡，林荀要去鏢局聽鏢頭的行鏢安排，準備走鏢事宜。

鄭冬陽照舊每日和瀟昭一同上下學。

瀟嫋努力繡著不知名的圖案，說是要給長姊和阿荀哥哥做個平安香囊。

只有岑老頭啥也不幹，一天到晚都在看瀟箬收拾行李。

「聽說那邊可冷了，妳把襖子帶上。

「阿荀這件沒絮棉花，換這件、換這件。

「那邊也不知道有沒有果子吃，這個杏脯也帶上。

「這兒還有些田七，活血化瘀，路上能用上。」

老頭子絮絮叨叨，圍著她團團轉，有時候讓瀟箬都不知道下一步該幹麼。

瀟箬好氣又好笑，她雙手一扠腰，嬌嗔埋怨道：「老爺子您去歇著吧，我知道該收拾哪些的，您都趕上我們井珠村的王奶奶了。」

當初她搬到上溪鎮前，劉王氏就是這樣，操心她這個沒帶上，那個落下了。

被這麼一吼，岑老頭才訕訕地停下團團轉的腳步，不過還是趁著瀟箬不注意，把他自己覺得能用上的東西偷偷都塞進包裹和箱子裡。

等瀟箬收拾好了回頭一看，感覺行李在她沒注意的時候好像自行擴大了一倍。

瀟箬又是一番斷捨離，刪刪減減，最後終於在出發那一天，收拾好正常的行李量。

商隊出的人力基本都是各醫館藥鋪裡信得過的健壯夥計，整個商隊只有瀟箬一個女子。

為了照顧瀟箬，迷弟錢掌櫃特地多出錢多備了兩輛馬車，以供她沿途休息和放行李。

商隊加鏢局的鏢師，再配上車伕和雜役，足足有七十人和三十輛馬車。

馬車上統一插著順記鏢局的金字狼牙旗，金燦燦的順字在黑色旗幟上熠熠生輝。

一行人浩浩蕩蕩地在欽州門口準備著，引來不少百姓駐足圍觀。

岑老頭和鄭冬陽一人一個牽著雙胞胎來送行。

雙胞胎從來沒和長姊分開這麼久過。

瀟嫋眼淚汪汪，兩顆黑葡萄一樣的大眼睛被浸潤得濕漉漉的，顯得特別可憐。

「嗚嗚嗚，阿姊，嫋嫋捨不得妳……」

她的小胳膊環住瀟箬的脖子，頭靠在瀟箬的肩窩裡，滾燙的眼淚灼燒著瀟箬的皮膚。

瀟箬也捨不得弟弟、妹妹，從背後環抱著瀟嫋，摸著她的小腦袋說道：「嫋嫋乖哦，阿姊很快就會回來的。」

瀟昭相比雙胞胎姊姊要堅強一些，兩泡眼淚含在眼眶裡，強忍著沒有落下。

他吸了吸鼻子，心中給自己鼓勁。

別哭，瀟昭別哭，男子漢流血不流淚！

可鼓了半天勁還是沒憋住，他也哇的一聲哭了出來。

「阿姊，阿姊，昭昭會照顧好嫋嫋的！嗚嗚嗚……阿姊放心……嗚嗚嗚嗝！」

哭得太急，打出了一個響亮的哭嗝。

兩個老頭子本來也在旁邊有些心酸不捨，鬆垂的眼角都濡濕了些許，結果這個哭嗝把他們所有離別愁緒給沖得一乾二淨。

鄭冬陽更是差點沒笑出來。

江平看著瀟家這一齣別致的送行戲，哈哈笑著走過來。

他一把將瀟昭扛到肩上，顛了顛他的小身子。

「你阿姊和阿荀哥哥要出門，你就是家裡的男子漢了，要照顧好家裡知道嗎，可不行哭啊！」

視野突然拔高，瀟昭嚇了一跳，這一驚嚇倒是止住了他的哭嗝。

小手抓著江平的胳膊穩住自己，他低頭看了看屁股下魁梧的身軀，認出這是經常來家裡的江平叔叔。

「江叔叔，我不哭，你放我下來吧。」

他用手背擦了擦沒忍住的眼淚，一本正經地說道，還帶著濃重的鼻音。

江平依言把他放下。

瀟昭又抬頭向江平拱手行禮，說道：「羌番路遠，請江叔叔路上多照顧阿姊。」

頓了一下，又補充道：「還有阿荀哥哥。」

小身子恭恭敬敬地彎腰行禮。

被小崽子像大人一樣對待，江平忍不住咧嘴笑了一下，也正經地回了個抱拳禮。

他收起逗弄娃娃的態度，嚴肅地回道：「好的，江叔叔一定做到！」

一大一小這模樣，惹得圍觀的人紛紛感嘆，這個小孩真是懂禮懂事，想必家教一定很好。

瀟箬鬆開小聲抽噎的瀟嫋，拉過瀟昭的小手，一樣摸摸頭。

「昭昭，那阿姊就把這個家暫時託付給你了。」

感受到掌心下的小腦袋認真地點頭，她才把兩人交給岑大夫和鄭先生。

掐著時辰的車伕來通知吉時已到，該啟程了，各人都上了自家的馬車準備出發。

瀟箬在林荀攤開的手掌上一借力，也登上錢掌櫃準備的馬車。

馬車在一陣陣鞭子抽打聲裡陸續前行。

她掀開馬車側面的簾子，從車軒探頭向後看去，送行的人群越來越遠，人與人的身影糊成一片，逐漸就分不清兩個老人和雙胞胎的位置。

他們正式踏上了北行的漫漫長途。

這個世界沒有柏油瀝青，道路多由泥土夯實而成，澆鑄米漿使地面不生蟲和雜草，就算是一條路。

三十輛馬車的隊伍很是壯觀，為了方便與安全，他們儘量走官道。

南方尚且富庶，路上還會鋪青石板或者混入河沙、石礫，官道寬闊，駕駛馬車行在上面還算平穩。

越往西北，道路則越來越狹窄，路面也越發坑窪起來。

官道的築建養護，官府起主導作用，當地民眾積極回應，合力籌建，平日養護多靠地方縉紳、富戶的捐助。

西北的人家窮得自己都吃不飽飯，哪有餘錢去供養路面？

這就導致泥土路面被雨水沖刷得東一個窟窿，西一個大坑。

瀟箬這個現代人實在被顛簸得難受，就算馬車裡備了厚厚的軟墊，她也覺得屁股彷彿要裂成八瓣了。

在忍耐了大半個月的屁股疼痛後，她終於忍不下去了。

「阿荀，阿荀！」瀟箬掀開簾子，朝左側前方騎馬護行的林荀招手。

鏢師們呈人字形護衛在商隊兩側，林荀特地選了靠近瀟箬馬車的位置。

他一勒韁繩，胯下馬兒吃勁原地踏了兩步，恰好與馬車並排而行。

「箬箬餓了嗎？」

因為道路狀況的改變，之前日行兩百里，到現在日行僅百餘里，加上多險峻山林會增加商隊遇襲的危險，從進入中州開始，兩個鏢頭就商議由原來三頓餐食改成早晚兩頓。

年輕力壯的小夥子和鏢師們都沒有異議，瀟箬也覺得沒什麼問題。

只有林荀，總覺得瀟箬會餓。每每路過城鎮補充物資時，他都要買上一些蜜餞果脯、糖果糕點之類的塞到瀟箬的馬車裡。

「沒呢，我不餓，就是車裡悶得慌。」

盯著林荀胯下皮毛發亮的黑馬，瀟箬有點眼饞。

她坐過飛機、開過跑車，基地裡的飛行器她也駕駛過不少型號，就是從來沒騎過活生生的馬。

「阿荀，我們能換換不？」

林荀有點不明白她的意思，反射地問了句。「換什麼？」

纖長蔥白的手指朝他胯下打著響鼻的黑馬指了指。「我來騎馬，你坐馬車吧？」

對別人說這話也許她會覺得給人家添麻煩不好意思，可是現在對方是林荀，她知道他從不覺得自己會給他添麻煩。

瀟箬明亮的杏眼一眨不眨地看著他，林荀覺得自己彷彿墜入兩汪茫茫星河中。

握住韁繩的手不動聲色地捏緊，被袖子遮住的手臂上青筋根根分明，林荀暗暗深呼吸才克制住悸動的心臟。

「妳沒一個人騎過馬，要是想騎馬的話，和我共騎吧。」克制過的聲音冷靜而平淡，誰也沒聽出來聲音主人心中早已大浪滔天。

雖然請求被打了折扣，瀟箬還是挺開心的。

共騎就共騎，至少可以暫時離開憋悶顛簸的馬車。

她美滋滋地掀開馬車簾來到車轅旁，向林荀方向伸出手等著他拉自己一把。

車隊不會因為她需要換乘馬而停下，她需要在馬車前進中借力跨步上馬。

沒想到林荀並沒有拉住她伸出的手，而是跨騎在馬上，僅靠腰部的力量傾斜上身，一把將她抱到了馬背上。

這動作極其考驗力量和臂力，駕車的馬伕看了忍不住喝彩道：「小哥好俊的身手！」

「嘿嘿，我林兄弟的身手還用說，他可是我們鏢局功夫最好的！」同樣目睹全程的馬老三說道。

他的位置在瀟箬馬車右側，本來是想沒事可以和林荀嘮嘮嗑才挑的這個位置，沒想到一路上被塞了不少狗糧。

隔三差五就看到林荀回頭看看馬車裡的佳人餓了沒，冷了沒，睏了沒，反而和林荀只隔了個馬車並駕齊驅的自己，一路上就沒和他搭上幾句話。

「嘖嘖嘖，林兄弟溫香軟玉在懷，好生快活哦……」

馬老三話還沒說完，嗖的一聲，一支鋒利的箭矢擦著他臉劃過，深深扎進馬車壁上，發出沈悶的「咚」一聲。

箭羽猶自晃動不已，可見射箭之人力量非凡。

「我操！」馬老三嘴中帶酸的調侃變調成一串髒話，他大聲呼喝道：「有埋伏！」

隨著他這聲呼喊，兩側密林裡嗖嗖嗖射出無數把飛羽箭。

一時間，馬的嘶鳴聲、人的慘叫聲、箭扎進木頭的咚咚聲、鏢師們拔劍擊落箭矢的叮噹聲，交織成一團。

第二十八章

在第一支箭破空射來時，林荀就敏銳地發現了危險。

他彎腰一把將懷裡的人壓在馬背上，最大程度上減少被飛箭射中的可能性。

隨後拔出佩劍，揮出的劍花以肉眼難辨的速度交織成一張細密的網，將向他們射來的箭矢全部擋在這張鐵網之外。

被牢牢護在懷裡的瀟箬只覺得自己置身於黑暗溫暖的空間裡，耳邊全是金屬撞擊的叮噹聲，低頭向下看去，焦躁不安踏動的馬蹄邊已經掉落了十幾支箭矢。

「阿荀！阿荀！」她忍不住呼喊起來，想確定林荀是否安全。

指節分明的寬大手掌擋住她的臉，溫暖乾燥的掌心貼著她的眼睛。

林荀低沈帶有磁性的聲音從耳邊傳來。「沒事，沒事的，箬箬，別怕。」

黑暗中對時間的觀念被拉長，瀟箬感覺彷彿過了好久，其實箭雨不過持續了幾分鐘。

兩側密林剛停止發射箭雨，就聽到震耳欲聾的喊聲。

「衝啊！兄弟們，今天宰個肥的！」

隨之林中就跑出上百人，這些人穿著粗麻布衣，手上個個提著刀鎗劍戟，像開閘的洪水一樣湧向商隊。

「全員戒備！」江平的嘶吼聲傳來，響徹整個車隊。「亮鏢威！合吾合吾！」

所有鏢師聞聲而動，背朝馬車，亮出武器朝著山匪迎面還擊。

順記鏢局的鏢師雖說不上武功蓋世，但也是個個身手非凡，一人應付三、五個山匪，綽綽有餘。

一把把閃著寒光的薄刃長刀舞得虎虎生風，或砍或挑，或擋或劈，一時之間十六個鏢師迎擊上百山匪，竟無一人有傷。

可惜終究是只有十六人，拉長的防衛線無法顧及全商隊，很快就被山匪鑽了空子。

山匪們突破防線躍上馬車，朝商隊內部搶掠。

商隊的夥計們都是經過挑選的青壯年，他們也不是待宰的羔羊任由山匪屠戮，隨手抄起身邊的傢伙就反擊。

不過他們能拿到的反擊武器多是木棍、馬鞭，扛了山匪幾下刀劈就面臨報廢，根本支撐不了多久。

不一會兒車轅上就見了紅，不時有受傷的人慘叫著滾落在地，有夥計，有車伕，也有山匪。

大多數受傷的還是商隊的人。

林荀一手要護著懷裡的人，單手執劍大大影響了他的發揮。

見他身手了得，十幾個山匪一擁而上，企圖用人數優勢來壓倒他。

林荀側身躲過一記劈砍，抬起手中佩劍「噹」的一聲擋住迎面而來的三把利斧，斧劍相撞迸發出幾絲肉眼可見的火花。

剛震落三把斧頭，就又有數把柴刀向他劈來。

還有兩人乘機摸到林荀背後，成合圍之勢。

「阿荀小心！」

一隻手抓著環住自己的手臂，另一手提起裙襬，瀟箬也顧不上其他，一腳踹向繞到林荀背後的其中一人。

想偷襲的山匪沒想到嬌嬌弱弱的姑娘竟然如此大膽，一時沒防備，心窩被踹，摔了個四腳朝天，哎喲一聲爬都爬不起來。

嚇了一跳的不只有想偷襲的兩個山匪，林荀也被瀟箬的舉動嚇得心跳漏了一拍。

腎上腺素在瀟箬這聲嬌喝中激增，林荀反手握劍一掃。

這一掃帶上了內勁，竟把面前手持柴刀的數人全部當胸劃開。他又立馬接上一腳後踹，踢飛背後還愣在原地的山匪。

暫時解決圍攻的十幾人，林荀帶著瀟箬退到馬車旁，焦急地用眼睛上下檢查懷裡的人。

「箬箬有沒有哪裡受傷?!有哪裡疼嗎？」

瀟箬趕緊用手撫摸小狗的頭安撫道：「我沒事、我沒事，你別擔心。」

可憐的小狗嚇得眉頭都皺成川字，滿臉的緊張。

蒽白手指安撫了緊縮的小狗心臟，川字眉在確認她毫髮無傷後終於舒展開。

林荀半摟著瀟箬，背靠馬車觀察戰況。

這幫山匪雖然人數眾多，品質卻良莠不齊，從十幾歲的少年到五十以上的老者皆有。

剛才事發突然沒看清，這會兒他才注意到山匪手中的武器竟然還有鋤頭和鐵耙子。

他們的攻擊也是毫無路數可言，只是一味地用蠻力劈砍毆打，與其說是山匪，更像是落草為寇的流民。

也正是因為如此，鏢師們在如此懸殊的人數對比下，雖然沒有優勢，卻沒有一個掛彩。所有受傷的都是山匪一方和商隊的人。

瀟箬此時也看出了門道，她附在林荀耳邊小聲地說道：「阿荀，他們大部分人好像沒有什麼組織性，但是有幾個不一樣，你看那裡……」

她指了指車隊前方。

瀟箬的馬車位於車隊中前部，和第一輛馬車僅數丈左右的距離，她此時手指的地方，正是江平所在之處。

這次鏢頭有兩個，除了江平還有個叫冉忠仁的，他倆一頭一尾護衛在商隊前後。

江平此刻正以一擋十，他的江氏刀法凶悍無比，刀刀帶著殘影，殺得和他正面打鬥的山匪們是皮開肉綻，鮮血直流。

但是一波倒下，另一波山匪立刻接上，像是訓練有素的士兵一般無縫銜接。

是車輪戰！

林荀眉頭一挑，江平這邊迎戰的山匪和其他人纏鬥的山匪完全不同，他們組織分明，行動敏捷，是接受過訓練的。

「你看江大哥三丈外的西南方。」瀟箬又小聲提醒道。

按瀟箬所言看去，一個身形矮小瘦弱的山匪遠遠地站在戰圈周邊，他雖然手上也拿著一把柴刀，卻並不上前砍殺。

那人的死魚眼盯著江平方向，薄薄的上嘴唇有點噘起，兩腮一鼓一鼓，好似嘴巴裡含著什麼東西。

「是哨子！」瀟箬瞇著眼睛仔細觀察後說道：「周遭太吵了，我們聽不到哨聲，但是他的動作絕對是在吹哨子，就是他的哨聲在指揮那些人圍攻江大哥！」

林荀也注意到那人的怪異舉動，他握緊手中劍，低聲說道：「擒賊先擒王，我去幫幫江大哥。」

他微微抬起上身，視線穿過滿是刀痕的馬車，看到馬老三就在他們幾步開外。

「箬箬，妳先躲在馬車裡，我等會兒就回來。」

說完不等瀟箬說話，一把將她抱起塞進馬車中，又將車門牢牢關好。

隨後他一個箭步衝到馬老三身側，揮劍替他擋去一記鋤頭揮擊，說道：「馬大哥，箬箬在這輛馬車裡，煩勞你幫我護著一會兒，我去幫江大哥！」

馬老三回頭確認了瀟箬所在的馬車方向，應道：「好，交給我！」

他且戰且退，三兩步就到了馬車旁，背對馬車，向所有朝馬車方向攻擊的山匪亮出手中沾著斑斑血跡的長刀。

「有我在，我看誰能傷我瀟妹子分毫！」

聽得馬車裡的瀟箬哭笑不得，她很想說放她出去，這麼點人壓根兒就近不了她的身呀！不過能不暴露異能就不暴露吧，她透過車軒看著林荀，若真有人要傷到他，那時候就別怪她手下不留情了。

林荀宛如游龍一般避開攻擊，毫不戀戰，向江平所在位置的西南方衝去。

等那身形矮小瘦弱的山匪察覺時，脖子上已經架著一把鋒利無比的劍。劍刃緊緊抵在他皮膚上，只要他稍稍一動，開刃的劍鋒就會劃破他的脖子。

「讓他們停下來！」

低沈的聲音在他身後頭頂響起，但是他根本不敢回頭。

「快點！現在就停下！」

劍刃貼得更緊，矮瘦山匪鼻尖都能聞到甜膩的血腥味了。他不敢再耽擱，舌尖轉動，嘴巴裡的哨子發出尖利的響聲。

隨著這聲哨音，圍攻江平的山匪們突然手中攻擊一滯，被江平尋到疏漏，江氏刀法隨風而動，生生絞去幾人手上的皮肉。

數聲慘叫響徹雲霄。

這次擊退後，沒有山匪再補上前，江平身邊出現了一圈空地，和其他還在和山匪們打鬥的鏢師們形成了鮮明的對比。

江平這才看到三丈開外站著的林荀，以及被他用劍抵住喉嚨的矮瘦男子。

「讓其他人都停下！」林荀繼續對矮瘦山匪說道。

這次的哨聲和方才不同，音調拐了好幾個彎。

哨聲一停，以他為圓心將近三丈距離的山匪都停下手上的攻擊動作，紛紛向他看來。

「大俠，不是我不讓他們停，是這哨聲只能傳這麼遠……」矮瘦山匪的死魚眼滴溜溜地轉著，語氣誠懇地說道。

「要不，大俠你和我往那邊走走？我一路吹過去，這樣大家就都能聽到哨……」

「林兄弟，小心！」

江平突然吼道，打斷了矮瘦山匪的話。

同時，林荀感覺到身後有一股熱浪撲來，只一瞬就又消失無蹤。

所有人都定定地看向林荀身後，眼睛瞪得滾圓，像是被點穴了一般維持著奇怪的姿勢。

林荀眉頭一皺，手上的劍仍然低著矮瘦山匪的脖子，扭頭向身後看去。

並沒有什麼東西在他身後，一定要說哪裡奇怪，可能就是他身後兩步左右的地皮上，有一團漆黑的圓形痕跡。

待他再扭頭面對江平一干人時，一個山匪竟丟掉手中的長槍，哆哆嗦嗦大喊一聲。「鬼啊！」

這喊聲極其響，傳到兩側密林形成了回聲。

層層疊疊、影影綽綽的「鬼啊——鬼啊——」來回飄盪在密林上空。

隨著這「鬼啊」聲的迴盪，另外兩個山匪胯下淅淅瀝瀝傳來水滴聲，騷臭味瀰漫開來。

矮瘦山匪被林荀用劍抵著，同樣沒有看到背後發生了什麼事。

看自己的同夥這反應，他又驚又懼，含在嘴巴裡的哨子啪的一聲滑落在地。

「沒了，沒了！哈哈哈哈哈，沒了！」這是直接嚇瘋了一個山匪。

這場面看得林荀莫名其妙，他看向姿勢僵硬的江平問道：「江大哥，怎麼了？發生什麼了？」

江平也是目瞪口呆，他實在無法相信剛才在眼前發生的事情，結結巴巴地說道：「消失、消失了！剛才有個人在你背後消失了！」

什麼？消失了？

林荀眉頭緊皺，他不能完全理解江平的話。

但這不耽誤他幹正事。

看這些山匪的模樣，已經完全沒有殺傷力了，林荀把架在矮瘦山匪脖子上的劍挪開，一腳踹在他腿窩上。

等矮瘦山匪踉蹌往前幾步後，林荀又把劍戳在他的後心窩，說道：「你往車隊後走，讓後面的所有人都停手！

「我跟著你，你敢亂動我就一劍捅穿你！」說著林荀把劍往前戳了戳。

感受到後背傳來的刺痛，矮瘦山匪也不敢再耍小聰明，老老實實地一路往車隊後方走去，邊走邊喊著。「放下武器！都放下武器！」

隨著他的喊聲，那些高矮老少皆有的山匪們都停下攻擊的動作，收起了武器看向他。

路過瀟箬所在的馬車時，瀟箬正倚靠在車軒處。

和林荀四目相接，瀟箬蒼白的臉上綻放出一抹溫柔的微笑。

林荀也回以安撫的笑容。

眼角忽而瞟見車軒下方有一個漆黑的手印，像是被火燒出的木炭般。

此刻不是在意木炭手印的時候，林荀瞟了一眼，就繼續押著矮瘦山匪往車隊尾部繼續走去。

就算面前的山匪放下了柴刀不再進攻，冉忠仁仍舊一刀捅穿他的心窩。

他朝慘叫一聲軟倒在地上的山匪屍體啐了口唾沫，狠狠罵道：「媽了個巴子，敢劫老子的鏢，老子讓你去見閻王老爺！」

林荀押著矮瘦山匪剛好抵達車尾，將這一幕盡收眼底。

他微不可見地皺了下眉，然後喊了聲。「冉鏢頭。」

「你不是江平帶著的那個林……林荀，是吧？」冉忠仁抹了一把濺在臉上的血，上下打量了眼面前的青年。

他向來懶得去記其他人的名字，這個林荀還是因為在鏢局老聽掌櫃提起，他才有點印象。

「你帶來的是這幫雜毛鼠的頭？」

冉忠仁陰狠的目光盯著矮瘦山匪，舌尖忍不住舔了舔犬牙。

他這會兒殺心正盛，剛才沒殺痛快，看向矮瘦山匪的眼睛裡都充斥著猩紅。

矮瘦山匪被這樣盯著，感覺自己彷彿是貓爪子下的老鼠，忍不住哆嗦起來。

看出冉忠仁是個嗜殺之人，林荀收起劍，抬手拎著矮瘦山匪的後脖領子，把他往自己這邊帶了帶。

「應該是的，冉鏢頭，不如我們和江大哥商量一下，看怎麼處理這些人？」

話是疑問句，意思卻很明顯，這人現在不能殺。

「嘖，麻煩！」冉忠仁嘬了下牙花子，視線又從矮瘦山匪身上轉到林荀身上。

面前高大勁瘦的青年臉上神色淡漠，反握佩劍的雙手肌肉條理清晰，表明這個人並不好惹。冉忠仁又想到鏢局掌櫃對林荀的評價：行臥深晦，鬼神莫測。

說的是林荀的功夫路數他們誰都猜不到師從何處，他也從不願與人深交，只跟江平那幫人有些情誼。

冉忠仁嘿嘿一笑，說道：「行吧，林兄弟，那咱們就去找江平，看他怎麼個說法。」

說罷將猶自滴著血的長刀往肩上一扛，全然不顧鮮血沿著刀刃浸入他的衣服，自顧自地往車隊前走去。

林荀拎著腿軟的矮瘦山匪跟在他後面。

回到隊首，江平已經不見之前目瞪口呆的模樣，他正指揮著幾個兄弟把那些活著的山匪一一捆了。

「哎，江平！」冉忠仁遠遠就開始喊道：「你殺了幾個啊？老子剛才只殺了不到二十個，不過癮啊！」

江平抱拳算打了個招呼，並未回答。

他是不喜歡冉忠仁這個人的。

此人凶狠嗜殺，做事狠戾，不留一點餘地。凡是冉忠仁走的鏢，回來多多少少會折損些兄弟，都是他在鏢路上遇到攔路的，不問青紅皂白就動手導致。他也是唯一一個手下沒有固定的兄弟願意跟鏢的鏢頭。

這趟要去羌番，掌櫃擔心會遇上硬碴兒，這才指派他做另一個鏢頭。

林荀把矮瘦山匪往江平腳下一推，把人交給江平處置。

江平看看腿軟癱坐在地上的山匪頭子，又看看面無表情的林荀，用一種一言難盡的神情指揮著翟二把矮瘦山匪捆了。

把所有山匪捆了，武器都收繳後，順記鏢局的鏢師們清點了一番損失。

這場突襲商隊中受傷三十四人，其中重傷六人，輕傷十八人，剩下都是擦破皮這種幾乎可以忽略的皮外傷，還有一個車伕和差役被殺。

財物方面幾乎沒有損失，他們是空車出發，除了商隊成員的日常衣物，並沒有帶什麼貴重的東西。

唯一的損失就是好些馬車被刀砍斧伐，外表上添了很多痕跡，所幸並不影響使用。

而山匪這邊傷亡卻十分慘重。

按矮瘦山匪所言，他們一共有一百二十三人。被反殺的就有四十六個，瘋了兩個，失蹤一個，輕重傷的不計其數。

給商隊傷患上了藥，重傷的抬上馬車由瀟箬救治。

說是重傷，其實多半是骨折之類，瀟箬選了幾塊薄木板給他們捆上定型，又餵了川斷續煉製的藥丸，算是初步的治療。

死了的兩個用蓆子裹了，安置在最後一輛馬車上，等到了下個城鎮再託人帶回欽州，落葉歸根。

待商隊休整安置妥當，天色已經是深沈的墨藍。

「天黑了趕不了路，咱們就原地紮營吧？哎，這兒除了你們還有其他山匪不？」

翟二說著用腳尖踢了踢被捆成粽子的矮瘦山匪。

端。

「沒、沒了……」

矮瘦山匪哭喪著臉，他們糾集在此處打劫過路人已經好幾個月，第一次踢到鐵板被一鍋端。

江平把最後一捆繳獲的山匪武器扔上馬車，說道：「那成，通知兄弟們，今晚就原地休息，明天再趕路！」

他指了指常跟著自己的幾個兄弟安排起今晚的守夜。

「齊老五、項一卿、翟二、林荀和我守上半夜，馬老三、李吳、統子、阿坤跟著冉鏢頭守下半夜。」

冉忠仁嘖了一聲，倒沒說什麼。

他陰沈沈地往被捆在一起的山匪們瞟了一眼，朝江平說道：「那他們怎麼處理？」

說完又不等江平回答，自顧自地笑了起來。「嘿嘿，不如把他們都宰了，省得麻煩。」

笑容中帶著扭曲的快意，讓人一聽就知道他不是說說而已，是真的想動手滅口。

嚇得矮瘦山匪尖叫著喊道：「你不能殺我！你們不能殺我！我是兵！」

被捆在他旁邊的二十幾個人也叫嚷起來。「對！我們是兵，律法規定民不能殺兵！」

這些跟著叫喊的，正是聽哨聲指揮圍攻江平的那些人。

聽他們這麼說，鏢師們你看看我、我看看你，一時沒了動作。

冉忠仁也一愣，臉上變了顏色。

如果這些人沒有說謊，他們真是在編的士兵，和士兵械鬥，在這個世界可是重罪。

江平最先做出反應，他走到矮瘦山匪面前，隨手撿了一根斷掉的樹枝挑開他的衣襟。

「嗤，你唬誰呢，一不穿魚鱗甲，二不戴攀膊，就敢自稱是兵？」

鏢師們一股腦兒地圍上來，把其他叫喊的山匪也一併撕了衣襟，果然個個都只穿著布衣。

「格老子的，雜毛鼠敢誆爺爺！今天就把你們片了等會兒烤肉吃！」冉忠仁暴起就要抽刀。

矮瘦山匪扭動身軀，頂著胯尖著嗓子喊：「我有負章！負章！」

負章是一塊木牌，上面記著士兵的姓名、部隊以及家屬等等，如果士兵戰死，可以據此識別身分，以便於記錄和送回老家。

從他的腰間一摸，果真有一塊發黑的木牌，木牌上刻著「褚文祐，飛箭營二火，曹西縣人氏」。

其他山匪身上也搜出了差不多的負章，存活的七十六個山匪裡，竟然有二十四個士兵！

在冉忠仁凶狠的眼神中，矮瘦山匪邊哭邊交代了全部原委。

原來他們本是駐紮在漠北的士兵，一年多前帶領他們的將軍正值壯年，卻突然向皇上請辭，說是要解甲歸田，皇上竟然也批准了，還指派了個二十歲左右的新將軍來接管。

新將軍驕慢，一來就要給關外的蠻族顯顯我朝天威。

三天兩頭的打仗讓下面的人都苦不堪言，連帶著邊關百姓都沒好日子過，邊境做生意的商行全部跑了，生怕哪天就被沒長眼的刀槍捅死。

他們屬於飛箭營，一打仗就要第一波上，用箭矢為步兵們開道，經常整宿沒得睡不說，還要提心弔膽自己的小命。

這日子過了幾個月，褚文祐就過不下去了。

他腦子活，平時沒少給兄弟們出歪主意，大家也願意聽他的。於是他就攛唆了所在的飛箭營二火的二十四個兄弟，在一個月黑風高的夜晚逃出了兵營。

等他們逃離漠北後就做起了打家劫舍的勾當，北邊多窮苦，他們發現撈不到什麼油水後就決定一路向南逃竄。

沿途又招攬了不少同樣南逃的流民，他們只要男的、不要女的，專門尋找像今天這樣兩側密林、中間道路的地方，做起了山匪。

「原來是逃兵，我就說山匪怎麼會有箭矢。」

江平把負章丟回到褚文祐身上，拍拍手對冉忠仁說道：「冉鏢頭，逃兵也是兵，咱們私自處置不得，等到下個城，把他們交給官家吧。」

冉忠仁從鼻孔哼了一聲，算是同意。

第二十九章

天色已經濃黑如墨，眾人拴好馬車，原地點了數堆篝火，熱了點乾糧填填肚子後，商隊的夥計們和車伕、差役就回馬車上睡覺。

鏢師們按江平的安排值班守夜，齊老五、項一卿、翟二、林荀和江平圍坐在最大的一堆篝火旁邊烤著火。

榴月的夜晚空氣中透著寒涼，坐在火堆旁仰頭看著漫天星子也是別有一番味道。

所有人都逐漸進入黑甜鄉，守夜的五人就靠說點閒話驅趕瞌睡。

江平從白日開始就憋著話，他看向旁邊雙臂環胸的林荀，欲言又止。

林荀也注意到江平的異常，問道：「江大哥，你有事要問我？」

他直接發問，江平反而有點猶豫，深呼吸一口冰涼的夜風後才斟酌著言辭說道：「林兄弟，下午你沒感覺到什麼異常嗎？」

林荀不解，深邃的眼睛依舊看著江平。

「就是……那個我喊你小心的時候，你沒感覺背後有什麼東西嗎？」江平又繼續問道。

腦中仔細回想白日發生的種種，林荀突然就想到了那塊焦黑的圓形地面，還有那個木炭手印。

他沒有和江平提起這些，只是淡淡地說道：「當時好像背後有股熱浪，但是轉瞬即逝，我回頭也沒看到有什麼奇怪的東西。」

江平一拍大腿，壓著嗓子喊道：「就是這個！你背對著沒看到，我是眼睜睜看著的。」他警惕地看了一眼黑壓壓被捆在一起的逃兵和流民，繼續壓著嗓子說：「你知道嗎，那時候有個人摸到你背後，差一步就要提刀砍你了。

「但是就在一瞬間，那個人就被火光吞噬，那火光又馬上變成青藍色，然後裹著那個人直接消失了！活生生的人啊，突然就沒了！你說這是不是鬧鬼啊？」

連人帶火消失了？

林荀抓著劍的手握得更緊，劍鞘上的花紋深深印在他的掌心。

頓了一頓，他依舊面無表情地說道：「我也不知。」

江平點點頭。「對，你又沒看到，哪會知道啊……」

齊老五、項一卿和翟二今日都在車隊中間位置，並沒有看到這一幕，聽江平這樣描述，都纏著他詳細說說。

於是江平就把下午目睹的事情詳詳細細地說了一遍，聽得三人嘖嘖稱奇。

「我說怎麼還瘋了兩個，敢情是被嚇的。」

「嘿，還真是稀奇事，我們也算走南闖北多年，第一次聽說白日鬧鬼啊。」

「真就憑空消失的，什麼都沒留下嗎？大哥你再給我們說說唄！」

三人又湊上去七嘴八舌地討論起來。

耳邊嘈嘈，林荀沒有參與他們的對話，腦子裡反覆出現車軒上突然出現的木炭手印，那圈焦黑的地面，以及瀟箬蒼白臉龐上的微笑。

分明之前那張姣好臉龐上桃頰紅潤……

是受了驚嚇嗎？箬箬生性灑脫，並不是個易受驚嚇的女子。

那是累著了？還是……

「林兄弟？林兄弟！」

肩膀突然被人拍了拍，將林荀從思緒中拉回。

映入眼簾的是江平寫著擔憂的粗獷大臉。

「想什麼這麼出神，你要是累了就先去休息，反正有我們幾個守著。」說著江平揚了揚手上的寒刃長刀。

林荀也不與他客氣，抱拳說道：「那辛苦各位，我去看看箬箬。」

「去吧、去吧，人家小姑娘今天肯定嚇壞了。」翟二笑嘻嘻打趣著。「你可得好好安慰安慰她。」

齊老五和項一卿都拖長音調「哦——」著起鬨。

「會心疼人就是不一樣，林兄弟放心去，有我們呢！」

在四人調笑聲裡林荀走向瀟箬的馬車。走到車旁，他沒有敲馬車門，也沒有出聲，只是靜靜觀察著那個木炭手印。

手印的大拇指一側在馬車內部，其他手指和手掌的大半露在外側，能看出來這是有人坐在車裡用力握住車軒形成的。

林荀伸出手掌隔空與手印對比，木炭手印上的手指明顯比他的要細短，整體比他的手要小一大截。

這是一個女子的手印。

「阿荀，進來吧。」

瀟箬的聲音從馬車裡傳出來，隔著木板，聽起來有點模糊，和平日裡林荀熟悉的音色有點不同，像籠著一層輕柔的薄紗。

這點細微的區別讓他有須臾的恍神。

低低地應了一聲，他推開馬車門邁步上車。

錢掌櫃很有迷弟的自覺，給瀟箬準備的馬車十分寬敞舒適，將近一丈的長度使得馬車裡面即使坐了兩個人，依然寬綽。

車內懸掛著一盞魚油燈，散發出柔和昏黃的暖光。

瀟箬半倚在厚厚的褥墊上，旁邊的雕花小桌上擺著一碟綠豆糕和一壺甜果釀。

這是在上個鎮子裡林荀給她買的。

「吃嗎？」她拈起一塊綠豆糕遞過去。

林荀並不喜甜食，所有甜點他都是給瀟箬買的。看著遞到面前的綠豆糕，他還是接過來塞到嘴裡。

這是北式做法的綠豆糕，裡面沒有添加油脂，入口綿軟鬆散，整塊塞進去還有點乾，並且全部黏在上牙膛。

有些人看起來面無表情，嘴巴裡可能在拚命地舔舐黏在上牙膛的綠豆糕。

「噗哧。」瀟箬沒忍住掩面笑出聲來，馬上又扭過頭去輕咳一聲，假裝正經地倒了一杯甜果釀遞過去。

「來潤潤。」

林荀接過杯子一口乾，清甜中帶有些許酒香的液體浸潤了糊成一塊的糕點，讓這塊綠豆糕最終融化後順著喉嚨進入胃裡。

看到平日澄亮的杏眼此刻盈滿秋水，知曉瀟箬是故意逗他玩，俊朗的臉上泛起一抹幾不可見的紅。

他帶點自暴自棄地悶聲說道：「妳想笑就笑吧。」

反正自己在瀟箬面前也沒有什麼包袱可以端著的。

小狗這個反應萌得瀟箬又想去摸摸小狗腦袋。手伸到一半，她突然頓住，前傾的身體也往回縮了一些。

蔥白細嫩的手舉在半空中。

瀟箬的手很漂亮，手如玉筍，指若蔥根，頻繁地炮製藥材並沒有讓這雙手增加一絲勞作的痕跡，細膩、粉嫩、光滑，在魚油燈的暖光下恍若一件藝術品。

手腕上的柳葉手環在晃動的光暈裡，在車壁上投下一圈圓潤的影子。

沒等到頭頂傳來熟悉的溫度，林荀抬頭看向瀟箬，朗星般的眸子裡是明晃晃的疑惑。

「阿荀，你猜到了吧？」瀟箬突然開口問道。

她知曉林荀向來聰明，觀察力十分敏銳，下午他瞟過車軒上的手印時，瀟箬就知道自己已經暴露。

細嫩的手在空中一翻，轉為掌心朝上的姿勢，五指微微向內彎曲，一小簇火苗憑空出現在瀟箬的手裡。

食指在空中畫了一個小圈，火苗也按照畫出小圈的順序在空中繞出弧形。

在做這些動作時，瀟箬緊緊盯著林荀，觀察著他臉上的細微表情。

她看到那雙英俊深邃的眼睛瞳孔一縮，略薄的嘴唇閉合得更緊。

這是人驚訝時的本能表現。

以拳換掌，空中的小火苗隨著瀟箬握拳的動作消失得無影無蹤，彷彿從來沒有出現過。

「是我讓那個山匪消失的，不，應該說是我用火燒化了他。」

瀟箬垂下眼皮，不再去看林荀的臉。

她繼續說道：「窗沿上的手印是我一時沒控制好留下的。」

車廂是厚實的榆木製成，隔音效果很好，瀟箬說完這句話後就不再開口，車內頓時陷入安靜。

在她以為林荀就要離開馬車時，林荀突然握住她的手腕。

低沈的聲音在馬車裡傳開來。「箬箬，妳是仙女嗎？」

瀟箬腦內設想過自己會被叫妖女，會被恐懼地喊讓她滾開，或者質問她為什麼欺瞞……什麼都想了，就是沒想到林荀會這樣問。

「什、什麼？」她腦子沒轉過來。「你不怕我？」

「箬箬一定是下凡的仙女吧，才會用仙法。」林荀斬釘截鐵地說道。

寬大的手掌包裹住瀟箬纖細的手腕，也包裹住手腕上的柳葉手環。

「仙女下凡不能讓別人知道，不然會被偷走羽衣。」

林荀自言自語著，把掌心的柔荑鄭重地輕輕放回瀟箬膝蓋上，掏出岑老頭送他的短劍就開始削車軒上的木炭手印。

短劍鋒利，沒一會兒木炭手印被削去大半，只留下模糊的一點。

這會兒瀟箬也反應過來，他嘴巴裡嘀咕的什麼仙女、什麼羽衣，大概就是七仙女的故事。

她覺得有點好笑，拉住林荀還在用力削木頭的手。「好了，別弄了，你削掉了這麼大一塊，車簾子都遮不住了，回去還怎麼還給錢掌櫃。」

林荀停下手，摸了摸凹下去一塊的車軒，一本正經地說道：「這是山匪砍的。」

感覺差不多了，他才收起短劍。

「箬箬，我永遠都在，是妳不要怕我才是……」

不要怕我，不要離開我，不要因為我還未說出口的愛慕而疏遠我。

這些話在林荀的嘴邊來回翻滾，最終還是被他嚥下肚去。

他替瀟箬抖開毯子蓋在身上，掖了掖，低聲說道：「睡吧，太晚了，明天還要趕路。」

說罷起身吹滅魚油燈，退出車廂關緊了車門。

黑暗中，被溫暖的毛毯包裹住，瀟箬感覺自己像在厚實的懷抱中一般。所有的擔心和忐忑，和寒風一樣被隔絕在馬車之外。

胸腔裡酸酸麻麻脹脹的，她有好多話想說，千言萬語無處宣洩，最後只嘟囔出一句。

「膽子這麼肥，哪裡是小狗崽子，這是狼崽子吧？」

臉頰在柔軟的毯子上蹭了蹭，瀟箬終於安心地沈入夢鄉。

翌日天光破曉，商隊重整旗鼓繼續前行。

山匪們被麻繩捆著手，像兩串粽子一樣，一個挨著一個地跟在商隊最後一輛馬車尾。

臨近中午，商隊抵達新的城鎮，江平和冉忠仁把逃兵和山匪一併交給當地司馬，領了五疋絹和十斤茶葉的賞。

「嘖，這兒的司馬忒小氣了，二十幾個逃兵和五十多個山匪就給這麼點東西。」冉忠仁粗大的手指翻看著並不算精美的絹布，罵罵咧咧。

江平說道：「這兒不比咱們欽州，能有五疋絹和十斤茶葉已經算不錯了，等會兒拿去換成酒肉，好好犒勞兄弟們。」

聞言，冉忠仁眉頭皺起來，嘀咕著。「這麼點東西能換多少酒肉，還不夠我一人吃喝。」

說著大手往懷裡一掏，拿出他的錢袋塞到江平手裡。

「我添點，多買些好酒好肉，要吃就吃個痛快！」

這番動作出乎江平意料，他眉頭一挑，重新打量起這個比他還要魁梧的大漢。

「瞧我做甚，我就是好打好殺了些，又不是好小氣！」被看得有些不自在，冉忠仁粗聲粗氣地說道。

江平算是知道為什麼掌櫃執意繼續讓這尊煞神做鏢頭，他雖然魯莽好鬥、下手狠，那都是向著對手。對於自己人，這尊煞神還是和他名字一樣，有仁有義。

江平笑著拍拍冉忠仁的胳膊，朗聲道：「好，我也添點，咱們兄弟都好好吃個痛快！」

當日除了必要的乾糧補給，鏢隊還購買了幾十斤的烤羊肉和當地特產的麥酒，連帶著商隊的人都沾了光，美美地飽餐一頓。

飯畢啟程，商隊裡有些人卻不願意再繼續上路。

他們生長在富庶的江南，說不上錦衣玉食，也從來沒有像昨日那般直接面對生死。

他們原以為這只是一趟生意而已，去談好價格、買好貨物，回欽州就能領到豐厚的賞錢，誰也沒想過可能在半途被砍死。

給掌櫃做夥計是一回事，丟掉性命又是另一回事。

鏢師們也不勉強他們，不願意上路的夥計們就留在此處，自行回家，或者等他們回程再一起回欽州，隨他們自己選。

最終原本七十人的隊伍再上路時，只有一半不到。

又走了一個月左右，眾人眼中逐漸出現一望無際的草原。

乾燥的風吹拂著綠色的海洋，陽光溫暖，牛羊懶散，綿延的巨大山巒頂峰出現了越來越多的白色，一點點向山腳蔓延。

他們終於抵達了羌番。

羌番地廣人稀，商隊一連數天都沒有看到一個活人，只有他們三十幾人穿行在博大而空曠的原野上，馬車就像幾葉小舟，奮力在白茫茫的海中尋找著邊際。

馬老三夾著馬肚子又來敲瀟箬的馬車。

「瀟妹子，呼……呼……再來點碗兒糖……」

他從進入羌番開始就胸悶，呼吸急促。

瀟箬幫他檢查過後，告訴他這是輕微的高山症，等過幾天適應羌番的環境就會緩解。

高海拔地區人體消耗大，糖能夠快速補充能量，緩解症狀。這就和現代人喝紅牛、可樂或者酥油茶、奶茶來減輕高山症，道理是一樣的。

為了預防出現高山症，瀟箬早早準備了一些粗糖，學著以前的人那樣，把兩個碗狀中空的糖塊對口扣合在一起，外面用油紙包裹，封蠟防潮。

掏出一塊碗兒糖，她剝開油紙後遞給馬老三。

馬老三迫不及待地把糖塞進嘴巴裡，舌頭裹著糖吸吮了一會兒，才覺得胸口悶悶的感覺有點緩解。

「哎，還好有瀟妹子在。」他晃著腦袋說道。

自從來到羌番，他就覺得整天暈乎乎，只有吃了瀟箬給的碗兒糖，才會恢復清明。

「馬三哥，你又找瀟箬妹子討糖吃啦？什麼時候能戒糖呀？」翟二打趣他。

馬老三有心反駁，你你你了半天想不出該說點啥，畢竟三十幾個人裡就只有他需要經常吃糖來緩解不適。

最後也只能從鼻子裡哼一聲，任由翟二他們調侃。

冉忠仁騎著馬幾步從隊尾趕到隊首，和江平並駕齊驅。

「江鏢頭，咱們這方向對不對啊？不是說去果洛就三、四天的路程嗎？」

粗嗓門在廣闊原野上飄得很遠。

江平從懷裡掏出地圖展開，努力分辨上面紛亂的線條。

「按理說是沒錯的，果洛是這邊最大的部落，上個鎮子的老者就是指的這個方向……」

他也不確定了，畢竟大家都是第一次走羌番這條路線，難道真是走錯了？

正當他陷入自我懷疑中時，一記脆亮的皮鞭聲從遠處傳來。

沒多久，轟隆隆的紛雜聲響從地平線處出現，這聲音是如此渾厚，彷彿地面都被帶起了細微的震顫。

胯下的馬兒原地停下，不安地用蹄子刨著地面，時不時發出嘶鳴。

所有人都握緊手上的武器，眼睛緊緊盯著地平線方向。

地平線上揚起的塵土範圍越來越大，隨著距離縮短，他們才看清這一大團黑糊糊的煙塵裡，是一大群膘肥體壯的犛牛。

啪！

又是一記脆亮的鞭聲。

犛牛群在鞭聲裡聚集得更緊密，隆隆的像是平地聚集的雷團。

雷團在距離商隊不到十丈外停止前進，江平等人能清楚聽到犛牛們發出響亮的噴氣聲。

「去耦蘇惹？」

犛牛群裡竟然傳來少女的聲音，只是這聲音說的話，他們都沒聽懂。

噠噠的小馬蹄踩著地面，眾人才看清原來犛牛群裡有一個嬌小的姑娘。

她烏黑油亮的頭髮紮成數根細長的辮子，身上裹著黑褐色的毛皮做成的衣服，臉頰黑中透紅，一雙烏溜溜的眼睛大得出奇，幾乎占了半張臉。

小姑娘個子不高，又騎著矮腳馬，混在犛牛群裡與牛群渾然一體，要不是她開口說話，都發現不到這牛群裡還有個人。

見對面沒有回話，小姑娘眨眨眼，改用蹩腳的官話。「你們是誰？」

江平抱拳回道：「小姑娘，我們從欽州來羌番收藥材的，請問果洛該往哪個方向走？」

聞言小姑娘皺著濃黑的眉毛，上下打量著江平。

來來回回看了三、四遍，看得江平心中都有點發毛，她才說道：「果洛不會歡迎你們的，你們快回去吧！」

「哎，我說妳這丫頭怎麼說話的，果洛是妳家啊？妳說不歡迎就不歡迎了？」

馬老三看不得別人對江平無禮，立刻不客氣地懟回去。

小姑娘也絲毫不客氣，衝著馬老三的方向斜眼回道：「你們漢人沒幾個好……」

話沒說完，她突然噤聲，斜視半瞇的眼睛瞪得溜圓，看起來越發的大。

隨即她翻身下馬，朝馬老三方向小跑過來。

馬老三沒料到這小丫頭有這番舉動，看她氣勢洶洶地跑過來的模樣，他坐在馬背上不由上身後傾，手中轠繩勒緊，結結巴巴道：「幹、幹什麼？妳幹麼！想強搶民男啊？」

小姑娘身形嬌小，手上除了一條馬鞭沒有別的武器，看起來並沒有什麼傷害性，因此其他人並沒有進入警戒，一個個都坐等看好戲。

不過明顯是馬老三想多了，小姑娘並不是衝著他來的。

她跑到馬老三旁邊的林荀面前，歪頭仔細打量著他，又繞著林荀轉了好幾圈，圓圓的眼睛像黏在他身上一樣，來回巡視。

突然她一拍手，欣喜地說道：「阿贊！你是阿贊對不對？」

眾人眼光都挪到林荀身上，八卦的眼神明顯在詢問「你認識這丫頭」？

瀟箬也掀開車簾，看向他們，眼中帶著疑惑。

林荀垂眼看著這個還不及馬高的小姑娘，平靜地開口說道：「我不記得我們見過。」

他生得一雙朗星般的眼睛，眼尾微微上挑，低垂著眼皮看人時有一股莫名的壓迫感。

小姑娘一點都沒被這眼神嚇到，反而興奮得跺了下腳，越發肯定地說：「你就是阿贊，我沒認錯！」

她一反剛才對眾人抗拒的態度，小臉上揚起燦爛的笑容，潔白的貝齒在陽光下顯得分外奪目。

「阿贊的朋友就是我阿幼朵的朋友！遠方的朋友們，請隨我來！」

右手置於左肩上，她朝江平等人行了一禮，轉身小跑回犛牛群，跨上了她的矮腳小馬。手上的皮鞭凌空一抽，發出脆亮的啪聲，犛牛群聞聲而動，裹挾著矮腳馬繼續前行。

阿幼朵騎在馬上扭身向眾人招呼道：「我家就在前面的查鑼，大家先來我家坐坐吧！」

商隊眾人都看向江平，等著他定奪。

冉忠仁用粗壯的胳膊肘捅捅江平，問道：「江兄弟，咱們要去不？」

一路上他已經習慣了聽江平的，絲毫不覺得身為另一個鏢頭應該自己做決斷。

看著廣袤的草原，連綿巍峨的雪山，江平嘆了口氣。

這自稱阿幼朵的小姑娘是他們這幾天唯一遇見的活人，看她的裝扮十有八九就是當地的住民，眼下跟著她確實是最好的選擇。

想到這裡，他一揮手示意大夥兒跟上阿幼朵，再壞也不過是闖一闖龍潭虎穴，順記鏢局十六個鏢師，總不至於怕了一個小姑娘。

於是一群犛牛身後跟著長長的十幾輛馬車的奇異場景，出現在一望無際的曠野之上。

第三十章

約莫半個時辰後，一片位於雪山腳下的帳房出現在眾人面前。

方形的帳房由木棍支撐，高約一丈多左右，上面覆蓋著黑色的犛牛氈毯，每個帳房四周都有一圈由草泥塊或土坯壘成的矮牆，上面放著青稞、牛糞和酥油袋。

帳房與帳房之間的距離十分寬闊，遠遠望去，像是地面上出現的一朵朵黑傘蘑菇。

阿幼朵吆喝著把犛牛群趕到一間帳房後面的草地上後，蹦蹦跳跳地來到林荀面前，黑紅的臉頰上兩朵深深的梨渦，顯得她很是俏皮可愛。

「阿贊，我阿媽知道你來了肯定特別開心！」

她伸手就要拉著林荀進帳房，只是小手一抓卻落了個空。

林荀扭身避開阿幼朵的靠近，朝瀟箬的馬車走去，完全不理身前的小姑娘嘴巴已經快嘸到天上去。

他在車軒邊小聲問瀟箬要不要下來透透氣，聽到瀟箬的回應後，他拉開車廂門，伸出左手給瀟箬借力跳下馬車。

馬車轆轆在曠野前行，瀟箬窩在車裡被搖晃著不知不覺睡去，這會兒林荀喊她才醒過來。

下了馬車深呼吸幾口高原的清新空氣，覺得格外舒暢。

她忍不住伸了個大大的懶腰，感慨道：「不愧是世界屋脊啊青康藏高原，空氣都格外清新啊！」

阿幼朵看林荀這副小心翼翼的模樣，好像瀟箬是他掌心裡的珍珠似的，她不服氣地哼了一聲，企圖吸引林荀的目光。

「阿贊，你和我去見阿媽呀！她這幾年可想你了。」

說完還朝瀟箬瞪了一眼。

林荀還是不理她，自顧自地幫瀟箬把睡亂的頭髮從衣領裡拉出來，以手為梳順著它們。

阿幼朵又氣又惱，貝齒咬著下嘴唇，烏溜溜的大眼睛裡的委屈都快溢出來了。

哇嗚，修羅場耶！

其他人看得有滋有味，特別是八卦又愛湊熱鬧的馬老三，恨不得能掏出一把瓜子，邊嗑邊看。

還是江平率先打破僵局，他輕咳一聲掩飾著尷尬說道：「阿幼朵姑娘，不如妳先帶我們去見見妳的阿媽？我們到妳家是該先拜見長輩的。」

阿幼朵清晰地哼了一聲，扭頭朝帳房走去。

一把掀開帳房的門簾，她朝裡面大聲喊：「阿媽！阿媽！我把阿贊帶回來了！」

帳房內的陳設非常簡單，中間是個火灶，灶臺後面供奉著佛像，帳中地面上鋪著灰白的羊皮，一位年約四十的婦女正在搓揉著獸皮。

婦女頭都沒抬，說道：「阿朵妳又白日發夢，去邊點青稞麵，阿媽給妳做了酥油茶。」

阿幼朵踮著腳把帳簾拉開得大大的，讓門口的眾人顯露在婦女面前。

「阿媽，妳看，這次是真的！」

內心嘆息著女兒又在發夢，婦女無奈又寵溺地抬頭，看到帳門口挨挨蹭蹭的眾人，她愣了一下。

她已經有一年多沒見過漢人，一下子出現這麼多陌生的面孔讓她有點不知所措。

江平站在最前面，朝婦女抱拳行了個禮說道：「這位嬸子，我們是欽州來的商隊，剛才在路上遇到阿幼朵姑娘，受邀來此歇息片刻。」

他禮節充足，對方卻依舊愣愣地沒有回話。

還是阿幼朵在旁解釋說：「我阿媽耳朵不好，你要大點聲喊她才能聽清的。」

然後她大聲把江平剛才的話複述一遍，婦人才點頭表示知道了。

「客人遠道而來，我們實在沒什麼好招待的，不如來喝杯酥油茶吧。」她的漢語比阿幼朵要流利很多。

說著就要起身給眾人拿茶碗。

阿幼朵一把拉住阿媽的胳膊，帶著她往帳房外面走，邊走邊說道：「哎呀，妳別管他們了，阿贊就在外面呢！」

出了帳房，阿幼朵朝林荀一指，大聲說：「妳看，是不是阿贊？」

看到林荀的那一刻，婦人整個人都僵住了，隨即身體又顫抖起來。

她踉蹌著走到林荀面前，淚眼矇矓。「阿贊，真的是你？你終於回來了！」

相比婦人的激動，林荀卻是冷靜到淡漠的程度。

他雙手環胸，聲音波瀾不驚地說道：「我不叫阿贊。」

看他身體語言表示出抗拒，瀟箬小手偷偷小幅度地撫摸著林荀的手臂，她知道小狗此刻是緊張和不安的。

「阿荀，沒準兒她真的認識你，我們先聽她說說好嗎？」她在林荀身邊輕聲說道。

林荀內心是複雜的，他的確想知道自己的過去，但不是在此刻，不是在瀟箬的面前被直白地暴露過往。

之前回憶起來支離破碎的片段，大多是陰暗的、痛苦的，很少有光明和快樂。

他心中有一絲害怕，害怕自己的過往是不堪且讓人憎惡，他不希望這樣的自己被別人赤裸地晾曬在瀟箬面前。

瀟箬是如此地瞭解他，輕易就感受到他的抗拒，她柔嫩的小手模擬著順毛的動作安撫著林荀，讓他說不出拒絕的話語。

阿幼朵的母親淚眼婆娑，哽咽著說道：「是的，你不叫阿贊，你叫顧勤罡，你父親取這名字是希望你勤奮剛正，像天上北斗星那樣亙古不移，阿贊只是我們叫你的小名……」

說著她忍不住掩面啜泣起來。「嗚嗚嗚……唐拉保佑……你父親在天有靈，終於可以安歇了……」

聽她提起父親，林荀忍不住開口問道：「妳認識我父親？他已經……」

他說不下去了，鼻腔酸澀壓迫著喉嚨，眼眶彷彿灼燒般猩紅。

阿幼朵攙扶著阿媽的手臂，說道：「我們進帳房說吧，我阿媽身體不好，不能吹太久的風。」

說罷她攙扶著婦人慢慢走進白色的帳房，瀟箬陪著林荀跟在她們後面。

其他人識趣地把空間讓給四人，都沒有進到帳房裡，只圍著帳房在草地上或者馬車裡休息。

到了帳房裡，阿幼朵扶著哭到顫抖的阿媽坐在羊皮墊上，手自上而下撫摸著她的背脊。

良久，婦人終於克制住自己，她確實身體不行，這麼哭一場後精神已經萎靡，只能癱坐著，雙眼癡癡地看著坐在對面的林荀。

她的眼神是如此的憐惜又慈愛，讓林荀原本內心的抗拒逐漸消失無蹤。

我以前應該也被這樣的眼神注視過。林荀想著。

瀟箬挨著林荀坐，兩人的手一直牽著，將自己掌心的熱度傳遞給林荀，也傳遞著無形的支撐。

挑揀著用詞，瀟箬斟酌說道：「嬸子……我就叫您嬸子吧，我叫瀟箬，阿荀……就是阿贊，是我一年前在老家山上撿來的。

「他當時受了很重的傷，說不了話，也想不起任何事情，連自己叫什麼都不記得了。」隨著訴說，瀟箬彷彿回到了一年前，狗子還是矮她半個頭的小男孩，滿身是傷，瑟瑟發抖。

「我就給他起了名字叫林荀。後來我帶他去看大夫，大夫說他是身中奇毒。正是因為那種奇怪的毒，讓他身形、相貌被改變了，那時候他就這麼點高。」

她比劃了一下自己耳朵的高度。

婦人點了點頭說：「難怪我們託人尋找了這麼久都沒有阿贊的消息，原來他是被下毒換了相貌……

「阿贊是我們恩人的孩子，妳救了他就是對我們查鐸有恩，瀟箬姑娘，我替我們全查鐸謝謝妳。」

說著她就掙扎著要正坐起來向瀟箬行禮，被阿幼朵和瀟箬趕忙一起攔下。

瀟箬說道：「阿荀現在就是我的家人，談不上恩情不恩情的。只是他至今都沒有徹底恢復記憶，嬸子您可否告訴我們過去到底發生了什麼？」

「哎，這件事到現在已經四年了……」

說起過去的事情，婦人的雙眼逐漸迷離，隨著她的訴說，帳內四人共同陷入她的回憶之中。

「阿贊是十三歲時被他父親送到我們查鐸來的，因為我們這兒原來有個特別厲害的尋馬大師，草原上再烈再野的馬兒都能被他尋到，帶回來圈養馴化。

「阿贊父親希望兒子能學到這個本領，就讓他手下一個將士帶著阿贊來到查鐸拜師，他自己只有在過年的時候才會帶著夫人來和阿贊團聚幾日。

「阿贊特別聰明，勤勞真誠，大師很喜愛他，說要將一身的絕活都傳授給阿贊。

「那時候我們部族旁邊還有一個小部落，他們整日在查鐸附近遊蕩，不好好放牛牧羊，只想著從查鐸挖肉吃。

「大師尋馬的手藝他們首領眼饞很久了，為了學到這個本事，他不只一次要把自己的小兒子送到大師那裡學本事，大師每次都會把那個小子趕出去，一點本事都不教給他。

「三番五次下來，那些人就記恨上了阿贊，覺得是阿贊占了他們本來能得到的本事。四年前的一個夜裡，他們夥同不知道哪裡來的漢人，用藥迷暈了大半的查鐸人，搶走了我們的犛牛和羊群，還擄走了阿贊！

「等我們第二天醒來，只有空盪盪的帳房，還有剩下一口氣的大師。

「我們匆忙把阿贊被擄走的消息告訴阿贊的父親，可是阿贊的父親是駐守漠北的將軍，不能隨意離開軍營，只有阿贊的母親和幾個將士來查鐸尋找阿贊的消息。

「他們找了很久很久，也只有大師遺言裡透露的賊人裡有漢人這條消息而已。阿贊的母親傷心勞累過度，沒有扛過那年青唐拉山的風雪……

「一年前阿贊的父親也辭官來到查鐸，繼續尋找阿贊的消息。可是消息還沒有找到，反而遇上了百年難見的雪崩。

「那場雪崩裡阿贊父親救出了查鐸十幾戶人家的孩子，阿幼朵也是靠阿贊父親徒手從雪裡挖出來的……只是最後，他自己反而沒有躲過……被崩塌的雪塊砸中……」

說到這裡，她終於忍不住又啜泣起來。

「阿贊的父親……永眠在青唐拉山裡了……」

帳房內只剩下她的哭聲，阿幼朵小聲地吸著鼻子，拍著阿媽的背給她順氣。

瀟箬和林荀的眼眶都泛著紅，聽到最後，兩人的雙手握得更緊。

瀟箬心中發酸發脹，沒想到小狗真的沒有了父母，天地之大，他已經是孤身一人……幸好她撿到了小狗……

林荀喉嚨發緊，數次張嘴後才發出聲音。「那……那他們的墳墓……是在這裡嗎？」

婦人哭得說不了話，只能擦著眼淚點頭。

又緩了會兒，她才能開口。「在，在的，就在山腳下，我們給你父母都立了碑，查鐸的孩子都要去給他們磕頭，他們是雪山上不滅的英魂。」

從帳房正脊的縫隙向外看了看天色，外面陽光已經開始減弱。

「天色晚了，明日我帶你去吧。」

婦人望向林荀的眼中滿是希冀，看到他點了頭，她臉上露出放心的笑容。「那麼今晚你能住這兒嗎？你父親以前也住過這個帳房的，他用過的羊皮毯我都還留著！」

這話問得小心翼翼，彷彿生怕林荀會拒絕。

林荀沒有直接答應，而是看向瀟箬。

這一路走來，他一直都睡在瀟箬附近。

天氣好的時候他就在她的馬車旁邊搭個帳篷，若是下雨颳風，瀟箬定然會招呼他進馬車睡，反正錢掌櫃準備的馬車寬敞得很，睡上兩個人綽綽有餘。

如果他答應今晚住帳房，而瀟箬依舊睡在馬車上……

看小狗眼神瀟箬就明白他想什麼，她覺得有點好笑。

這算什麼？小狗的分離焦慮症嗎？她忍不住捏捏小狗爪子作為他任性的懲罰。

婦人是過來人，看兩人的小動作就知道他們並不是瀟箬所言的那種關係而已。

她趕緊補充道：「瀟箬姑娘今晚也一起住這間帳房吧，我們帳房的床鋪都很寬敞的。」

住帳房還是馬車瀟箬都無所謂，如果小狗想要她陪著，要住帳房就住吧。

她笑著謝過婦人，說道：「和我們一起來的有三十多人，今晚就要占您家門口的地來休息了。」

「哪有客人來了住外面的，我們草原的風都不答應！」阿幼朵伸手往右方指了指。

「我家還有四個帳房呢，阿姊你們的朋友全住進去沒有問題的！」

從聽瀟箬說她救了林荀開始，阿幼朵對待瀟箬的態度就一百八十度大轉彎，親親熱熱地叫起阿姊。

這再好不過，之前幾天商隊露宿曠野中時，沒少領教羌番晚上風的厲害。毫無遮攔的原野上，風就像撒開了轠繩的野馬，橫衝直撞。

阿幼朵蹦跳著跑出帳房，熱情邀請眾人今晚在她家休息，得到肯定的答覆和感謝後，她就迫不及待地去準備招待客人的飯食。

查鐸的人們聽說阿幼朵帶回了阿贊，都聚集到她家的帳房前，幫忙宰羊烹肉、搓糌粑和青稞，忙得是熱火朝天，熱鬧非凡。

一罈罈的青稞酒搬到帳房前面的空地上，繞著篝火鋪好的羊皮墊子就是眾人的桌椅，肥碩的十隻烤羊在跳躍的火焰上滋滋冒油。

青唐拉山山頂上掛著圓滾滾的月亮，月色下人們的銀碗相互碰撞，香醇的美酒刺激著神經，佐以豐腴的羊肉，共同譜寫著舌尖的珍饈盛宴。

查鐸部族的族長古拉舉起盛滿酒的銀碗，哈哈大笑道：「阿贊回到我們查鐸，這是神明的仁慈！讓我們大家一起敬月亮！敬雪山！敬顧將軍！」

眾人紛紛應和著將碗中的青稞酒一飲而盡。

抹了一把嘴角溢出的酒水，冉忠仁痛快地叉起一塊羊腿肉說：「早知道羌番美酒這麼帶勁，老子就該早點來這兒！」

羌番人豪邁熱情的風格著實對他的胃口，特別是今日讓他來主刀宰殺十頭羊，更是讓他直呼過癮，血脈賁張。

「哈哈哈，兄弟你要是喜歡，你們就在我們查鐸多住幾天！」

古拉也很喜歡冉忠仁，他宰羊的時候眼睛都不眨一下，白刀子進、紅刀子出，乾脆俐落，很有他們查鐸勇士的風采。

冉忠仁大口撕咬著羊肉，說道：「唔，真香！要不是這趟鏢還有任務，老子也想在你們這兒多待幾天！」

「任務？」古拉把眼光挪向江平。

他閱人無數，看得出來這堆人裡江平才是領頭拿主意的那個。

江平雖然也是大口吃肉、大碗喝酒，相比冉忠仁，他的姿態要斯文很多。

放下銀碗，江平抱拳說道：「我們從欽州來就是受人委託來收藥材的，鏢主還等著呢，實在是不能多耽擱，明日等林兄弟祭拜之後我們就該動身去果洛了。」

端著銀酒壺滿場轉著給眾人倒酒的阿幼朵正好走到江平旁邊，邊替他斟滿酒、邊問道：「白天就聽你說要收藥材，你們收的什麼藥材啊？」

這個問題江平回答不上來，他只知道商會委託是要他們護送和協助商會來收藥材，具體要收什麼藥材他卻並不清楚。

於是他看向瀟箬。

瀟箬接收到他眼神中的求助，笑著回答道：「我們要收的藥材叫冬蟲夏草。」

沒出發前商會保密，不公開藥材名字，是為了確保沒有別人來搶這條利潤肥厚的發財之道。這會兒他們已經抵達羌番，自然沒有再隱瞞的必要。

「冬蟲夏草？」阿幼朵皺著眉頭思考了一會兒，歪頭問道：「阿姊說的是不是雪蠶？」她伸手比劃著。「就是下面是蟲子，腦袋上頂出草的那個？」

「正是此物。」瀟箬肯定地道。

古拉一拍大腿，哈哈笑著說：「雪蠶你們去果洛還真不一定能收到，還不如就在我們查鐸呢！」

他一臉得意又神秘地壓低了嗓音。「雪蠶是青唐拉之神給我們查鐸的禮物，我們查鐸才是雪蠶的家。」

古拉族長這番話讓瀟箬等人吃了一驚，沒想到陰差陽錯到達的查鐸，竟然就是冬蟲夏草的原產地。

真是踏破鐵鞋無覓處，得來全不費工夫。

瀟箬還未開口詢問冬蟲夏草能否購買，古拉就又說道：「你們來得巧，五、六月正是挖雪蠶的季節。外鄉人按理是不能私自挖雪蠶的，不過既然是阿贊和他的朋友，想必青唐拉山不會怪罪。

「明天祭拜完顧大將軍，你們可以跟著我們的人一起上山，看看剛剛破土的雪蠶！」

古拉族長的大方出乎瀟箬的意料，這種特有的稀缺資源向來都很受當地人的保護，能讓他們幾個外鄉人進山一同採挖，實在是少有。

別人大方，他們自然也不能得寸進尺，瀟箬感激地說道：「那明日就我和阿荀和你們一起進山吧。」

雪山聖地，外來人越少上山，越能不破壞當地的環境，這也是對查鐸部族的尊重。

阿幼朵湊到族長身邊撒起嬌來說：「古拉叔叔，我也要一起去！」

她好不容易帶阿贊回來，自然要多和他接觸接觸，上山這事，怎麼說也要算上她一個。

古拉慈愛地摸著阿幼朵的腦袋。「好啊，阿幼朵長大了，青唐拉山會給予妳庇佑。」

得到族長肯定的答覆，阿幼朵興奮得整晚沒睡好。

翌日朝陽的金光剛灑在雪山頂上，阿幼朵就迫不及待地來到瀟箬和林荀休息的帳房外。

「阿贊！阿姊！你們起來了嗎？」

她的阿媽昨晚也激動得睡不著，早上天剛擦白就起來忙活著祭拜的用品。

煙燻晾好的犛牛肉乾、今年新做的奶皮和乳酪、細細捏製的朵瑪、顧將軍最愛喝的青稞酒，還有香噴噴新煮的酥油茶。

背簍裡裝得滿滿當當。

林荀被阿幼朵的聲音叫醒，他原以為昨天知道了自己的身世會徹夜難眠，沒想到卻睡得比以往都要沈。

他翻身起床，換上衣服走出房間，發現瀟箬已在帳房正中，她和阿幼朵正一起清點今日要用的物資。

「阿贊，這是阿媽剛煮好的酥油茶！」阿幼朵小臉紅通通地遞上一碗熱騰騰的酥油茶。

林荀接過來後歪頭看了眼瀟箬，發現瀟箬也微笑著看向自己。

「我喝過了，你喝吧，喝完我們一起去祭拜你的父母。」

無須他開口，瀟箬知道他動作下的所有意味。

聽瀟箬說自己喝過了，他才捧著碗喝起來。

新煮的酥油茶飄著裊裊熱氣，一碗下肚，讓人感覺渾身有使不完的力氣。

喝過的碗在火灶上的熱水鍋裡清洗好，三人走出帳房。

族長古拉帶著兩個青年已經在外面等著他們，阿幼朵的阿媽身體不好，族長勸她在家休息，由他來帶著林荀他們去祭拜。

墳塚在青唐拉山東面的山腳下，按古拉所說，這裡是每天太陽最先照射到的地方。

望山跑死馬，一行人行進了一個時辰才到目的地。

眼前是兩個不大的墳包，前面立著兩塊石碑，上面分別寫著「恩人顧敬仲將軍之墓」和「顧敬仲之妻顧王氏之墓」。

林荀跪伏在墓前久久不能動彈，他雖然還未回想起以前，但看到這兩座墳塚時，他內心就充斥著無邊的悲傷。

同行的兩個查鐸青年行完跪拜禮之後就去清理墳塚附近的雜草，古拉和林荀一起跪在墓前，看著自己親手立起來的兩塊墓碑，他舉起滿杯的青稞酒澆在地上。

酒液很快滲入土壤中，好似有人在大口飲用一般。

古拉眼含熱淚，說道：「恩公，我終於帶阿贊回來看你了！你放心，我們查鐸就是他的家，以後我們會替你們照顧好他！」

說完他又連澆三杯酒，酒液依然飛快滲入地面，土壤散發著濃重的酒香。

看林荀額頭貼著地面久久不起身，瀟筈眼眶發熱。

她想起前世剛失去父母的時候，她也是靠在父母的墓碑上，內心一片虛無，好似自己與這天地間最後的一點聯繫被斬斷，從此只有去途，沒有來路。

她莊重地給林荀父母磕了三個頭，心中默默說道：伯父、伯母你們放心，阿荀還有我，我不會讓他孤身一人。

細白的小手沿著林荀的脊骨撫摸著他，身邊熟悉的幽香拉回林荀的神志。

恍惚間，他覺得自己方才差點被名為傷痛的海洋淹沒，是瀟筈的手，把自己拽出苦海。

「筈筈……」他呢喃著，不由自主地把那隻細嫩的小手握住，放在自己頭頂。

摸摸他，像以往那樣，撫摸他的頭頂。溫暖的，緩慢的，固定頻率的，給予他安心。

雖然在別人父母的墳塚前做出像這樣摸小狗頭的動作，讓瀟筈有點羞澀，不過她還是如林荀所願。

完全沒管一旁的古拉和阿幼朵目瞪口呆的表情。

第三十一章

祭掃完林荀父母後，古拉表示自己要回部族裡處理事務，接下來就由那兩個青年帶他們上山挖雪蠶。

在千丈高的青唐拉山上，此時雪已經融化，山坡上露出鬆軟的泥土，以及上面覆蓋的濕潤草蘚。

他們要尋找的冬蟲夏草正生長於此。

山勢十分陡峭，有些地方的斜面坡度甚至達到了七十度，想要尋找到藏在土壤和草蘚下的冬蟲夏草，他們只能趴著，臉幾乎貼著地面尋找。

林荀和瀟筈學著青年們的動作，一寸寸地探查著地面，可是花費了將近半個時辰，他們也沒看到冬蟲夏草的影子。

倒是阿幼朵已經挖到了第四根。

「我這兒有！阿贊，你過來看呀！」她興沖沖地喊道。

瀟筈聞聲抬頭，翻身改趴為躺，朝著天空嘆了口氣。

兩輩子加在一起，她也是第一次自己採挖冬蟲夏草。

原以為就是一鋤頭的事情，哪知道會是這麼困難，瀟大隊長已經很久沒有體會到這麼強烈的挫敗感。

「箬箬，來，我扶妳。」林荀朝她伸出手，示意一起去阿幼朵那邊採挖。

瀟箬無奈地抿嘴一笑，把沾滿草屑的小手放在指節分明的大手裡。

行吧，自己找不到，看看別人挖也不錯。

用阿Q精神安慰自己後，瀟箬和林荀相互牽扶著小心地走向阿幼朵。

高原的山頂天氣變化莫測，剛剛還是晴天，突然卻下起了暴風雪。凜冽的寒風夾雜著無數顆雪粒，砸在人身上、臉上，彷彿刀子在割一樣。

經驗豐富的查鐸青年立刻朝兩人喊道：「快坐下，低頭背朝風雪！」

突然來襲的暴風雪打了他們一個措手不及，瀟箬扭身時腳下一滑，眼看就要跌倒。

在這將近七十度的斜坡上跌倒可不是開玩笑的，林荀的眼睛本就時刻注意著瀟箬，看她身形一晃，立刻張開雙臂把她小小的身軀摟進懷中。

瀟箬滑倒的慣性連帶拉倒抱緊她的林荀，頓時兩人齊摔倒在地，在阿幼朵的驚叫聲中沿著坡面向下滾去。

滾落過程中，瀟箬的臉被按在林荀的胸膛上，她看不到周遭環境，只能靠尚能活動的雙手不斷攀扯身下的苔蘚植被，希望能抓到一些東西增加阻力，不再繼續朝下滾去。

一直滾了將近十幾公尺，兩人終於止住下墜的趨勢，停在略微平緩的坡地上。

只聽上方傳來阿幼朵的呼喊。「阿贊！阿贊你沒事吧？阿姊，你們還好嗎？」

暴風雪中，阿幼朵的呼喊聲被風切割得斷斷續續。

瀟箬想回應她，但她被林荀的雙手死死抱住，根本無法從他的胸膛上抬起頭來。

「阿荀，阿荀放開我！沒事了！」

她試圖讓林荀鬆開，但林荀沒有反應。

心中一慌，瀟箬用力掙扎。

終於，禁錮她的兩隻手臂鬆開來，暴風雪的呼嘯聲重新灌入她的耳朵。

林荀雙眼緊閉，臉色蒼白，他在摔滾的過程中儘量用身體保護懷裡的人，臉上、手臂上增添了不少擦傷和污漬。

瀟箬的手也同樣布滿傷痕，都是剛才攀扯地面時留下的，原本白嫩的小手此時黑一道、紅一道，有些地方已經開始滲出血絲。

此刻她顧不上察看自己的手，她迫不及待要確認林荀是否安全。

多年的末世生存經驗告訴她，在這個情況下她反而不能隨意觸碰或者移動林荀，避免造成二次傷害。

暴風雪實在太大，她只能維持原來趴在林荀胸膛的姿勢，小手搭握在林荀的手腕上感受他的脈搏，並且小聲地呼喊他的名字。

人在恐懼中會克制不住的胡思亂想，她在剛才這點時間裡，想到了林荀對自己的種種呵護，想著自己為什麼明明知道他的心意，卻一直不回應。

她甚至埋怨起自己到底在矜持什麼，熱烈回應小狗的感情不行嗎？非要等到失去小狗了，才悔恨莫及？

堅定無神論者如她，這一刻恨不得向滿天神佛虔誠禱告，只要林荀沒事，只要他沒事，自己以後一定行善積德，會好好地和他在一起。

去他的年齡差異，去他的前世今生，有什麼能比小狗健康快樂的在她身邊更重要呢？

不知道過了多久，林荀終於艱難地睜開雙眼，雙唇微動，輕聲地回應瀟箬。

這一刻，瀟箬的眼淚差點奪眶而出。她緊緊抱住身下的人，抱住殘忍的暴風雪裡最溫暖的存在。

在肆虐了將近一個時辰後，暴風雪終於願意從青唐拉山上離開。

查鐸青年們和阿幼朵趕緊來到兩人身邊，焦急地察看他們身上有沒有嚴重的傷口。一番粗略檢查下來，最嚴重的就是瀟箬滿是傷痕的手，以及林荀後腦勺的鼓包。

經過這場暴風雪，冬蟲夏草是不可能再繼續挖了，五人只能收拾好東西下山。回去的路上依舊是瀟箬和林荀共騎，阿幼朵和查鐸兩個青年各自一匹馬。

林荀自從看到瀟箬手上的傷之後，眉頭就沒有鬆開過。

他右手握著韁繩，左手小心地托著瀟箬的雙手，單手騎馬絲毫不影響他的行進速度，穩穩地控制胯下的馬匹，和其他人並轡而行。

瀟箬被珍重地環抱著，兩人上身相貼，彼此彷彿都能聽到對方有力的心跳。恍惚中，她不由產生了希望這一刻可以被無限延長，直至天荒地老的想法。

他們剛進入查鐸部落的領域，就看到阿幼朵的阿媽站在部落最邊邊，翹首往青唐拉山方向張望。

看到自己阿媽，阿幼朵一甩小馬鞭，矮腳小馬立刻加速衝刺。

跑到阿媽的身邊，她帥氣地翻身下馬，迎上去扶住阿媽的胳膊，嬌嗔地說：「阿媽妳怎麼出來了，不是讓妳在家裡等我嗎！」

阿幼朵的阿媽拍拍她的小手，邊繼續張望、邊說道：「剛才風雪這麼大，阿贊呢？阿贊沒事吧？」

說話間，其他人也都到了她們身邊，林荀長腿一跨翻身下馬，伸手小心地將瀟箬半扶半抱下來，確定瀟箬站穩，他才看向阿幼朵的阿媽。

「阿佳卓拉。」

聽到熟悉的稱呼，卓拉眼眶又紅起來。「你叫我什麼？阿贊，你想起來了是不是？」

林荀點點頭。「嗯，我都想起來了，阿佳卓拉。」

他這話一說出口，明顯感覺到托在掌心的那雙小手僵住。

低頭瞟了眼小手的主人，就看到那雙明亮可愛的杏眼剜了自己一刀。

林荀無奈地在心中嘆了口氣，他並不是故意不在第一時間告訴瀟箬自己恢復記憶，實在是剛才憂心她的傷勢，一心只想快點回來，這才沒說出口。

「阿佳卓拉，我們在山上遇上點小麻煩，箬箬受傷了，我們先回去再說吧。」眼看卓拉和阿幼朵一臉激動，馬上就要開始向他詢問之前的事，林荀先發制人，打斷她們的問話。

「哎對對對，回去說，回去說！」卓拉擦擦眼角控制不住的眼淚，點頭贊同林荀的話。兩個青年先去通知古拉族長林荀恢復記憶的消息，其他人都回卓拉家的帳房。商隊和鏢師們都聚集在帳房前的草地上，喝著高熱量的酥油茶，三三兩兩的討論著剛才突如其來的風雪。

看到四人歸來，江平上前打招呼。「林兄弟，瀟姑娘，冬蟲夏草挖得怎麼……」話未說完，他就察覺不對，瀟箬和林荀衣衫都有髒污，特別是瀟箬的兩隻手，黑紅的擦傷在細嫩白皙的手上特別刺眼。

「這是怎麼了?!你們受傷了？」他聲音不由拔高一度。

其他人也聞聲圍上來，七嘴八舌問發生了什麼事。

瀟箬臉上掛著微笑，聲音溫柔但清晰地說：「就是一點小擦傷，等會兒清洗了、上點藥就沒事了。」

她的聲音中帶著神奇的安撫力量，眾人聽她這麼說，都紛紛表示讓她小心，說了幾句關心的話後，也就各自散去繼續自己的事情。

畢竟瀟箬姑娘在他們心中是如此聰慧過人，對於她的話，他們總有種盲從的信任。有什麼事情能難倒瀟箬姑娘呢？

圍著的人群散去，林荀半扶著瀟箬往帳房內走去，掌心裡依舊小心地托著她滿是傷痕的手。

掀開帳簾時，瀟箬轉頭對江平說：「江大哥，麻煩你也和我們一起進來吧，我有話和你說。」

江平沒預料到瀟箬突然喊他，愣了一下後才應聲一齊進入帳房。

一進帳房，林荀又是拿羊皮軟墊，又是端乾淨的溫水，一會兒去馬車上拿藥，一會兒去給瀟箬尋包紮的綁帶。

高大的身影在一丈見方的空間裡忙得團團轉，讓卓拉和阿幼朵看得愣怔在當場，根本找不到機會問他恢復記憶的事情。

瀟箬也懶得攔他，隨林荀忙活。

看著平日冷靜到冷酷的兄弟這會兒小心翼翼地擰乾帕子，給面前的姑娘輕柔擦拭雙手的樣子，江平忍不住笑起來。

「林兄弟這副模樣，我可是第一次見。」他岔著腿隨意靠坐在一旁，大馬金刀的樣子，咧著嘴巴調侃著林荀。

對於江平的調侃，林荀沒有回應，只半跪著低著頭繼續給掌心裡的小手塗抹傷藥，只有瀟箬看到他的耳朵逐漸紅到幾欲滴血。

她把手抽回。「好了，這點小傷幾天就沒事了。」

不理會面前的人投射過來不贊同的目光，她指指對面的坐墊，示意林荀去坐好。

「來，說說，你都想起什麼了？」

林荀乖乖坐在瀟箬指定的座位上，在卓拉和阿幼朵希冀的目光，及江平吃驚的注視下，緩緩講述起他今日湧現的記憶。

「我原名叫顧勤罡，父親是駐守漠北的百戶將軍顧敬仲，母親是邊陲小鎮農戶之女。

「我小時候聽我母親說過，我父親原本只是個普通的士兵，他英武非凡，每每上戰場都奮勇殺敵，多次斬殺敵方將領，靠著軍功，一步步爬上了都尉、參軍，最後在大破匈族後被封為將軍。

「聽他的封號也知道，百戶將軍，不過是個叫著好聽，實際沒有什麼油水的職位，手下的兵也就漠北這支數百人的散兵。

「加上他娶了當地農戶之女，沒有姻親助力，所以他在邊境一待就是幾十年，既沒有升遷，也沒有調動，好像已經被遙遠的盈州遺忘了一樣。

「從我有記憶開始，我就生長在草原和荒漠之上，跟著父親騎馬、射箭，聽他講想替聖上開疆拓土的壯志豪情。

「在我十三歲的時候，為了解決軍中戰馬稀缺的問題，我父親送我來查鐸，拜皮拉達爺爺為師，就是希望我能學會馴化野馬的本事。我在這兒待了兩年多，每日跟著皮拉達爺爺在曠野上尋找野馬群的痕跡，追蹤懷孕的母野馬，記錄牠們的族群軌跡……

「查鐸的人們對我也很友好，特別是阿佳卓拉，那時候我最喜歡喝她煮的酥油茶，每天都要來討要一碗。

「這樣充實又快活的日子在那個黑夜被打破。

「那晚我們剛追蹤到一個野馬群生了四匹小馬崽，我和皮拉達爺爺半夜才疲憊地回到查鐸，剛睡下沒多久，我就被人捂住口鼻。他們用繩索想要捆住我的手腳，被我掙脫後又想用迷藥把我迷暈。我們打鬥的聲音吵醒了隔壁的皮拉達爺爺，他剛來到我的房間，就被那些人一棍子砸在頭上。」

回憶到這裡，林荀彷彿陷入夢魘中，臉上滿是痛苦，他本能地朝瀟箬方向伸出手，瀟箬也立刻回握住他。

掌心傳來的溫暖好似給了他力量，他繼續說道：「我想去救爺爺，卻被那些人當頭撒了迷藥。

「等我再醒過來，已經在陌生的山洞裡。我身邊有很多個同樣被捆著四肢，用布條綁住嘴巴的孩童，他們大多看起來才八、九歲，縮在一起默默流淚。

「我靠著洞壁蹭掉了封口的布條，大聲呼救，結果只有兩個中年漢子進來。他們用鞭子抽我，還說我這樣的貨根本不合格，他們頭兒不會滿意的。

「我說我是百戶將軍顧敬仲之子，讓他們趕緊放了我。沒想到他們聽我這麼說非但沒有放了我，還把我捆得更結實。

「後來他們去喊了個女的過來，那個女的也是他們同夥，聽他們說完我是誰後，就給我灌了一碗黑水。那碗黑水又苦又澀，喝完後我渾身就跟在油裡煎一樣，骨頭縫都在疼，直接把我疼暈過去。

「從那天開始，每天我都會被灌黑水，反抗不肯喝他們就拿鞭子抽我。

「隔一段時間他們就給我換一套更小的衣服，現在想想，大概那個黑水就是改變我相貌、身形的原因。

「這樣的日子可能有三年多吧，因為我記得大約是過了三個冬天，我逐漸想不起來自己是誰，從哪裡來，要到哪裡去，整天都是昏昏沈沈的。

「有一天那個給我灌黑水的女人說我已經改造好，是個合格的貨品了，是時候送去給主上。然後我就被塞在籠子裡裝上馬車，車裡有很多籠子，每個籠子裡都有一個小孩。

「那些孩子應該都被折磨訓練了很久，他們不哭不鬧，面無表情，跟一個個泥雕娃娃一樣安靜到了無生氣。不過也正是因為他們的安靜聽話，負責運送我們的人放鬆警惕，不再一日三次查驗我們的籠子是否牢固結實。

「我數過，最長三天，都沒有人來檢查我們，只一天一次往馬車裡隨手扔些饅頭給我們充饑。

「我旁邊那個孩子的籠子角落有一根細鐵絲，大概是打造籠子時工匠隨手纏的忘記取下了，我就靠這根細鐵絲撬開了鎖，在半夜悄悄跳車跑了。

「下了車我就拚命地往山裡跑，想著那裡樹林茂密，就算那些人發現我不見了，他們也沒辦法在莽莽群山中找到我。哪裡樹多草密我就往哪裡鑽，渴了我就喝山水，餓了就吃草根野果，直到有一天，我吃完草根後感覺喘不上氣，手腳發麻，眼前發黑。想往山下走，走著走著腳一拐，踩到了個坑，就暈過去了。

「再然後，就是箬箬救了我。」

林荀講述完一切，帳房中陷入寂靜。

五人誰也不說話，卓拉、阿幼朵和江平是被林荀敘述的經歷震驚到啞口，瀟箬則是心疼之餘又有那麼點尷尬。

那個坑，是她挖的……

「林兄弟……啊，還是叫你顧兄弟？」江平是幾人中見過最多風浪的，也最快恢復過來。他撓撓頭，一時不知道該怎麼稱呼這個兄弟。

說出一切後，林荀感覺身體輕鬆了不少，好像一股積壓已久的濁氣終於被排出體外，他平靜地說：「江大哥，你還是叫我林荀吧。」

「哎，好。」叫了這麼久的兄弟突然要改名的話，江平還怕自己一時適應不了，能不用改稱呼是最好。

江平回憶了下剛才林荀所說的種種，問道：「林兄弟，那你還記得捆你、囚禁你的是哪些人嗎？」

「擄走我的人我認識，有幾個就是干紇的人，至於囚禁我的那些人都是中原面孔，想來都是漢人，他們抽我的鞭子是人鞭。」林荀說道。

「人鞭？」江平和瀟箬同時重複出聲。

又是人鞭，又是人牙子。

可人牙子多盛行於中原和江南地帶，怎麼在偏遠荒蕪的羌番也會出現？

瀟箬皺眉問江平。「江大哥，你見多識廣，你知道咱們這兒人牙子這麼氾濫的嗎？」

江平思索一番後確定地回道：「沒有的，以前很少有販賣良人的人牙子，最多也就是買賣非良人的牙婆。」

他雙腿盤坐，支著下巴皺眉又說道：「不過這幾年確實是聽說了很多人牙子拐賣小孩的事件，咱們欽州年前就一口氣丟失了十八個孩子，還有妳家嫋嫋，不也差點被擄走。」

提及瀟嫋差點被擄走這件事，瀟箬現在回想仍然心有餘悸。

若那時候不是林荀第一時間追上去，瀟嫋會落得什麼下場？她會不會也和林荀以前一樣被囚禁，被灌下不知名的黑水，進行所謂的改造？

一想到小小軟軟的崽崽會被那樣虐待，她的心就跟針扎一樣疼。

「你們的官家不管嗎？」阿幼朵感到很奇怪，要是在查鐸抓到拐賣擄掠孩子的人，那是要受到很嚴厲的懲罰的。

那些人會被捆上荊棘條，赤裸地跪在雪山之上，向偉大的山神懺悔他們的罪孽。

要是加上虐待孩童的，會被族長宣布在所有人的見證下當場處死，割下頭顱。罪人的身體被扔到南邊，頭顱被扔到北邊，讓他們永遠身首異處，不得輪迴。

「管的，抓了幾個據說都被送到盈州審了。」江平長嘆一口氣，感慨這些人牙子實在是造孽，也不怕遭報應。

「林兄弟你接下來有何打算？」

他是萬萬沒想到，和自己一起走鏢的兄弟，有一天會搖身一變成為將軍之子。

雖然當今聖上從登基開始就最愛封人做將軍，各種名號的將軍少說也封賜了上百位。不過就算最小的百戶將軍，那也是將軍，食官家俸祿的。

林荀神色平淡，道：「阿佳卓拉說我父親生前已經辭官，我家中本就無親眷在世，父母既然安眠在查鐸，我也就沒什麼好牽掛的。」

他偏過臉去看向瀟箬，眼神繾綣依戀。「我依然是林荀。」

這幾乎等於是明晃晃的告白，饒是瀟大隊長也扛不住，俏麗的臉龐染上一抹紅霞。

「嗯咳，那個，江大哥。」瀟箬假意咳嗽一聲，眼神閃躲，不敢直視旁邊那雙熾熱的眼睛。「你是這趟鏢的鏢頭，又是阿荀的好兄弟，我剛才喊你進來，就是想讓你也知道阿荀的過去。」

她知道江平為人仗義，言而有信，對林荀真心實意的好，所以沒打算對他欺瞞林荀的身世。「我有個不情之請，還望江大哥成全。」

對江平來說，雖然瀟箬並未與林荀成親，可他心中早就認定了這個弟妹。「瀟姑娘妳有什麼事儘管說，與我何須客氣。」

這時，瀟箬的虎口又被握住，手掌被虛虛托在掌心，指尖被林荀掌心的溫度燙著，她有點惱怒地瞪了他一眼。

怎麼不分場合要貼貼，小狗病又犯了是吧。

帳房中另外三人被猝不及防塞了一嘴無形的狗糧，嚼也不是，嚥也不是。

阿幼朵紅著小臉和卓拉假裝往火灶裡添牛糞，江平撓撓腦袋無奈地看著兩人。

他這兄弟好歹在鏢局裡混了個冷面神的名號，到了瀟姑娘面前怎麼就這麼黏黏糊糊，看得他都覺得老臉熱得慌，不好意思起來。

手腕往後抽了抽，沒抽出來。瀟箬無語，小聲道：「別鬧，我要和江大哥說正事。」

勸誡沒起任何效果。

無奈她只能維持這種奇怪的姿勢，僅扭頭四十五度面向江平，說：「江大哥，昨日在帳外卓拉嬸子說的那些話，想必聰明的人已經能對阿荀的身世猜出一二。

「我希望你能和鏢局的兄弟們打個招呼，阿荀的身世還請他們幫忙保密。」

昨夜她與林荀就他身世問題聊了很久，彼時他就表示並不想留在北方。

「若我就是他們口中的阿贊，如今已是父母雙亡，你們就是我唯一的牽掛。」說話時他眼神堅定，似蒼穹上亙古不變的星空。

而今恢復了記憶，他仍舊想作為林荀繼續生活，瀟箬自然是要替他做好萬全準備。

這個要求對江平來說輕而易舉，常跟著自己的兄弟自不必說，知會一聲便是。

就是冉忠仁這邊要好好說說，好在他是個只要滿足殺慾，平日不缺酒、不少肉就萬事皆可的性格，並不會長舌。

鏢局這邊有江平，商隊的夥計更好辦，能跟到羌番的商隊夥計對瀟箬都有盲目的崇拜，只要她跟夥計們說一聲，再給些銀錢做封口費，他們就會守口如瓶。

該交代的都交代清楚，瀟箬和林荀各自去換了乾淨衣裳，梳洗好後美美喝上卓拉特地給他們煮的熱奶。

高原天空堪比三月孩童的臉，暴風雪後本已放晴，此刻卻又掛上層層厚重的雲朵，低低的壓著，讓人無端胸悶。

古拉族長姍姍來遲，他今日去處理和其他部族的事情回來晚了，聽今日和他們一起上山採挖冬蟲夏草的兩個青年說林荀恢復了記憶，就趕緊趕到阿幼朵家裡來。

「阿贊！你認出我是誰了嗎？」他的大嗓門穿透帳簾，緊接著身子才進入帳房。

「阿絨古拉。」林荀放下碗，朝他喊了一聲。

聽到這聲熟悉的稱呼，古拉古銅色的臉上露出大大的笑容。

火灶旁坐下。

古拉這才在火灶旁坐下。

「小阿贊，你終於想起來了！」

大步走向林荀，寬厚有力的手掌在他後背拍了拍，用力地摟了他一下，古拉這才在火灶旁坐下。

卓拉舀了一晚熱騰騰的犛牛奶遞過去，他也不客氣，接過來一口喝乾。

「卓拉煮的牛奶還是這麼香醇，小阿贊你以前就經常來討一碗喝！」

捧著奶碗，瀟箬興致勃勃地聽古拉族長和卓瑪你一言、我一語，說起林荀小時候的趣事，鬧得他耳朵又紅起來，一邊讓阿佳、阿絨不要說了，一邊悄悄瞟著瀟箬的反應。

這個場景讓瀟箬有一種自己好像在男朋友家裡，男方長輩翻出小時候的相冊，給她看男方兒時穿裙子的照片的既視感。

說得興起，卓拉乾脆留族長吃飯。

第三十二章

天已經是打翻的硯臺，一片濃黑。

鏢師和夥計們各自回昨夜的帳房吃飯休息，卓拉給每個帳房裡都準備了豐盛的飯食。火灶燒得又暖又旺，江平、冉忠仁、瀟筈和林荀陪著族長在一個帳房裡享用美食。

冉忠仁和古拉特別投緣，兩人舉著碗相互敬酒，大口撕咬炙烤好的羊肉。

「要我說，你們就別什麼果洛、庫塔的跑了，不如剩下的時間就在我們這兒待著，也好讓我和冉兄弟多喝幾杯！」古拉臉上泛著酒氣。

他很喜歡冉忠仁口中快意廝殺的江湖，巴不得他們能留久一些。

「不就是雪蠶嗎，賣給誰不是賣，乾脆全賣給你們算了！」

古拉這番話正中瀟筈的下懷，對於人生地不熟的商隊來說，羌番危機四伏。每個部族都有自己的規矩和忌諱，外來人一不小心就容易踩雷。

「族長說的可當真？」江平聞言也是大喜過望，能在查鐸直接完成老闆委託，那就大大縮短了運鏢時間。

古拉摸了一把臉，臉帶不悅。「我古拉從來都是說一不二！」

一旁幫忙斟酒的卓拉笑著糾正他。「族長，這個官話應該叫做說到做到。」

「哦對，對，對對對，說到做到！」他點著頭連續說了一串對。「只要你們讓冉兄弟多陪我喝幾天酒，多給我講點你們那個，那個在山匪裡殺了個七進七出的故事！我查鐸以後的雪蠶，都可以只賣給你們！」

事情進展順利得出乎想像，瀟箬當場答應接下來的十天，商隊都會駐紮在查鐸。

一代煞神冉忠仁從未想過自己有一天會靠陪酒和吹牛皮來幫鏢局完成任務。

第二天開始瀟箬就在古拉的陪同下，逐一拜訪查鐸的採藥人家。

族裡人知道她曾經救過林荀的性命以後，都認定她是恩人之子的恩人，把家裡的雪蠶存貨都翻出來與商隊交易。

冬蟲夏草根據大小品相不同，價格也不相同。

在古拉的幫助下，商隊學會了當地特有的袖裡乾坤。

這是一種獨特的交易方式，雙方分別把手伸到袖籠裡或者筐子下，在遮擋中通過手勢來確定交易價格，這樣的交易方式既可以避免惡性競價，也能保證買賣雙方的利益。

十天交易下來，商隊將查鐸今年所有的冬蟲夏草收成全部收入囊中，並和查鐸族人約定好每年他們都會在六月來這裡收購冬蟲夏草，欽州醫藥商會的冬蟲夏草專線正式成立。

在這十天裡，瀟箬陪著林荀祭拜皮拉達爺爺，又重新刻了他父母的墓碑。

青白的石碑豎立在雪山之下，莊嚴肅穆。

石碑的右下角是林荀親手刻下的「子　林荀」。

瀟箬看著遒勁有力的陰刻，問林荀。「你爹娘會不會生氣你擅自改名啊？」

她再桀驁不馴，也知道名字是父母愛的寄託，是他們對孩子的希望，林荀刻字的時候，她試圖阻止，要他刻顧勤罡三字。

林荀抬頭眺望蒼茫的曠野，聲音悠悠。「我爹給我起名罡，是希望我能如北斗星，永遠指向北極星。」

將目光從地平線收回到眼前人身上。「箬箬，妳知道嗎，北斗是天帝出巡天下所駕的御輦。我爹其實更希望我能成為聖上的御輦，替聖上開疆拓土。

「但是當今聖上真的值得我這麼做嗎？」

聽林荀自言自語式的提問，瀟箬陷入沈默。

她出生在自由的春風裡，即使到了後來的末世，她也是順從本心，只維護她認為正確的人類生存準則。

對於「學成文武藝，貨與帝王家」的思想，她根本認同不起來。

跨走幾步，自然地站在瀟箬的右邊，替她擋住從山頂吹來的北風，林荀繼續開口。「小時候我就問過我爹，他身為將軍為什麼沒有話本中那樣威武，一呼百應，為什麼不讓聖上調他去盈州。

「我爹每次都是笑著說聖上忙，後來我才知道他這個將軍，只是聖上隨手封的而已。每次打個小勝仗，略有功勛的人都能得到一個將軍的頭銜，賞個幾石糧食，就算是天恩。

「可憐我爹一生都對聖上感恩，覺得自己是被伯樂相中的千里馬。實際上遠在盈州的聖上，可能連他的名字都不記得。

「與其被虛無的念想操縱成傀儡，我寧願自己只是林荀。」

這番話若是被旁人聽見，已經可以算得上是大逆不道，藐視天威，但此刻只有瀟箬。

她完全認同林荀的觀點，何必為了一個根本沒見過的人去拚死拚活，可能這一輩子他們都不會見到所謂的聖上。

活在當下，做好現在的自己，才是最要緊的事。

瀟箬蹲在墓碑前，伸手沿著墓碑上的「林荀」二字摩挲。「刻林荀也不錯，相信你父母在天有靈，也會希望你能順從本心的生活。」

蔥白的食指突然戳了戳這兩個字旁邊的空位，她仰頭露出兩個甜蜜的小梨渦。「以後你覺得想刻本名了，我們再來重新刻，到時候就把我的名字也刻在這兒。」

言下之意不言而喻，林荀感覺自己的心臟撲通撲通像未被馴服的野馬，快從喉嚨裡跳出來。

他不敢相信，又滿懷希冀。「箬箬，妳……妳是願意……」

瀟箬站起身，撣撣褲腳上黏著的草屑，狡黠笑道：「起風了，阿佳卓拉肯定盼著我們回去吃飯，咱們回去吧。」

狗崽子連最重要的三個字都沒親口說過，她才不要這麼輕易的就入狼窩。

日子啊，還長著呢。

不等林荀反應，她跨步上馬，一抖韁繩，雙腿用力夾住馬腹，朝查鐸部落縱馬飛奔。草原上的風捲起她的衣角，鮮豔的紅紗飛揚在空中，彷彿一朵怒放的格桑花。

心上人銀鞍照白馬，颯沓如流星。林荀一個箭步蹬跨上高大黑馬，追著他心中那顆最絢爛奪目的流星而去。

一黑一白的馬兒在廣闊的原野上飛馳，快到部落邊緣兩人才放緩速度，任由馬蹄噠噠，嚼著草散步進入查鐸。

商隊的領頭夥計是同記藥鋪的外櫃，最擅長與人打交道，一張嘴舌粲蓮花，讓每一個和他做交易的人都舒舒坦坦。

這次收購冬蟲夏草的具體交易事項，瀟箬全權交由他處理。

見瀟箬和她家那位騎著馬蹓躂回來，他趕緊迎上去。「瀟姑娘，咱們已經和各位採藥人銀貨兩訖，這次收購冬蟲夏草的任務，算是圓滿完成了。」

他從懷裡掏出厚厚一本藍皮冊子遞上去。「這是每一筆交易的紀錄，都按照您的要求，不同品相和新鮮程度，一一對應登記造冊。」

瀟箬接過帳冊隨意翻開一頁，只見上面小楷工工整整地寫明了所有交易事項，所收冬蟲夏草的品相、採挖時間、購買價無一不全。

滿意地點點頭，她將帳冊交還給夥計保管。「冬蟲夏草都處理好了嗎？」

「都弄好了，我們按照您說的，每一根都用細馬鬃毛按照冬蟲夏草上的紋路刷去泥土，再用細羊毛刷去浮灰，這會兒已經在帳房裡陰晾了。」

每一根冬蟲夏草都很珍貴，他半點不敢馬虎，按照瀟箬交代的處理方法，一根根盯著其他夥計清理。

「很好，今晚我就開始炮製，沒有意外的話明日我們就可以動身回欽州。」

說罷瀟箬回頭朝一直跟在自己身後的林荀勾勾手指，讓他今晚一起幫忙。

反正他已經知道自己的異能了，免費勞動力不用白不用。

冬蟲夏草的炮製說簡單也簡單，說複雜也複雜。

在查鐸為了保存雪蠶，採藥人會在清理泥土以後將其直接曬乾，但直接晾曬很難達到徹底乾燥，日光照射不均勻，也會導致成品顏色深淺不一，品相次等。

瀟箬採取的炮製方法是分批次低溫乾燥，針對不同含水量用不同的溫度進行水分蒸發。

冬蟲夏草的含水量在七、八成左右的，溫度需要控制三、四十度的低溫來烘乾，乾燥兩個時辰，讓冬蟲夏草的表面水分蒸發。

烘乾之後冬蟲夏草的水分含量大概降到五、六成左右，這時溫度就要略升，控制在四十五度，乾燥兩個半時辰左右。

最後將溫度控制到五十度以上，不超過五十五度，乾燥一個半時辰，這樣炮製出來的冬蟲夏草色澤甘黃，形態飽滿，其中的營養成分也能得到最大程度的保留。
兩人從天擦黑忙到金色的陽光重新籠罩曠野，才將所有收購的冬蟲夏草全部處理完畢。炮製好的冬蟲夏草一層層用乾草包裹，放入花椒、丹皮防蟲蛀，再放入香樟木箱中，一一裝車。
見識到他們短短一夜就處理好全部落一年的雪蠶收成，古拉忍不住對瀟箬豎起大拇指。「小阿贊果然沒有找錯人。」
他這段日子早就看出兩人之間湧動的春潮，為此他還特地拎著酒去顧將軍墳前絮絮叨叨了一晚上，讓恩人不要掛心，他們的小阿贊已經覓得美嬌娘，相信再過不久小小阿贊都能滿地跑了。
古拉不知道其實這兩人現在最多只是牽個小手，八字第一撇剛開始落筆而已……
瀟箬翹起嘴角，杏眼彎彎地全盤接受古拉的誇獎。「那當然！」
第一次遇到漢人姑娘被誇獎後直率的回應，古拉愣了一下才放聲大笑。「好呀，有我草原兒女的風采！」
他還以為所有漢人女子對於情愛都是嬌弱而害羞，沒想到今天遇上了一個大膽熱忱的，讓他大開眼界。
「阿贊，我阿媽讓我給你帶了犛牛肉乾好在路上吃。」阿幼朵從帳外探進小腦袋。「古拉叔叔也在呀！」

「小阿朵，來，坐。」瀟箬指著身邊的羊毛墊子說：「阿姊等會兒就要走了，送妳個小玩意兒做紀念。」

她從袖籠裡掏出兩個繡滿海棠的藥香囊。「這是阿姊自己配的香囊，裡面有酸棗仁、柏子仁、靈芝、首烏藤、合歡皮，助眠安神的，一個送妳，另一個麻煩妳帶給妳阿媽。」

商隊在查鐸的日子都寄住在阿幼朵家裡，瀟箬把吃食住宿都按照欽州的消費水準換成銀錢給卓拉，卻被卓拉拒絕。

「你們是阿贊的朋友，也是我們查鐸的客人，哪有向客人收伙食費的。」卓拉略顯蒼老的臉上掛著溫柔的笑容，拒絕得堅定且乾脆。

瀟箬明白自己再堅持給銀子，就是在羞辱這位熱情好客的羌番婦人，便乾脆投桃報李，替卓拉調養她羸弱的身體。

卓拉年輕時也是個健壯能幹的姑娘，在荳蔻年華嫁給了阿幼朵的父親，兩人恩愛勤奮了十幾年，掙下豐厚家產卻沒有一男半女。

羌番人認為孩子都是神明的恩賜，如果兩夫妻多年沒有孩子誕生，那肯定是前世造了冤孽，今生才會沒有子女緣。

阿幼朵的父親按照習俗去雪山頂長跪三日，祈求神明寬恕，賜給這個家庭新的生命。再強健的人都受不住三天三夜的冰凍，他回到家就高燒不退，沒多久便撒手人寰。

卓拉痛不欲生，想跟著伴侶一起去了，偏偏這個時候她發現自己有了身孕。

阿幼朵就在這樣的情況下誕生了，而卓瑪在長期的悲痛和失眠中也熬垮了身體。

瀟箬知道卓瑪這是心病，除了使用益氣補血的方子，她還經常陪卓瑪聊天。給她描述能在天上飛的鐵鳥和四個輪子無須馬拉的鐵車，講人們可以相隔萬里也能每天互相訴說想念，告訴她世界不只有雪山和草原，還有無邊無際的大海、深不見底的溝壑和奇異瑰麗的極光。

講述世界各地的奇聞異事時，阿幼朵也經常托著腮入神的聽著，瀟箬在話語中給她們母女徐徐展開一副波瀾壯闊的畫面，讓她們對羌番以外的世界升騰起濃重的好奇。

當一個人對世界提起興趣，她的精氣神就會有翻天覆地的變化，這段時間以來，瀟箬明顯能感覺到卓瑪的眼睛裡有了光，也不再像以前一樣，一會兒看不到阿幼朵就產生迷茫焦躁的負面情緒。

卓瑪整個人彷彿由內而外開始有了蛻變的傾向。

只可惜瀟箬不能看到完全好轉的卓瑪，商隊已經完成任務，她必須要回欽州了。

藥香囊是以前林荀送她的藥香囊的改版，用的藥材更常見，安神助眠的效果也更強。自己離開羌番之後，希望這個藥香囊能幫助卓瑪安然入睡。

接過香囊放在鼻尖深深吸了口氣，阿幼朵瞪圓一雙本就大得出奇的眼睛。「哇，阿姊，這個好好聞呀！」

她抓著兩個藥香囊就起身往外跑去。「我這就拿給阿媽！」

嬌小的身影一溜煙消失在眾人眼前。

古拉搖搖頭笑著說：「這小丫頭，一驚一乍的，被她阿媽寵壞了。」

就這麼一個愛人拿命換來的寶貝疙瘩，誰又不會寵愛呢？也正是因為這個原因，當初林荀父親救出阿幼朵，對於卓拉而言，那就是救了她們一家人的性命和希望。

顧大將軍為了救查鐸的孩子們犧牲，卓拉更是當場發誓，一定要將恩人的兒子找回來。當商隊整裝待發，準備啟程回欽州時，卓拉帶著阿幼朵足足送了他們十幾里路。

她眼眶中飽含熱淚，拉著瀟箬的手摩挲。「妳和阿贊以後要是有空，一定要再來查鐸，阿佳再給你們煮酥油茶……」

「哎……」瀟箬眼眶也發熱，她轉頭叮囑跟在一旁的阿幼朵，說：「妳要好好照顧妳阿媽，監督她按時喝藥，按時睡覺……要是以後有什麼問題，就讓人帶信來欽州……」

阿幼朵用力點著頭，烏溜溜的大眼睛被水氣瀰漫。「阿姊我聽話的，妳以後要再來找阿幼朵啊……」

她年紀小控制不好情緒，嬌小的身子都快哭抽了。

阿姊溫柔開朗又漂亮，懂的東西那麼多，一定是世界上最最好的阿姊。

現在瀟箬在她心裡的地位已經超過阿贊，榮登阿幼朵最最喜歡的第二個人。第一個人自然是她的親阿媽。

送君千里終須一別，眼看查鐸最邊緣的帳房影子都要消失在視野裡，她們已經送行得夠遠了。

把卓拉扶上馬，瀟箬揮手說：「阿佳卓拉，妳們快回去吧，就妳們兩個人在草原上，古拉族長該擔心了。」

告別了兩人，商隊和鏢師們不再回頭，浩浩蕩蕩邁向回程的地平線。

回程耗費的時間要短很多，只一個月的工夫，眾人就進入欽州轄區。

加上之前滯留在半途的夥計，原本七十人出發的隊伍，回到欽州時不足五十人。

欽州醫藥商會的人幾日前便接到信客帶回來的消息，此後十五名掌櫃日日不落，齊聚在欽州城外，都想第一時間見到回來的商隊。

時值七月，明晃晃的太陽不要命的炙烤著大地，路邊的樹葉都被曬成卷。

十五位掌櫃扛不住日頭，乾脆請工匠在城外搭了個簡易草棚來遮陽。

擋得住上面，擋不住下面，地面滾燙，久站腳底板都要起水疱。

阮氏藥鋪掌櫃阮皓搖著大蒲扇，勉強算是攪動起幾縷溫熱的風來，看看身邊其他掌櫃，一個個前胸後背的衣裳都暈出一片深色的汗漬。

「你說……他們才出去三個月就回來，是不是事情沒成啊？」他忍不住和離他最近的毛掌櫃搭話。

毛掌櫃熱得根本不想說話，有這個閒聊天的體力，還不如留著多喘幾口氣，他癱坐在椅子上，斜眼看著阮浩，企圖用眼神來傳遞自己心裡的話。

見毛掌櫃不搭話，阮浩又扭頭向自己左側的妙仙醫館張掌櫃說：「妙仙娘子，妳覺得這事能成嗎？」

張風蘭真是服了阮浩這個話簍子，不知道心靜自然涼嗎！心裡七上八下的猜來猜去，是嫌棄自己火氣不夠大不成？

「阮掌櫃急什麼，左右不過是幾日的工夫，成與不成馬上就能見分曉，你在這裡瞎猜一百次也沒用。」天氣熱人心浮躁，張風蘭的話裡帶著一絲不耐煩。

本來只想聊聊天打發下乾等的時間，卻碰了個軟釘子，阮浩就不樂意了。「哎，妳這話說的，我不過就是隨口一問，妳……」

「好了好了，都少說幾句，不嫌熱啊？」眼看要爆發爭吵，錢掌櫃趕緊出來當和事佬。「阮掌櫃你也不要著急，商隊有瀟姑娘在呢！」

迷弟濾鏡依舊八百公尺厚。

阮浩從鼻孔裡哼出一股氣，搖著大蒲扇說：「我有啥好著急的，我是怕老闆著急。」頓了一下，又補充道：「八百兩一根呢！」

白花花的銀子擺著，他還是有點急的，不知道能不能吃到這塊肉，吊著心裡難受呀。是啊，八百兩一根的藥材，商隊要是辦成了，裡面的肥油分成十六股，都夠他們吃得心花怒放。

在場的所有人心有戚戚焉。

翹首盼著，視野盡頭的地平線上終於出現了人影。

眼尖的毛掌櫃最先確定目標，拍著椅子扶手喊：「是商隊！是他們！我看到順記鏢局的狼牙旗了！」

這話如平地驚雷，癱坐在椅子上的、倚靠在樹下的、放空自己魂遊天外的，通通都蹦了起來，手搭涼棚，踮腳張望。

人影越來越清晰，金邊狼牙旗在陽光下尤為亮眼，順記鏢局的鏢師們騎著高頭大馬，昂首挺胸護送著一輛輛馬車，轆轆的車輪聲昭示著滿載而歸的喜悅。

十五個人也顧不上毒辣的太陽，全從草棚子裡跑出來，向商隊迎上去。

領頭的江平看到託鏢的老闆們，勒住韁繩，讓馬兒原地停下，身後的隊伍自然也止住前進的步伐。

江平朝眾人抱拳說道：「順記鏢局不負所託，只是貨物貴重，各位掌櫃還請一同進城，咱們回到鏢局再說話不遲。」

只要沒有交鏢，他們的任務就不算結束，對於馬車上一箱箱貨物來說，城外也算不上安全地帶。

他這話說得在理，掌櫃們也意識到是自己太過於激動，考慮不周。

於是眾人紛紛點頭，各自尋到自家的馬車，鑽上車跟著商隊一同進城。

精神十足的高頭大馬和鏢師們挺拔的身形吸引了不少路人圍觀，在人們的注視和議論聲中，商隊來到順記鏢局。

三十輛馬車從街頭排到街尾，掌櫃們在鏢師和鏢局掌櫃的陪同下，一輛輛馬車、一箱箱貨物查驗過去。

確定裝貨的木箱無損傷，商隊人員歸來的都安全抵達後，商會與順記鏢局結清尾款，將馬車從順記鏢局駕回了商會總部。

到了商會大院，他們就迫不及待地讓夥計們把冬蟲夏草搬下車，他們要好好看一看傳說中的半蟲半草的神藥。

瀟箬趕緊制止他們企圖在烈日下開箱的莽撞舉動。「冬蟲夏草都是低溫乾燥的，曝曬容易對品相造成損傷，還是到屋內再看吧。」

能在短短三個月內就帶回這麼多冬蟲夏草的瀟箬，此刻在各位掌櫃們的心中地位越發崇高，一個個看向瀟箬的眼神中帶著毫不掩飾的欽佩和信服。

被十五倍迷弟、迷妹眼神籠罩的瀟箬無言了。

第三十三章

三十輛馬車裝了足足一百個香樟木箱，等箱子被抬到屋內，幾乎占去五分之四個正廳。

剩下的空位十六人都站進來就很是擁擠了，除了瀟箬和商會三位主事，其他人都自覺地站在正廳門外，只探頭往裡看。

掏出藍皮帳冊，瀟箬一頁頁翻開給三位主事看。「這上面記載了每一筆冬蟲夏草的交易紀錄，我們這次共購入冬蟲夏草兩萬七千六百根，共計四十斤，買冬蟲夏草的現銀耗費是四百兩。」

查鐸的採藥人賣給其他部族的雪蠶價格是三兩銀子一斤，瀟箬還是特地按照三倍多價格來收購的。

為此族長古拉還特別不好意思，感覺占了瀟箬、林荀的便宜似的，連連感謝他們給族裡人增加了收入。

除去直接購買成本，商會在組織商隊、購買香樟木箱、付給順記鏢局的鏢銀等共計耗費兩千六百兩，等於這次出行羌番的總成本是三千兩。

相比於帶回的冬蟲夏草能帶來的收入，成本簡直可以忽略不計，更何況這次還和查鐸部落定下了以後所有冬蟲夏草的購買權，這趟出行說是一本萬利都不為過。

在場所有人都被這筆利潤驚到了，雖然之前就知道這是一筆豐厚的收入，但沒想到竟然足以讓每一家藥鋪都賺出千萬家底。

「那、那……」家底殷實的錢掌櫃都被這筆帳驚得結巴起來。「哦，對，老闆，那家主母還等著我們，咱們、咱們給她送去？」

瀟箬在回來的路上沒幹別的，光研究冬蟲夏草運回來後的銷售策略。

針對冬蟲夏草的品相，她決定將冬蟲夏草分成上品、上上品和特級品。上品和上上品是可以對外銷售的，而特級品，要暫時只展示而不販售。

被問中品和次品呢？她嗤笑一聲。「咱們跋山涉水、千辛萬苦帶回來的東西，哪有次品、中品的道理。」

再差的品相，也要從上品的定位開始，只要你定位是上品，那麼消費者就會認定這就是上品。

對於瀟箬的品相分級，眾人都表示贊同，在列的各位都是老生意人了，自然知道分級販售的好處。

「那咱們是不是將特級品賣給那位主母？」毛掌櫃忍不住插嘴問道。

瀟箬搖搖頭。「我剛才說了，特級品只展示不販售，給那位主母的冬蟲夏草，我建議是上品和上上品都帶上，兩種規格的冬蟲夏草都展示給客人看。」

她將定位為上品和上上品的兩種冬蟲夏草同時擺放在桌子上。「各位請看，這兩種若是一支訂價一百兩，一支訂價八百兩，你們會買哪支？」

兩支冬蟲夏草擺在一起，能明顯看出上品冬蟲夏草偏小，蟲體有一點斷裂的瑕疵，而上上品冬蟲夏草蟲體完整飽滿，體形也略微偏大一些。

「兩者藥效有區別嗎？」毛掌櫃提問道。

「並無太大區別。」瀟箬據實以告。

「那我選擇上品。」

「我也選擇上品。」

「雖然大小不同，但這冬蟲夏草本來就小小一根，整體看起來差別就不大，既然藥效相同，恐怕大部分人都會選擇一百兩的上品。」

幾乎所有掌櫃都選擇了較小且有斷裂的上品冬蟲夏草。

只有錢掌櫃的選擇不同。「若是我，就選上上品。」

大家的目光都投向錢掌櫃，彷彿在看一位冤大頭。

錢掌櫃摸著下巴道：「我都買得起一百兩一根的藥材了，想必我也不缺錢，能買到更好的神藥，我為什麼不買更好的？哪怕多一絲絲效果，那也是對我身體更有裨益。」

他沈浸在自己一擲千金的設想裡。「對我身體好就是對我命好，難道我這麼有錢了，還會對自己的命吝嗇七百兩？」

這一番話驚醒了眾人，正是這個道理，都願意花那麼多錢買小小一根草藥了，又怎麼會在乎花多一些買更好的呢？

瀟箬很滿意錢掌櫃的悟性，向他投去一個讚賞的眼神。得到偶像認同的錢掌櫃頓時心花怒放，笑呵呵的肉臉蛋更像彌勒佛了。

瀟箬看向眾人，說道：「這就是顧客群體的定位。我們要明白，冬蟲夏草的潛在客戶，是那些口袋裡有大把銀子的富豪巨賈，他們只在乎什麼對他們的身體好，不會去計較要付多少錢。」

頓了一下，她加重語氣。「不過在此，希望各位能共同遵守一個約定，就是冬蟲夏草不能開到救命的藥方裡。

「它是屬於有錢養養生的，誰開方子要是開冬蟲夏草，那是要人命的，不是治人病。」冬蟲夏草的昂貴價格注定了它不能走進尋常人家，若是在救命的藥方裡開了它，無異於謀財害命。

眾人都同意將這條規定寫入商會條約中，以此約束欽州醫藥商會中的所有人。

他們正討論著接下來如何販售冬蟲夏草，商會院子裡突然闖進一灰褂子打扮的人。

「表舅！表舅！」正是錢掌櫃的表甥夥計，他跑得氣喘如牛，滿頭大汗。

「做什麼毛手毛腳、慌慌張張的，沒看到我們正在商量要緊事嗎！」錢掌櫃厲聲呵斥。

「呼……呼……之前來求藥的人家，剛才又來我們藥鋪了，他說知道我們有了冬蟲夏草……」

這戶人家倒是耳朵尖，商隊剛進欽州，他們就知曉是冬蟲夏草到了，這會兒人直接找上門來。

「錢掌櫃，可是那家八百兩？」阮皓迫不及待地問道。「那咱們趕緊給人家送去呀。」

其他人也一致看向錢掌櫃，好像看著全村的希望，搞得錢掌櫃頓時感覺壓力山大，把求助的目光投向了他的偶像瀟箬姑娘。

接收到求助信號，瀟箬把桌上做樣品的兩支冬蟲夏草拾撿起來，說：「讓人準備個精緻的黃梨花木盒，裡面墊上紅綢緞，把這兩支裝進去。」

她走到正廳中一個做了標記的香樟木箱旁邊，拔開插銷、打開箱子，只見這箱子裡的冬蟲夏草個個渾圓飽滿，個體肥大，蟲體明黃發亮，頭頂的把子草粗短不過蟲身一半長，就算再不懂行的人，也能看出這箱冬蟲夏草絕對是百裡挑一的極品。

「這是我特地挑出來的特級品，一共九十九根，每一根我們都要用小巧的琉璃瓶子單獨包裝，保證它們不受潮、不變質。」展示結束後瀟箬闔上箱門。「這批特級品今天就不帶去給那位客人了。」

「怎麼不給他們呢？這特級品肯定能賣上好價錢呀？」大家不理解瀟箬這是打的什麼算盤，有好東西藏著不賣？

瀟箬臉上露出高深莫測的笑容。「這叫饑餓行銷。

「我換套衣服，梳洗一下，等會兒我和錢掌櫃去給那位客人獻藥。」

她並未回家，而是直接從帶的行囊中找了件算得上體面的衣裳換了，略微打理在馬車裡躺了大半天而凌亂的頭髮，拿上裝好冬蟲夏草的黃梨花木盒，帶上林荀和錢掌櫃，一起回同記藥鋪。

表甥夥計先一步跑回來招待貴客，待三人回到藥鋪時，他正點頭哈腰地給客人上茶。那人身穿單杏色絲織袍衫，白色絲綢褲，腰佩環形雕花鏤空玉墜，手執一柄山水竹扇，不多的頭髮用白玉冠束在頭頂，再配上他塗得發白的臉頰，像個油麵捏的泥人，精緻中帶著一抹滑稽。

油麵泥人端起夥計奉上的茶碗。「嘶……呸！」吐出一口茶沫子。

「你家沒有好點的茶葉嗎，這都是什麼破爛茶梗！」

他輕蔑地瞟著彎腰賠笑的夥計。「我們家喝的，可都是雨前的龍井……」

「哎！是是是，我們小地方、小藥鋪，自不能跟您高門大戶比……您受累，您受累……」

表甥夥計心裡叫苦連天，表舅怎麼還沒回來，他短短幾刻鐘已經被這位貴客從頭到腳嫌棄得一無是處了，都要被罵抑鬱了……

三人在門口將這一幕看得分明，瀟箬與錢掌櫃心照不宣地對視一眼，錢掌櫃立馬堆起他的招牌彌勒佛笑容先邁步進入藥鋪。

「貴客光臨，有失遠迎，有失遠迎啊！是我錢某招待不周了！」

即使藥鋪掌櫃來了，油麵泥人屁股依舊穩穩地坐在椅子上，一點起來的意思都沒有。

「錢掌櫃，我家主母可是等了你們足足三個月，你們有了冬蟲夏草怎麼不第一時間來稟告我家主母？」

錢掌櫃的臉色頓時就有些不好看，他們一沒有收訂金、下承諾，二不是這家的僕從受主人家差遣，上來就劈頭蓋臉一頓責難，實在是無禮至極。

不過有錢的是大爺，商會還指望從這家主母開始打開冬蟲夏草的銷售市場，錢掌櫃強壓著心裡的不痛快，陪著笑臉道：「我們正打算去拜見您家主母，您看，我們藥材的樣品都準備好了。」

說著，他把端著黃梨花木盒的手抬高了些許。

價格不菲的黃梨花木盒立刻吸引了油麵泥人的全部注意力，他立刻放下手中的茶碗，就要上前摸木盒。

林荀動作比他更快，手腕一轉，短劍的劍鞘就擋住油麵泥人想要觸摸木盒的手。

「你們這是幹什麼！」他的臉色立刻變得很難看，配上滿面的白粉，顯得分外猙獰。

瀟箬盈盈笑著說：「客人莫急，我們作為欽州唯一的醫藥商會，對藥材的品質把控自然是沒得說的。只是冬蟲夏草昂貴，是你家主母指明要的珍稀藥材，如今你家主母沒過目，先給你品鑑，這……」

言止於此，她把皮球踢回給面前的人。

油麵泥人臉上變了變色，自家主子最看重顏面，要是知道自己擺架子搶在她前面看了冬蟲夏草，只怕今晚他就要被活撕了……

想到自己可能會有的淒慘下場，他打了個激靈，本能地後退好幾步，離抱著黃梨花木盒的錢掌櫃遠遠的。

「那你們隨我來，我家主母正等著你們呢！」

說完也不等三人回應，搶先轉身就往門外走，連那柄山水竹扇都忘了，落在茶水桌上。表甥夥計趕緊拿起摺扇，小跑好幾步才追上他，雙手遞上摺扇物歸原主。

跟在油麵泥人身後，三人來到悅來客棧天字一號房外。

方才還是一副不可一世嘴臉的油麵泥人現在滿臉都是謙卑恭敬，他彎著腰朝緊閉房門的天子一號房內小聲稟告。「主子，送冬蟲夏草的人帶來了。」

門隨後吱呀一聲被門內丫鬟向內打開，三人這才發現這不是一間一般的客棧房間。站在門口就能看到裡面寬敞得過分，是打通了左右，將原本三間房合併成一間才有的寬度。

房間裡的陳設也與尋常天字房截然不同，從門口開始地面就鋪設了厚厚的雲毯，行走在上面不會發出一點聲響。

屋內的桌椅凳几全是上好的紅木打造，雕刻著繁複的花鳥圖案，顯示出此屋主人雄厚的財力。甚至還有幾個通天紫檀木的多寶槅，上面擺放著一整套天青瓷器和各色擺設。

奢華到誇張的屋內裝飾看得錢掌櫃合不攏嘴，這得多有錢的人，才能在欽州最好的客棧連住三個月，還讓客棧為她打通三間天字房並且重新裝修。

「是冬蟲夏草嗎？拿過來吧。」慵懶的女聲透過層層紗幔，在屋內響起。

婢女們撩開紗幔，三人看到房間深處的貴妃椅上坐著個曼妙綺麗的女人。

貴妃椅旁邊的少年提著金絲鳥籠，彎腰讓鳥籠保持與坐著的女人平行的高度，方便她逗弄籠中的鳥雀。

錢掌櫃捧著木盒走在最前面，三人離女人還有十步的距離，就被兩個婢女一左一右擋住去路。

其中一個婢女示意錢掌櫃把木盒交給自己，錢掌櫃微微扭頭看跟在自己身後的瀟笙，無聲詢問他該怎麼做。

見他沒有第一時間交出木盒，婢女皺眉小聲呵斥。「把東西給我，我來呈給主子，你懂不懂規矩！」

「九兒，小地方的人不懂規矩也正常，妳拿上來便是，別壞了我今天難得的好心情。」女人邊用棍子捅籠中的鳥雀，邊漫不經心地說道。

果然有什麼樣的主子就有什麼樣的僕人，這女人高高在上的語氣和油麵泥人一模一樣。

捅雀鳥的棍子是玉雕的，女人塗著蔻丹的細長手指捏著圓潤的末端，用細長尖銳的一面不停戳弄鳥被剪去飛羽的翅膀，鳥在狹小的籠中躲無可躲，只能可憐地撲騰著小身體。

婢女瞪了三人一眼，直接上手去抱黃梨花木盒。

不知是故意還是無心，她尖銳的指甲直接劃過錢掌櫃的手背，吃痛的錢掌櫃手一鬆，木盒輕鬆易主。

站在他身後的瀟箬看得一清二楚，面上不顯，心中暗暗決定要把冬蟲夏草的價格再抬高一倍。

不狠狠宰她們一頓都對不起錢掌櫃手背上的紅痕！

叫九兒的婢女來到女人面前跪下，低頭舉高雙手呈上木盒，女人身後貼身伺候的婢女立刻上前將木盒打開。

只見鮮亮順滑的紅錦緞上，兩支色澤黃淨、半蟲半草的東西安靜的躺著，一大一小兩支身上皆用細紅繩打了個結做固定。

看到等待已久的神藥就在眼前，女人一改慵懶神情，媚態橫生的眼睛一亮，明顯的激動起來。

「快，把陸神醫給的那藥拿來，給我好好對比一下，是不是同一種？」

婢女領命從紅木悶倉櫃裡拿出一個小巧的玉雕小碟，中間盛放著摺成正方形的小塊雲錦帕子，與當日在錢掌櫃和毛掌櫃那裡看到的錦帕是同款。

玉碟呈到女人面前後，婢女將錦帕小心打開，露出裡面包裹的藥材，正是冬蟲夏草。

只是帕子裡的冬蟲夏草個頭很小，蟲體乾癟，色澤發暗，和瀟箬他們帶來的冬蟲夏草一比，簡直有雲泥之別。

女人一眼就能看出三人呈上來的藥材品質更好，她滿意地點點頭，抬高下巴恩賜一般對三人方向說：「你們上前來吧。」

攔路的婢女才退下，給錢掌櫃三人讓出路來。

三人走近後向女人拱手行禮，得了允准站起身來的九兒卻翻了個白眼，小聲說：「小地方就是小地方，沒規沒矩，行個禮都不會。」

她突然插嘴說話，女人也沒有發怒，只似笑非笑地瞥了她一眼。「他們能弄來神藥有功，又不是在府裡，不會行禮就不會吧。」

說的是寬宏大量的話，聽著卻很讓人彆扭。

臭顯擺。瀟箬心裡暗罵一句。

「我們主子免了你們的禮，還不謝恩?!」九兒仍舊是一個白眼。

精明的錢掌櫃懂得能屈能伸的道理，加上面前的人可是潛在的大金主，他也不在意婢女的態度，笑呵呵拱手再彎腰。「錢某謝過夫人恩典。」

大約是錢掌櫃的話戳到了女人的爽點，她神色更是快活，讓婢女們給三人看座。

三把紅木椅子搬上來，三人道謝後一一落坐。

「你們帶來的冬蟲夏草品質不錯，不過怎麼是一大一小的？」女人纖長的手指撫過兩支冬蟲夏草，細細端詳著。

「這是因為較小那支是上品冬蟲夏草，較大那支是上上品冬蟲夏草。」瀟箬回道。

意外竟不是領頭的胖胖掌櫃回答，而是他身後嬌小的姑娘回話，女人抬頭朝瀟箬看去。

她剛才沒有正眼看過三人，這會兒才注意到，胖掌櫃身後的姑娘長得水嫩標致，巴掌大小的臉上一雙水汪汪的杏眼靈動明亮，好似天上星子誤入凡間。

對長得比自己漂亮的年輕姑娘，她向來是最厭惡，頓時語氣也就不好起來。「輪得到妳說話嗎？鄉野丫頭就是沒規矩！」

錢掌櫃心中也不高興起來，瀟姑娘聰慧伶俐，怎麼是鄉野丫頭了？

他有心為偶像找回場子，於是隆重地向女人介紹起瀟箬。「這位是我們欽州醫藥商會的外聘理事瀟箬，當初錢某拿到夫人的藥材樣本時，便是瀟姑娘一眼就認出這是傳說中的冬蟲夏草。」

女人聽到他這麼介紹，眼中的厭惡退去幾分。

錢掌櫃接著繼續吹捧起瀟箬。「夫人可不知道，這次正是瀟姑娘親自帶領商隊，遠赴邊疆蠻荒之地，歷經千辛萬苦，才帶回夫人面前的冬蟲夏草，箇中艱難困苦，是我等不敢想像的……」

說著還假裝動容地抹了下眼角，一副瀟箬吃了天大苦楚的樣子。

沒想到這姑娘還是帶回冬蟲夏草的關鍵人物，女人頓時覺得瀟箬順眼起來。

她對於能幫上自己忙的人，向來最是大方，立刻就將手腕上的翡翠鐲子取下來，往瀟箬手裡一塞。

「瀟姑娘真是聰明能幹，不如妳與我詳細說說，這冬蟲夏草上品和上上品有何區別？」

手裡被塞進來的翡翠鐲子滿種滿綠，質地通透，成色極佳，手指一摸上去就能感覺到它細膩光滑的觸感，肯定是造價不菲的值錢貨。

白送上門的寶貝，瀟箬就沒有吐出去的打算，她落落大方地把鐲子往自己手腕上一套，彷彿這鐲子本來就是屬於她的一般。

東西收了，該忽悠的照樣要忽悠。她擺上銷售員招牌般親親熱熱的笑臉，向女人詳細介紹起冬蟲夏草的分級。

「夫人，這小一點的上品冬蟲夏草是草頭比較大，蟲體身量適中，售價一百兩一根；大一些的上上品冬蟲夏草，則是蟲體更飽滿，草頭與蟲體等長，售價八百兩一根。」

聽了瀟箬的講解，女人再去看紅錦緞上的兩支冬蟲夏草，就能看出來二者的區別。

「那……藥效呢？」她最關心的是這味神藥能不能幫助她達成目的。

「冬蟲夏草歸肺經、腎經，具有補腎益肺的功效，含有豐富的蛋白質、氨基酸，能夠增強免疫力，上品冬蟲夏草本就適合體虛之人服用，而上上品的冬蟲夏草體形更大、更飽滿，自然也就含有更多的營養成分……」

一堆現代的專業名詞聽得女人一愣一愣的，她聽不懂這些詞語代表了什麼，只依稀能明白冬蟲夏草是越大越好。

「讓我尋這味神藥的陸神醫說這味藥可以壯陽，是不是上上品的功效也大於上品？」她迫不及待要確定這一點。

瀟箬肯定地點頭。「這是一定的，上上品優於上品，特級品優於上上品。」雖然冬蟲夏草大小只要能達到三條每克，再大的話其整體飽滿度變化不是很明顯，藥效增加的幅度相對較小，但她保證的只是「優於」這個概念，可沒有承諾特級品有多逆天的藥效哦。

「還有特級品?!」女人吃了一驚，上上品訂價就是八百兩，那特級品豈不是價格更高？

「是的呢，特級品很稀少的，我們暫時只展示不販售的哦。」瀟箬笑咪咪地說道。

聽到特級品竟然只展示不販售，女人心裡癢癢的，她自然是想要最好的那一種，但是想買特級品，只怕光有錢還不夠……

她從盈州來的時候就帶了一萬兩銀子，到了欽州奢靡生活三個月下來已經用去小一半，剩下的錢只怕買上上品的冬蟲夏草也只能買個五、六根……

錢不夠她倒是可以去錢莊支取，反正老爺對她正偏愛，多使些銀子根本不叫事，更何況她這次遠赴欽州本來就是打著為老爺求神藥的名號，花多少錢都是理所應當的。

就是不知道特級品的冬蟲夏草要多少錢，這個商會才肯割愛給她……

「那我先訂個六根上上品，服用效果好的話，我自然還要你們更多的貨。」她把額角的一縷頭髮別到耳後，嘴角不自覺地掛上習慣性的笑容。「只是不知道有沒有可能，特級品……」

她自己也沒意識到，她的笑容裡有濃重的討好意味，這是已經刻到她骨子裡的習慣。

聽到女人一口氣要了六根上上品，錢掌櫃覺得自己的小心臟有點激動呀，這就要有四千八百兩到手了？直接回本還有得賺！

瀟箬臉上的笑容也越發職業化。「特級品只展示不賣哦，不過每個購買上上品滿一百根的客戶，就有機會能以優惠價格換購特級品一根。」

不就是饑餓行銷加配貨嗎，這套她重生前見識得可夠多了。

聽到瀟箬如此說，女人彷彿獲得了天降橫財，欣喜若狂。「好！好！明日我就親自去取六根上上品的冬蟲夏草，希望到時候能有幸欣賞一下特級品的風采！」

「這是自然，您可是我們最尊貴的ＶＩＰ客戶。」

雖然聽不懂什麼逼挨批客戶，但是女人能感受到這個詞很不一般，她的面子得到了很大的滿足。

於是這場商務會談圓滿落幕，甲乙雙方都很滿意，女人還特地命九兒送三人到悅來客棧門口，目送他們離去。

第三十四章

走在回商會的路上，錢掌櫃就忍不住對瀟箬吹起彩虹屁。「瀟姑娘，妳真的太厲害了！這下子我們直接就收回了所有的成本，聽她的語氣，之後我們肯定不會少賺！」

已經習慣了錢掌櫃時不時的迷弟屬性暴露，瀟箬但笑不語。

相比錢掌櫃的激動，她注意到一直走在她旁邊的林荀過於安靜。

「阿荀，你怎麼了？」

林荀還在思考，他看著天空，呢喃道：「鳥……」

錢掌櫃和瀟箬也順著他的視線看向天空，空中一片白晃晃的日光，炙熱的陽光裡一根鳥毛都沒有。

「籠中鳥……」他好像突然回神，問兩人。「剛才籠子裡的鳥，腿上有個腳環，鐵鏈子就拴在腳環和籠子欄杆上，對嗎？」

瀟箬努力回憶著那個鳥籠，只可惜她剛才心裡只想著談生意，並沒有多注意那個鳥籠。

錢掌櫃倒是很喜歡養鳥逗趣，他是留意到那隻鳥被鏈子拴著腳，當時還心裡嘀咕為啥已經在籠子裡了，還要給鳥拴鐵鏈，不是多此一舉嗎？

得到錢掌櫃肯定的回答，林荀說道：「那你們有沒有注意到，提著鳥籠的那個少年，他腳踝上也有一個和籠中鳥一樣的鐵環？」

人身上也有鳥一樣的鐵環？

錢掌櫃和瀟箬面面相覷，他們都沒注意到提籠少年的腳踝。

「興許是那位夫人的面首？我聽說盈州那些大戶人家啊，會有很多奇怪的愛好……」錢掌櫃摸著自己光溜溜的雙下巴說著自己的猜想。

然後他突然意識到不妥，瀟箬還是個未出閣的姑娘，自己怎麼和她討論起這話題呢？

「哎，不是，瀟姑娘……我、我不是……」

在錢掌櫃結結巴巴不知道該從何解釋時，瀟箬擺擺手表示自己不在意這些，她問林荀。

林荀平日除了自家人外，對誰都不上心，若說他只是觀察入微，能注意到旁人注意不到的細節便罷了，今天他卻對作為陪襯的少年分外留意，還主動和他們討論起來。

「你怎麼留意起這件事？」

這不對勁。

林荀也說不上自己是為什麼，剛在悅來客棧時他就忍不住一直去看提籠少年。

少年當時低頭彎腰，面目模糊地隱匿在陰影裡，林荀只能看到他從額頭到左耳的小半張臉，少量能讓人看清的裸露皮膚近乎鉛白色。

提著鳥籠把的手指節粗大，手掌厚實，好似辛苦勞作的成年人一般，和他給人纖弱的少年感形成強烈的反差。

當林荀的視線從少年的手挪到腳時，他就看到在寬大袍子的掩蓋下，少年腳踝的鐵環若隱若現，和少年手中鳥籠裡的雀鳥腳上的鐵環是同樣的款式。

或許是少年察覺到林荀的視線，他幾不可見地縮了一下腳，鐵環徹底隱匿在長袍之下。

「我總覺得……我好像在哪裡見過他……」

林荀眼中透露出迷茫，他很少露出這種不確定的神情。

在瀟箬印象中，小狗一直是果決且堅毅的。他身手好，不在意除了瀟家人外的任何人對他的看法，幾乎沒有什麼事情能讓他猶豫和遲疑，那雙燦若星辰的眼眸總是目標堅定、勇往直前。

一時間三人就站定在人來人往的街道上，瀟箬不去催站著發愣的林荀，錢掌櫃也站在一旁陪著，任由毒辣的日頭曬著他軟白的雙下巴。

直到林荀自己回神，看著錢掌櫃已滿身是汗。錢掌櫃富養的面皮比瀟箬的還要薄嫩，太陽這麼直曬不到一刻鐘，額頭已經白裡透出熱紅來，看來明天他臉上得黑一大塊了。

林荀立刻伸手擋在瀟箬的頭頂上。「走吧，我一時也想不起來，沒什麼要緊的，以後再說。」

瀟箬並不畏熱，這會兒身上依舊乾乾爽爽，但她忘了錢掌櫃身寬體胖、格外怕熱，林荀替她擋太陽的動作才讓她意識到這會兒錢掌櫃已經曬得不行了。

她登時滿心愧疚。「錢掌櫃，咱們先回商會吧。」

作為補償，她決定把硝石製冰的方法告訴錢掌櫃，反正接下來她只吃冬蟲夏草的利潤分紅也夠養家。

回到商會，勤快的夥計們已經按照瀟箬之前的要求，把特級品冬蟲夏草一根一個地用琉璃瓶裝好，瓶內放了香樟木丸防蟲蛀。

商會特地騰出光線明亮的東廂房作為展示廳，九十九個琉璃瓶子擺放在通天多寶槅裡，剔透的琉璃瓶折射著日光，顯得分外高級。

妙仙娘子張風蘭別出心裁，找來大把盛放的合歡花擺放在展示廳內，粉紅色的合歡花帶著細密的茸毛，一簇簇擠挨著，像羽毛做成的小扇子，搔得人心間癢癢。

和冬蟲夏草眾多藥效中的一種相得益彰。

其他冬蟲夏草則是按照品級分類，分別保管在商會倉庫裡。冬蟲夏草是以商會的名義，各家集資獲得的，放在任何一家藥鋪都不合適，只有在商會總部裡共同保管，才最為公平。

掌櫃們對冬蟲夏草的安排處置瀟箬很滿意，只有展示廳的布置方面她提議要多加人手站崗，著重強調站崗的人務必要身形修長纖瘦，面容姣好的青年男子。

「這是為何呀瀟姑娘？」眾人不解。

要是說站崗值班是為了保證特級品冬蟲夏草的安全，也應該找孔武有力，身手敏捷的壯漢才對，要身形纖瘦的男子做什麼？還要長得好看的？長得好看難道就身手更好？

不過他們看到瀟箬身後站著的林荀，心中一哽，這位確實長得好、身手也更好……但是這位是個例，全欽州，啊不，全中原只怕也沒幾個能像他一樣又俊、功夫又好的吧？

瀟箬解釋道：「明日那位夫人要來我們商會取貨，也要來參觀特級品。我們增加展示廳的保全力量，既能顯示出特級品的貴重，也能讓夫人感受到我們對她的重視程度。」

從油麵泥人到提籠少年，瀟箬已經發現這位夫人獨特的審美偏好，她這個安排就是為了迎合眼下最大的客戶。

英雄難過美人關，夫人難過美男關。

「另外，我們還要請幾班擅長吹拉彈唱的，明日客人上門時，怎麼喜慶、怎麼來。」她補充道：「今天就放出消息去，咱們欽州醫藥商會有稀罕藥材到貨，並且已經有盈州的客人下了訂單！」

這一系列操作眾人聞所未聞，誰都沒想到賣藥的還能來這一套。

「這……合適嗎？」婦科聖手毛掌櫃心中沒底，他接待的女性客人最多，往常女性客人來買藥都是悄悄的，戴著帷帽生怕別人認出來。

這回敲鑼打鼓的，客人不得氣死呀？

「放心吧，能讓別人都知道她有一擲千金的實力，那位夫人肯定樂開花！」瀟箬胸有成竹地道。

從今天那幾個婢女的做派就能看出，這位夫人恐怕最好顏面，她巴不得別人都知道自己能一口氣買六根價格昂貴的上上品冬蟲夏草，豈會生氣？

錢掌櫃心有戚戚焉，他從未見過排場擺得這麼大的夫人，瀟箬說吹鑼打鼓、大肆宣傳會讓這位客人心花怒放，這絕對不是吹噓。

看錢掌櫃不反對，其他掌櫃也都接受瀟箬的安排，該找美男的找美男，該找戲班的找戲班。

安排好一切，瀟箬、林荀這才準備回家，足足三個月沒看到雙胞胎，瀟箬總覺得心裡空落落的不踏實。

迷弟給瀟箬準備的馬車過於寬敞，這就導致馬車行到瀟家所在的巷子入口，直接卡住進不去了。

幸好出發前帶的行李大多是食物和藥品，衣裳反而帶得不多。食物、藥品都在路上消耗得差不多了，剩下的所有東西一共不過四個包袱。

瀟箬下車謝過錢家車伕，另給了十文賞錢，再回頭想要拿包袱時，就看到林荀左右手各拎著一個，前胸後背也各吊著一個，整個人就是一個移動的行李架。

她忍不住噗哧笑出來，朝移動行李架伸出右手道：「你好歹分我一個，別兩隻手都占滿了。」

林荀脖子一梗，男友力十足。「不用，不沈！」

說完就轉身率先朝小院走去，好像走慢了一步瀟箬就要上來搶包袱似的。

瀟箬都傻了。

她讓小狗分她一個包袱，是想讓他有手可以給她牽。
當著別人的面他們沒有成婚，男女授受不親不能牽手，現在小巷子裡就他們兩人，依舊還沒機會牽手。
唉，不開竅的死直男！
移動行李架一馬當先，率先跨入瀟家院子。
院中瀟嫋正坐在葡萄架子的陰影下繡著她第八十九個荷包，突然門口闖進的龐然大物嚇了她一跳。
仰頭看去，才發現龐然大物的腦袋，那張臉赫然就是她想了三個月的阿荀哥哥！
「阿荀哥哥！」丟下繡繃，她像隻小蝴蝶一樣撲騰著小手跑向林荀，看清林荀身上掛滿的包袱，她立刻踮著腳，要幫他把東西都卸下來。
「阿姊呢？阿姊沒有一起回來嗎？」小嘴巴說得不停。「我可想阿姊了，想得夢裡都是阿姊給我買糖葫蘆！」
瀟箬才跨進大門就聽到妹妹發表的想姊姊論，笑道：「妳個小饞貓，我看妳是想糖葫蘆吧？」
「阿姊！」瀟嫋圓滾滾的眼睛睜得更大，也顧不上幫林荀卸包裹了，邁著小腳就往瀟箬懷裡撲。
「才沒有呢！我最想的是阿姊！就是想阿姊！想阿姊！」

一迭連聲的「想阿姊」，引得房間裡的人也都走出房門。

岑老頭、鄭冬陽看到是瀟箬和林荀回來，並沒有表現得太驚訝，只樂呵呵說道：「回來就好。」

中午時分江平已經來過，送來了林荀這次的鏢錢。

岑老頭才託人捎話到私塾，讓鄭冬陽今天早點帶瀟昭回來，好迎接遠歸的兩人。

看到三月未見的長姊，瀟昭心中也十分激動，正要和瀟嫋一樣撲到長姊懷裡撒嬌，腦中又想到夫子有云，君子應泰山崩於前而色不變、麋鹿興於左而目不瞬。

將剛邁出去的小腳縮回，站定在屋簷下，向瀟箬板正地拱手彎腰。「三月未見阿姊，不知阿姊可安好？」

嘖，就說八股文唸多了容易成為小呆瓜，還她原來那個軟萌可愛的小崽崽！以前乖乖賴在她懷裡的小昭昭多可愛呀，可不能學那些老夫子成小呆瓜了！

瀟箬半蹲著，左手摟著瀟嫋，右手伸向仍端正行禮的瀟昭，說：「傻站著幹麼呀，快來讓阿姊好好捏捏，是不是瘦了？」

受到長姊這樣召喚，瀟昭抿抿嘴，忍了又忍，終於還是抵抗不了想要阿姊抱抱的本能，撒開小腳撲進了瀟箬的懷裡。

瀟箬一手一個摟著崽崽，感受軟軟暖暖的兩個小身體貼在自己懷裡，捏捏這個小臉，揉揉那個小胳膊，滿足感充盈全身。

抱著雙胞胎，感覺一路的辛勞都飛到九霄雲外去了。

「你們在家有沒有聽爺爺們的話呀？有沒有乖乖吃飯？」

雙胞胎齊齊點頭，一邊一個摟著長姊的脖子，哼哼唧唧起來，把三個月缺失的撒嬌勁兒一次性補了個夠。

當晚兩個小孩還抱著小枕頭，一骨碌地鑽進瀟箬的房間裡，要和她一起睡。

還能怎麼辦呢？自家崽崽只能寵著唄。

於是瀟箬又重溫了在井珠村才有的睡覺方式，她睡在中間，左右各一個軟軟暖暖的小身子緊挨著她，好像兩個小炮彈一樣。

真是甜蜜的負擔呢。

她不知道的是，在一牆之隔的另外一張床上，林荀在心中默默嘆了口氣，哀怨地想著自己還不如兩個小豆丁……

第二天岑老頭和鄭冬陽看到瀟箬、林荀都嚇了一跳，這兩人怎麼一夜過去，眼下都掛上了黑眼圈？

瀟箬用剛回來作息沒調整過來為理由打哈哈過去，她總不好說是因為雙胞胎橫七豎八的睡姿，害得她半夜驚醒好幾次吧？說出來多傷崽崽的心呀。

不過為什麼林荀也一副睡眠不足的樣子，她就不知道了，難道他是作息沒調整好？

面對瀟箬投來的目光，林荀只能點點頭應和她的說法，他總不能說是因為昨晚想到兩人能陪瀟箬睡覺，自己嫉妒得睡不著吧？

一家人草草吃過早飯，瀟箬和林荀就前往商會，今日約好了接待那位夫人的，他們需要早點到現場看看還有沒有什麼需要準備的。

穿過南大街，拐進貓兒巷，兩人剛行至距離商會百公尺處，突然就聽到鑼鼓喧天，高昂的花鼓調裡穿插著嗩吶，模仿熱情歡快的鳥叫聲，若是加上鞭炮，就是活生生的迎親隊伍既視感。

瀟箬、林荀對看一眼。

商會大門裡探出半個身子朝巷子口張望，是阮浩。看到來人後，他抬高手臂做出向下壓的手勢，喊道：「停！停！他們不是客人！」

樂隊這才偃旗息鼓，停止奏樂。

走到門口，瀟箬才看到門口站著七個身穿喜慶紅衣的樂師，手裡大鼓小鑼、嗩吶銅鈸無一不全。

「阮掌櫃，這是……」

「瀟姑娘妳昨天不是說要請幾班吹拉彈唱的嗎！」阮浩一臉得意，胸脯拍得響亮。「這都是我請來的，保管等客人上門時吹得熱熱鬧鬧！」

「哈哈……」瀟箬尬笑兩聲，說道：「啊是……熱鬧就好……熱鬧就好……」

她也沒料到，阮浩居然會直接把迎親隊伍裡的樂師喊來，這氣氛不得直接拉到炸街啊？

打哈哈應付了阮浩幾句，留他繼續在迎親樂隊裡自嗨，瀟箬和林荀趕緊進入商會院落，就怕阮掌櫃興致來了，要讓樂隊再給他們演奏一曲〈百鳥朝鳳〉。

進院子沒幾步，錢掌櫃迎了出來。

「瀟姑娘來啦！林荀兄弟也在呢！」他今天笑得格外燦爛，伸手將兩人往展示廳的方向引。「瀟姑娘，妳看看這些人符合妳的要求不？」

抬頭望去，展示廳內外站了十個奶油小生，個個身形纖瘦，唇紅齒白，看得出來是費了工夫尋找的。有幾個甚至稱得上「面若中秋之月，色如春曉之花，鬢若刀裁，眉如墨畫，面如桃瓣，目若秋波」，放在現代，都能直接換裝成偽娘了。

這波美男計穩了！

「你們幾個聽著，今天來的客人富貴非常，你們嘴巴都甜一點，如果能讓客人多消費，那麼客人消費額的百分之三，將會作為你們的提成，額外發放給你們。」

這番話是昨天瀟箬教給錢掌櫃的，錢掌櫃和其他掌櫃們商量後，覺得這是個刺激消費的好主意，那位夫人想必也很樂意花這個錢。

奶油小生們原來都是奔著欽州醫藥商會開出的高價工錢來做一日工的，沒想到現在除了固定的工錢，還有提成可以拿，頓時十個人都精神抖擻起來，臉上的笑容都甜了幾分。

門外樂師們的固定曲目花鼓調又突然響起，激昂喜慶的奏樂聲響徹貓兒巷，院中眾人聽到阮掌櫃在門口喊：「來了來了！貴客來了！」

剩下的十四名掌櫃和瀟箬、林荀立刻都來到商會院門外，做好迎接貴賓的準備。

只見巷口抬進來一頂富麗堂皇的軟轎，轎子頂是花團錦簇的紅木雕成，四個沿角垂下四帳朦朧的紅紗，隨著轎伕的步伐在風中晃蕩著，隱隱約約能看到轎子裡的太師椅上坐的美豔女子。

這麼騷包的轎子瀟箬上回看到，還是在重生前的電視劇裡。

軟轎兩側分別有一名婢女隨行，左邊那個瀟箬認識，正是九兒。婢女後面跟著的是昨日的油麵泥人和提鳥籠的少年。

油麵泥人還是昨日的打扮，只是臉上的敷粉似乎上得更厚了，感覺隨著他的腳步在撲簌往下掉似的。提籠少年依舊提著昨日的金絲鳥籠，低著頭沈默地跟在隊伍最後。

這支奇異又奢靡的隊伍一路上吸引了不少人的目光，甚至有人跟在後面隨行，看看到底是誰家的女子才會坐這麼乖張綺麗、不同尋常的轎子。

轎中女子似乎很享受被人注目和仰視，她時不時將塗著鮮豔蔻丹的手伸出來，拂過圍著她晃蕩的紅色紗帳，好讓那些看著她的人能從紗帳間隙裡一窺她明豔的美麗容顏。

樂隊一首接一首，不停地演奏著歡快的樂曲，吸引了更多看熱鬧的人圍觀。

巷子不過幾十丈長，這邊奏著樂，那邊騷包的軟轎一搖三晃，瀟箬感覺自己好像在看一場奇異的走秀……

好不容易軟轎終於到達商會大門口，油麵泥人緊跑幾步，從轎子後趕到轎子前，九十度彎腰抬手，同時嘴巴裡拖著長音說道：「麗春夫人下轎，萬福──」

九兒掀開紗簾，另一個婢女扶著，轎中的女人才抬腳出了這頂騷包至極的紅帳軟轎。她一出來，明顯能聽到圍觀的眾人倒抽一口氣的聲音。

好一個美豔女子！

她身上衣服不是一般女子常穿的寬鬆舒適款，而是腰線畢露的貼身款，盡顯她凹凸有致的曼妙身材。烏黑油亮的頭髮綰成流雲髻，斜斜插著兩支鏤空金鷓鴣步搖，墜下來的流蘇是一粒粒溫潤的珍珠串成，隨著她的步伐晃來晃去。

指如削蔥根，口如含朱丹，一雙鳳眼飽含春水，眼波流轉間勾人奪魄。真真是香嬌玉嫩秀靨，豔比花嬌。

麗春夫人很滿意自己的出場效果，在婢女的攙扶下，嘴角含笑，蓮步輕移，款款走向瀟箬等人。

「恭迎麗春夫人──」眾人齊聲喊道。

瀟箬上前一步，屈膝道了萬福。「夫人光臨我們商會，真是讓我們欽州醫藥商會蓬蓽生輝。」

麗春夫人重心側移，略微歪著身子，纖纖玉指將額角一縷頭髮拂到耳後，媚態盡顯，再次聽到圍觀的人倒抽氣的聲音後，她才心滿意足，嬌滴滴掐著甜膩的嗓音說：「我來取昨日訂的上上品冬蟲夏草。」

「已經為您準備好了，夫人請——」瀟箬伸手將麗春夫人向院內引，待她抬腳跨過門檻時，瀟箬向錢掌櫃使了個眼色。

錢掌櫃心領神會，昂首挺胸大聲唱唸道：「麗春夫人取上上品冬蟲夏草六根，總計四千八百兩——」

跨過門檻的麗春夫人聞聲腳步一頓，抬起下巴微微朝後瞥了一眼，如願聽到門外裡三層、外三層圍觀人群在聽到這聲唱唸後響起的嗡嗡討論聲。

即使聽不清人們在說什麼，也能大致猜到，無非就是感嘆這位漂亮夫人太有錢了。

麗春夫人美豔臉龐上的笑容更明顯，對身側隨行的瀟箬頷首道：「你們商會，很好。」

瀟箬笑而不答，只引著她往展廳走去。

今天這場可是為她量身訂製的展銷會，每一處都設計到她的心坎裡，務必讓她面子、裡子都得到最大化的滿足。

美豔夫人的身影消失在商會院子裡，圍觀的人伸長脖子也看不到倩影，被勾得心癢癢，有人就忍不住湊上來問：「你們商會那個什麼冬蟲夏草，幹啥用的呀？怎麼六根就要四千八百兩？」

等的就是他們問這個，錢掌櫃趕緊給圍觀的人們講解起冬蟲夏草的藥效。

「這冬蟲夏草來自邊塞，獲取不易，但是它的藥效十分奇特，能滋陰補陽，強身健體，體虛或者大病初癒的人食之最能進補！」

「哇……」聽錢掌櫃把冬蟲夏草說得如此神奇，人群中發出陣陣讚嘆。

「不過你們這藥一根就要八百兩，恐怕沒幾個人能買得起呀！」有人喊道。

「是呀，這也太貴了！」

「八百兩呢！我看全欽州能買得起的人，一隻手就能數得過來！」

「諸位，諸位請少安勿躁！」錢掌櫃抬高雙手示意喧囂的人群安靜下來。「除了八百兩一根的上上品，我們還有出售一百兩一根的上品親民款！」

一百兩一根的價格雖然依舊昂貴，但經濟發達的欽州能承受這個價格的富戶不在少數，能滋陰補陽，特別是能補陽這一點，特別吸引有三妻四妾的富戶們。

當場就有個大腹便便的中年男人掏出百兩銀票。「給我來一根，我買一根是不是也可以進去取？」

買藥是一方面，他想進去繼續一睹美豔夫人的芳容才是主要目的。

人群中立刻有人認出他。「荊樂公，你買這個你夫人知道嗎？當心今晚床都不給你上，買十根冬蟲夏草也無用武之地啊！」

眾人哄堂大笑，欽州誰不知道荊樂公這人好色又懼內，家裡祖上富得流油也架不住家有河東獅，讓他成親以後再也沒有膽子在煙花柳巷花錢，成日只能過過眼癮。

荊樂公大餅臉脹得通紅，無能狂怒地「你你你……」說不出話來。

見此錢掌櫃趕緊為客人解圍，道：「今日是麗春夫人的專場，我們商會這場冬蟲夏草展銷會持續三天，各位對冬蟲夏草有興趣的話可以明日再來，購買的客人都可以進到商會內部參觀我們特級品冬蟲夏草的展示廳！」

什麼！還有特級品！

小地方的人哪聽過藥材還能這樣分類，還可以搞什麼展銷會，大門口已經又吹又打這麼熱鬧，裡面得有多少他們沒見過的好東西呀？

這些新奇招式成功勾引起欽州人們的好奇和熱情，圍著門口迎客的掌櫃們七嘴八舌地又問起了展銷會的詳情，心中都決定明日定要再來看個熱鬧。

第三十五章

門外熱鬧非凡，門內也不遑多讓。

十個奶油小生個個使出看家的本領，圍著麗春夫人端茶遞水，捶背捏肩。

這個拉著夫人的手，帶著鼻音軟糯地說：「您看這支冬蟲夏草是不是特別好，特別適合買回去滋補呀？」

那個又歪著頭，企圖把自己八尺的身高縮到夫人的肩窩上撒嬌道：「您看我這支，明明我這支才更大、更好。」

看得瀟箬扶額不忍直視，讓他們努力推銷，沒想到他們這麼努力！

她感覺自己雞皮疙瘩都快被他們努力起來，向這些花樣美男們敬禮了。

不過麗春夫人明顯很吃這套，臉上都笑成一朵喇叭花了，塗著朱丹的紅唇一刻都沒合攏過。

夫人身邊鶯鶯燕燕圍了個水洩不通，連兩個婢女都被擠到旁邊，更別提油麵泥人和提籠少年。

油麵泥人狠狠瞪著奶油小生們，幾次想要擠進去，都被這些花美男不著痕跡地擠出去，慌亂中還不知道被誰踩了幾腳，月牙白的鞋面上有橫七豎八好幾個灰撲撲的鞋印。

「別白費工夫了，壞了夫人好興致看夫人怎麼罰你！」九兒冷眼看他白忙活，壓低嗓音提醒他。

這傢伙自己要找死，可別拉她們做墊背的，夫人發起火來誰都逃不掉。

不敢頂撞九兒，油麵泥人最後只能朝提籠少年撒火。「整天死氣沈沈地提個破鳥籠子，難怪夫人不愛和你說話！」

少年抬頭看了他一眼，又低下頭看著眼前的地面，像一灘死水，沒有半點波瀾。

一拳打到棉花上，油麵泥人怒火更甚，咬著後槽牙道：「別以為夫人寵著你，你就可以目中無人，我伺候夫人這麼多年……」

他話沒說完，九兒便不耐煩地白了他一眼，說：「自己沒能耐還怪起別人了，你再囉嗦我就要告訴夫人你私下欺負文公子了！」

一句話嗆得油麵泥人不再吱聲，半晌才自言自語似的嘀咕。「一個冒牌貨……」

少年方才抬頭的一瞬，林荀已將他臉龐盡收眼底。

一張鵝蛋圓臉上嵌著尖尖的翹鼻子，鼻尖肉嘟嘟的，雙眼細長，眼神如古井一般深不見底，唯有眼角一點黑痣，透露出些許俏皮生機。

這張臉……林荀心中頓時升騰起一股說不清的異樣感覺，這種無從找尋的感覺驅使他直直朝少年走去。

黑色皂靴闖進少年眼前的地面，低垂著的眼皮沿著靴子往上攀爬，最後定格在仰視的角度。

林荀比他要高過一個頭。

看了眼靴子主人的臉，少年又恢復舊態，低頭垂目，不言不語如同入定老僧。

「你……我們是不是見過？」兩人相隔不過一步的距離，林荀眼前只能看到少年烏黑的髮頂。

沈默。

「你認識我嗎？」林荀又問。

依舊沈默。

旁邊的油麵泥人瞥了他一眼，翻著白眼說道：「你問到天黑他也不會開口的，要不是之前聽過他說話，我都以為他是個啞巴。」

他的陰陽怪氣沒有得到任何回應，少年依舊沈默，林荀站在少年面前也陷入沈默，而兩個婢女壓根兒就不想搭理，直接當作沒有聽到。

氣得油麵泥人臉上肌肉又一陣扭曲抽搐，厚重的敷粉幾乎要裂出龜殼紋。

有奶油小生招待貴客，瀟箬根本插不上手，索性由美男推銷員自己發揮，她招手讓毛掌櫃頂替自己的陪同位置後，就悄悄退出展示廳。

展示廳外，林荀、提籠少年、油麵泥人、兩個婢女形成銳角三角形站位，瀟箬喊了一聲「阿荀」，才打破這奇怪的場面。

林荀扭頭看是瀟箬出來，幾個大跨步來到她身邊，手搭涼棚為她擋住越加猛烈的烈日。

「沒事，我不熱。」瀟箬拉住額頭上方的大手，順勢將他的手放下。「你們剛才在聊什麼？」

難得看到林荀會和別人聊天，她忍不住有些好奇。

林荀偏頭看了少年那邊一眼，半合雙眼飛速在腦中搜索一遍，確定自己想不起來是否見過少年。

「看他眼熟，問了幾句。」林荀收回視線，注意力重新放回瀟箬身上。「裡面還沒結束嗎？中午我答應孅孅給她做涼糕。」

「快了吧？」想到林荀的手藝，瀟箬也忍不住嚥了嚥口水，她朝門內張望，花美男銷售員們還在不遺餘力地努力賺提成。「嗯，接下來其實沒我什麼事，咱們先走也行。」

她都好久沒有吃到林荀燒的正經菜了，怪想的。

行動力極強的瀟箬立馬朝守在展示廳門外的夥計招手，夥計小跑幾步到瀟箬面前，恭敬問道：「瀟姑娘有何吩咐？」

「你轉告其他掌櫃們，我家中有事先行回去了，有什麼問題來我家找我便是。」

現在回去準備午飯就是最大的事。

「哎，好的，瀟姑娘您慢走！」

目送瀟箬和林荀走出商會院門，夥計又趕緊跑回展示廳門口隨時待命。掌櫃可說了，今天要是幹得好，這個月的月錢是要翻倍的！

出了商會大院，兩人沿著貓兒巷，挑著陰影裡走著。

雖然瀟箬不怕熱，但她也不想曬黑呀。

說起來這個世界好像沒有防曬霜哦……得回去和老爺子問問，有沒有什麼藥材可以防曬的，說不定又能開發一下再賺一筆。

心中小算盤打得啪啪作響，瀟箬沒有注意到一路上林荀格外沈默。

回到家中，小饞貓早就搬著小凳子坐到廚房門口，就等著林荀回來兌現給她做涼糕的承諾。

調米漿，滾開水，白嫩順滑的米漿完全熟透後倒入碗中，涼透後再澆上一勺香甜的紅糖漿，清甜涼爽的米糕就完成了。

又炒了幾個當季的蔬菜，一家人坐在葡萄架的陰涼處吃完了午飯。

飯後打發老少去午睡休息，瀟箬和林荀一起收拾碗筷。

拿起一只碗，停頓三秒，收起筷子，又停頓三秒，瀟箬看不下去直接動手接過林荀手裡的最後一只碗，說：「阿荀，你也去午睡吧，昨晚沒睡好得補個覺。」

看這兩個黑眼圈，瀟箬看著都心疼。

林荀遲鈍地反應了會兒，才應了聲好。堅持把最後一只碗洗乾淨放到碗櫃裡，才在瀟箬擔心的目光裡慢騰騰地回到自己房間，開啟難得一次的午睡。

躺在床上的林荀感覺自己很快進入了另一個世界，他清晰地知道自己應該是睡著了在作夢。

夢中他所處的世界籠罩著濃重的霧氣，他在濃霧中穿行，可是不論他怎麼奔跑，都抵達不了盡頭。

正當他跑不動了，弓著身子雙手拄著膝蓋大口喘氣，身後突然傳來一個很細微的聲音。

「你要這個嗎？」

他猛然回頭，一個瘦弱的大頭男孩蜷縮在地上，仰頭看著他，男孩朝他遞過來一根細細的鐵絲。

「你要這個嗎？」男孩毫無血色的小嘴巴開開合合，他細長的眼角，有一顆黑痣。

猛地坐起身來，林荀大口喘著粗氣，像離水瀕死的魚。他想起來在哪兒見過提籠少年了。

竟然是他，當初自己逃離人牙子魔爪時，旁邊籠子裡的小孩！

雖然身形有所變化，但是眼角的那顆黑痣是變不了的。

天氣炎熱，家中所有房間都開著窗，粗重的喘息聲傳到隔壁，瀟箬敲敲牆壁，問道：

「阿荀？你怎麼了？」

這兒的房屋牆壁都薄，又開著窗，相鄰的兩個房間都用不上走動，直接喊話就能聽清隔壁人在說什麼。

等了會兒不見林荀回應，瀟箬感覺不對勁，放下手裡的帳冊起身出了房門，走進林荀的房間。

「阿荀？」她撩開阻隔蚊蟲的紗帳，林荀坐在床頭，手撐著額頭仍舊在喘著粗氣。看不到面前人的臉，瀟箬擔心的伸手去觸碰，才察覺他的手在微微顫抖。

「阿荀你怎麼了？哪裡不舒服？」這下她也跟著心慌起來，低頭去看林荀的臉。

「箬箬……」林荀低聲呢喃。「我看到他了……」

「誰？你看到誰了？」

「那個人，提鳥籠的那個人，他就是在我旁邊籠子裡的那個孩子！」

沒頭沒腦的話讓瀟箬一時沒有反應過來，下意識的重複了一遍林荀剛才說的。「旁邊籠子裡……的孩子？」

握住瀟箬的手，感受掌心裡柔荑的溫熱，林荀氣息逐漸平穩，除了額頭上細密的汗珠，已經看不出他剛才作惡夢的痕跡。

「妳還記得我是怎麼從人牙子的車裡逃出來的嗎？」

瀟箬皺著眉努力回想在羌番時林荀講述的記憶。「你當時說你們都被用籠子關押在車上，你是用鐵絲開的籠……鐵絲?!你是說那個少年就是和你一起被運送的孩子？」

林荀點頭，鬆開掌心溫軟的小手，翻身坐到床沿，拿起皂靴往腳上套。

看看日晷，他入睡不到半個時辰，不過現下要再入睡已是不可能。

「箬箬，我想再見一見那個少年。」

問一問他到底是不是當年的孩子，如果是，他們當年到底被運往何方？賣給了何人？如今又為何成為麗春夫人的隨身侍從？

若他需要幫助，林荀不介意幫他擺脫現在的處境，去尋找他真正的來處。

瀟箬明白林荀的意思，除了同樣對人牙子的痛恨，他內心還有一絲愧疚。

可惜當年的林荀太過於弱小，在當時的情況下能保全自己已是萬幸，他實在是沒有餘力去幫助其他孩童。

「好，咱們一起去商會。」

略微整理好因午睡而褶皺凌亂的衣裳，兩人便匆匆往門外走。

剛到院門處，岑老頭喊住二人。「大中午的你們幹啥去？當心暑氣！」

老頭子覺淺，剛才半夢半醒間就感覺外面有人在說些什麼，起來一看，恰巧就看到兩人匆匆的背影。

來不及和岑大夫多做解釋，瀟箬只拋下一句「我們去趟商會」，便消失在門口。

商會和瀟家距離不算遠，這會兒顧不上會不會被曬黑，也不挑陰影處行走，兩人加快腳步直接穿過巷子，不一會兒便到了商會大院。

院門口早上圍觀的人群已經散去，迎親樂師們也不見蹤影，靜悄悄的門口只有藏在樹梢的知了在不知疲倦的歌唱。

跨過大門，院中只有兩個夥計在灑掃收拾，其中一個夥計抬頭見到兩人，停下手中的笤帚，扯著笑臉熱情地說道：「瀟姑娘，您怎麼回來了？」

正是早上瀟箬要走時拜託他傳話的那個夥計。

「麗春夫人呢？」瀟箬看到空盪盪的院子，心中隱隱有了猜測。

「客人已經走啦！掌櫃們正在裡面給那幾個站崗的算提成呢，您要不進去看看？」夥計一手握著笤帚，一手往正廳方向指。

已經走了？

兩人對視一眼，默契地同時扭身便走，留下兩個灑掃夥計面面相覷。

「瀟姑娘這是怎麼了？怎麼一臉嚴肅的……」

「不知道啊……」

瀟箬和林荀出了商會大院，直奔悅來客棧。

悅來客棧離商會有些距離，一個在城東邊，一個在城西南面，要走過三條大街再拐過兩條小巷才能到達。

七月初的盛夏尾巴威力不減，晌午的太陽曬得街面上的青石板直發燙。

時暑不出門，亦無賓客至，這會兒人們都躲在家裡躲晌，街上反而沒有其他人影，只有瀟箬和林荀奔走在烈日之下。

瀟箬雖然不畏熱，但薄薄的繡鞋底抵抗不住滾燙的石板，加上不停歇的趕路，細嫩的腳底已經快起水疱。

皺著柳葉眉，雪白的貝齒咬住嘴唇，她悶不吭聲拉著林荀的衣角繼續走。

突然蔥白的手指被阻力拉扯，是林荀停下腳步。

瀟箬歪頭看向林荀，還沒等她問怎麼不走了，就看到林荀一個跨步來到她面前，背朝她膝蓋彎曲，半蹲下身子，示意瀟箬上來。

柳眉一挑，瀟箬也不客氣，往他寬闊的背上一跳一趴，雙手環住林荀的脖子。

後背人是心上人，在她跳上來的瞬間，林荀立刻托住她嬌小的身軀，往上顛了顛，確定身後人穩當了，他當即健步如飛，繼續朝悅來客棧走去。

悅來客棧的夥計大毛今天不太高興，今日太陽格外毒辣，街上連個鬼影都沒有，更別提客棧裡了。除了月錢，他主要的收入就是客人給的賞，沒客人他就沒有額外收入。

歪坐在靠近門口的桌子旁，抹桌布隨手搭在肩上，大毛懨懨地發起呆來。客棧掌櫃看他神遊天外，搖搖頭進了後院，反正現在店裡一個客人也沒有，索性他也去睡個午覺。

「小二，小二哥！」脆亮的女聲好似一道涼爽的清泉，將大毛從放空中拉回。

他一個激靈立刻起身彎腰，本能的一迭連聲唱唸起自己每天都要重複無數次的臺詞。

「客官你好，請問是打尖還是住店？」

習慣性地說完後，大毛才抬頭向來人看去。

只見來人是一男一女，男俊女俏，兩人都氣質非凡，不似普通客人。

他露出更殷勤的笑容，看兩人的眼光也更熱切。

他看的是客人嗎？不，他看的是移動的賞錢！

俏麗可愛的姑娘先開口，說：「小二哥，我們不是來打尖住店的，我們是來找麗春夫人的。」

這話一出口，大毛殷勤的笑容立馬消失，恢復意興闌珊的表情，身子一歪，手隨意地搭在桌邊，繼續坐在凳子上。

「麗春夫人啊，她已經走了。」他不冷不熱地隨口答道。

「走了？」這次開口的是那個英俊非凡的男子，語氣中明顯帶有懷疑。

「是啊，原來住天字房的那個是吧，她中午就結清了房錢，帶著她弟弟一起走了。」

說起這事大毛還有點肉痛，這個夫人平時雖然很少見到本尊，但每次替她服務，都能得到一筆不少的賞錢。

看這個夥計一副愛理不理的樣子，瀟箬從袖籠裡掏出十文錢放在桌子上。「小二哥，勞你多想想，這位夫人走了有多久了？她身邊有個提鳥籠的少年郎，也跟著一起走了嗎？」

看著放在手邊的十文錢，大毛大手一撈，把銅板攥在手心，臉上又重新掛上殷勤的笑臉。「走了大半個時辰了，您說的那個少年郎，就是她弟弟呀，自然是跟著她一起走的。」

「弟弟？」林荀不易察覺地皺了皺眉，追問道：「你確定是她弟弟？」

得了賞錢，大毛耐心十足。「確定的，我有幾次去送水，聽到她喊那個少年郎弟弟，還問他餓不餓，渴不渴，這麼關心的樣子，肯定是她親弟弟了呀。」

得到夥計肯定的答覆，林荀陷入沈默。

難道是自己認錯了？還是他也獲救，回到自己親人身邊？

隔了幾息，他望向目光擔憂地看著自己的瀟箬，輕輕嘆了口氣，道：「咱們回去吧。」

謝過夥計，兩人出了悅來客棧，身後傳來大毛飽含期盼的送客聲。「客官慢走，有需要再來啊！我一定知無不言！」

是知無不言，就是一言得付十文錢。

回去的路程不似來時那麼趕，瀟箬繼續挑樹蔭、牆影下走，少曬一分是一分。

兩個牆影間隔了兩步寬，瀟箬輕盈一躍，從日光下掠過，重新進入陰涼後她一轉身，面對林荀倒著走路。「才走大半個時辰，還沒出欽州地界，你要是想追去還來得及。」

替她留意著身後，防止石頭絆倒眼前玩心不減的人，林荀語氣平淡地說道：「他既然有親人在身邊，我又何必去打擾。」

歪頭觀察他臉上的神情，確定林荀沒有違心之言，瀟箬才舒了口氣，一旋身重新面朝前方。「那我們先回商會吧，瞅瞅早上美男計的效果如何。」

事實證明，美男們個個都是幹銷售的料，麗春夫人除了原來的六根上上品冬蟲夏草之外，又額外消費了十根上品和十根上上品，足足九千兩。

光麗春夫人這裡，他們就一共收入一萬三千八百兩雪花銀！

錢掌櫃捧著帳本，樂不可支地和瀟箬說著今天的營收。

「除了麗春夫人，還有三位客人各訂了一根上上品，八位客人訂了上品，這幾位客人都約好了明日再來我們展銷會取貨。」

一旁的毛掌櫃算盤珠子撥得噼啪作響。「四千八百兩是之前的預訂，除此之外今天一共收了一萬二千二百兩，刨去提成二百七十兩、請樂師七十兩、工錢五十兩，今天淨利潤一萬一千八百一十兩！這半天工夫，咱們每家就有七百多兩的進帳！」

「毛兄何必心急算帳。」黃掌櫃端著茶盞，呷一口茶水，慢悠悠地說：「這才第一天，冬蟲夏草展銷會還有兩天，等全部結束了再算不遲。」

帳越算越開心，毛掌櫃完全不計較被人說心急，眼看著白花花的銀子流水一樣進了兜裡，他什麼脾氣都沒了。

看眾人一派喜氣洋洋，瀟箬笑著說道：「明後兩天的營收肯定是比不上今天的，但是我們已經回本，之後賣出去的所有冬蟲夏草都是淨利潤，各位只管安心收錢便是。」

掌櫃們紛紛點頭應是，又一番感謝瀟箬帶回冬蟲夏草，定下商線，才讓商會成員們有今日的銀子可賺。

「我只是做我該做的，我還要感謝各位允許我技術參股，分這一杯羹呢。」瀟箬進退有度，一番話說得眾人十分受用。

乘勢她又提出一點。「冬蟲夏草作為我們商會的代表性產品，我們應該將它做成品牌，讓別人一聽見冬蟲夏草，就想到我們欽州醫藥商會。」

「好呀！」迷弟錢掌櫃第一個鼓掌。「不過，什麼叫品牌？」

瀟箬用最直白的方式向大家解釋起品牌的涵義及作用。

「所謂品牌，就是消費者對產品的認知程度，比如客人們在我們這裡購買冬蟲夏草，除了能保證獲得相應的品質外，還享有諮詢、優惠、售後等後續服務。

「這樣客人們就會對我們的冬蟲夏草產生信任和認同，形成消費習慣。以後如果別人也賣冬蟲夏草，即使售價比我們低的情況下，客人出於對品牌的認同感，也會更傾向於購買我們欽州醫藥商會的冬蟲夏草。」

經她的講解，眾人恍然大悟。

「那我們是不是應該給我們的冬蟲夏草起個品牌名？總不能一直叫欽州醫藥商會的冬蟲夏草吧？」毛掌櫃提問。

阮掌櫃首先提議。「叫好得快冬蟲夏草怎麼樣？」

眾人一片沈默。

防止阮浩再提出什麼更奇怪的名字，丁掌櫃趕緊發言。「民無信不立，不如就叫信立冬蟲夏草？」

「信立冬蟲夏草？不錯，我覺得挺好。」

「朗朗上口又能彰顯我們欽州醫藥商會的原則，我也贊成。」

眾人立刻表示贊成丁掌櫃的提議，信立冬蟲夏草可比好得快冬蟲夏草好聽太多了！少數服從多數，信立冬蟲夏草成為欽州醫藥商會出售的冬蟲夏草的最終品牌名。

果然如瀟箬所言，信立冬蟲夏草這四個字在展銷會結束後就已經火遍欽州，稍有家底的人都以購買服用信立冬蟲夏草而自得。

商會還推出上上品冬蟲夏草購滿一百根後能兌換一次購買特級品冬蟲夏草的資格。

每個購買上上品冬蟲夏草的人都能得到一張寫著「特級品冬蟲夏草購買資格券」的紙，上面畫著九十九個空格，每購買一支上上品冬蟲夏草，就能得到欽州醫藥商會信立冬蟲夏草的印戳，集滿印戳之後就可以來兌換購買資格。

瞬間欽州巨賈富戶之間最常用的顯擺方式就從穿金戴銀，變成了互相詢問「你有幾個印戳」。

甚至欽州之外的其他州府，也聽聞了信立冬蟲夏草的名號，派人迢迢千里來購買。

剛到次年三月，兩萬七千六百根冬蟲夏草已經銷售一空，商會各家皆因冬蟲夏草分得利潤六十一萬兩。

之後兩年，瀟箬和林荀又兩次前往羌番收購冬蟲夏草，每次去都能得到查鐸族人的熱情歡迎。

和商會其他掌櫃商議後，瀟箬將查鐸冬蟲夏草的收購價格再提高了三倍。

一是為了讓查鐸採藥人多費心，儘量採挖品質、品相都上乘的冬蟲夏草。

二也是回饋查鐸，畢竟人家願意把所有冬蟲夏草都賣給商會，杜絕了其他人用查鐸產的冬蟲夏草和信立冬蟲夏草競爭的可能性。

第一趟探路後，商隊再去羌番已經有了固定路線，安全性和穩定性得到極大的提升。之後每次去查鐸，瀟箬和林荀都會儘量多帶些黃芩、黃芪、當歸、西洋參、人參、黨參等查鐸沒有的藥材。在瀟箬的指導下，阿幼朵已經能利用他們帶來的藥材，為族人治療一些簡單的疾病。

相比之前查鐸族人生病就去雪山上跪拜神明，祈求神明垂憐的靠天療法，阿幼朵按照瀟箬教她的藥方，利用中原藥材煎煮的湯藥來救治病患，大大提高了病癒率。

短短幾年間，查鐸在人數和財力上都得到了迅速的增長，超過了果洛，一躍成為羌番最強悍的部族。

第三十六章

秋風送爽，巷子裡丹桂的甜膩香氣沿著院牆溜進瀟家小院。

庭中的葡萄架上垂墜數串青紫相間的葡萄在風中搖擺，空有累累碩果卻無人問津。

瀟家的人全在為明日瀟昭的鄉試做準備。

瀟箬抖開兩層細絹帶加厚的裌衣，朝瀟昭身上比劃。「昭昭，把這件穿上，入秋了晚上冷，多穿件秋衣總沒錯。」

鄭冬陽伸脖子看了眼裌衣，否決道：「不成不成，裌衣兩層，進貢院會被拆開看裡面是否有夾帶紙條，還不如只穿一層的。」

在科考經驗上，鄭冬陽在瀟家有一票否決權。

放下裌衣，瀟箬抽出件月白色素面細葛布直裰，說：「那穿這件，料子厚點也能保暖，再加件外袍吧……」

說著又從箱子裡翻出石青色寶相花刻絲錦袍。「配這個外袍，好看！」

這幾年商會的分成、炮製藥材的工費，加上林荀走鏢的工錢，瀟家已經有豐厚的家底，不說堆金積玉，家財萬貫還是算得上的。

家裡有錢了，瀟家卻依然低調，一家六口仍舊住在最初的小院中。

按照岑老頭的話來說，現在的屋子住他們幾個綽綽有餘，買大宅子就是純粹浪費錢。

瀟箬也盤算過，光從雙胞胎來說，之後花錢的地方就特別多。

瀟嫋將來出嫁，肯定要給出良田千畝，十里紅妝，讓嫋嫋風風光光出嫁，也讓她將來的夫家知道瀟嫋有個財力雄厚的娘家，這樣寶貝妹妹嫁過去才不至於被欺負。

而瀟昭，這兩年府試、院試皆為魁首，是遠近聞名的小三元，如今即將參加鄉試，接下來還有院試、殿試，箇中耗費自不必多說。

等將來若是瀟昭有出息被舉薦到國子監……瀟箬早就設想過，聽說國子監裡的其他學子都是豪門望族出身，平時出手肯定闊綽。

到時候她就給昭昭塞好多好多錢，千萬不能讓學霸弟弟因為銀錢上的短缺，而被同學看不起。

這麼一盤算，現在瀟家百萬兩的存款，就說不上多麼富裕。

不過低調歸低調，家裡人的生活水準仍然有了不小的提升。

特別是雙胞胎，瀟箬最捨得給他們買舒服又好看的新衣服。

這兩年來，瀟昭、瀟嫋的衣櫃逐漸呈現超負荷工作的態勢，每年春裝夏短打、秋衣冬皮草，更新頻率比隔壁老母雞下蛋都勤快。

左手提著石青色寶相花刻絲錦袍，右手又翻出玄色鑲邊寶藍撒花緞面圓領袍，瀟箬皺起柳葉眉。「這件配著也好看……哪件好呢……」

瀟昭乖乖地坐在板凳上，任由長姊將一件又一件衣服放在他身前比劃。

現在的他站起來已經到瀟箬的耳朵，修長的身形加上多年學海薰陶，舉手投足間已經隱隱有了翩翩少年郎的風采。

「阿姊，選那件石青色的吧，玄色太深沈，況且秋老虎白天還凶著呢。」瀟嫋和瀟昭並肩而坐，袖子因為雙手拄著臉蛋而下滑，露出一雙藕節似的潔白手腕。

因多年深耕女紅，她對服裝和色彩搭配很有一套。

「那行，就這件石青色的。」瀟箬將玄色外袍丟回箱子裡，選定的石青色寶相花刻絲錦袍放在桌子上，等著待會兒一同塞進包袱。

鄉試第一場的衣服選定，她又開始擔憂起其他。

「明日不知道會抽到哪間號房……」

參加鄉試的學子會以抽籤方式抽取接下來的「考場」兼「宿舍」，抽到號房的好壞，會對考試狀態產生直接影響。

雖然所有號房都是上下兩塊木板，上面的木板當作寫答卷的桌子，下面的當椅子，晚上睡覺將兩塊板拼成一塊當床。但運氣好的抽到乾淨舒爽的號房，考試的九天都能安穩應考，運氣差的抽到茅廁旁邊的號房的話，別說考試了，光味道就能把人熏得頭暈腦脹。

所以民間有個說法，真正的科考，是從抽號房開始，畢竟運氣也是實力的一部分。

瀟箬裡外兩輩子都沒有當過媽，現在卻深深體會到以前家長們在大考前一夜輾轉反側的心情。

唉，無痛當媽了。

「阿姊妳別擔心，昭昭吉人天相，肯定會抽到好號房的！」見長姊眉頭緊鎖、憂心忡忡的模樣，瀟嫋從板凳上跳下來，撲進長姊懷裡，細嫩的小臉蛋在長姊的肩窩來回蹭，像隻撒嬌的小貓咪。

異卵雙胞胎相貌只有七、八分像，越長大她和瀟昭的區別越明顯，連身高都有了差距，瀟嫋要比瀟昭矮那麼幾指寬。

不過兩人都沒有長壞，依舊相貌出眾，在人群中頗為惹人注目。

摟著瀟嫋，瀟箬心中感慨小饞貓長大了，能幫忙出主意還會安慰人了。

院門吱呀一聲被推開，是林荀和岑大夫完成任務回來了。

他倆被指派出去買瀟昭鄉試考場裡的吃食。

「顏記燒餅可真難買，隊伍排了半條街那麼長！」岑老頭一回來就咕嚕咕嚕喝了一大杯水，緩了口氣說道。

「說了讓阿荀去買就好，您還非要跟著去。」瀟箬半真半假地埋怨著。

岑大夫年紀大了，這幾年明顯身子骨兒不如從前，給瀟昭買吃食的事她本來只讓林荀去，老頭子說什麼昭昭的人生大事他一定也要出一份力，非要跟著一起去。

「哎，買個燒餅能有多大事，我就排排隊，不像阿荀還要跑到城東頭的翠香樓買食盒。」岑老頭有點不服氣，人年紀越大、越不服老，他就是這樣不服輸的強脾氣。不和他拌嘴，瀟箬知道強老頭的脾氣，越說他越較真，得跟個孩子一樣哄著。「都辛苦、都辛苦的。」

老小孩、老小孩，老了可不就是小孩嗎。

林荀把食盒放在桌子上，說道：「趕上鄉試，就第一日能帶食盒吃有滋味的飯菜，第二天、第三天開始都只能靠耐儲存的燒餅度日，所以顏記燒餅才會排那麼長的隊伍。」

打開食盒確定打包的飯菜都是清爽不油膩的，瀟箬關上食盒，點頭道：「明日早飯再吃個寒巨和兩個雞蛋就好了！」

寒巨就是現在的油條，只是這時候的寒巨都是圓形。

「明日的寒巨一定要做成長條形！」瀟箬鄭重其事地和林荀說道。

摟著長姊的胳膊，貼著長姊香香的肩窩，瀟嫋抬起白嫩嫩的小臉蛋，好奇問道：「為什麼呀？長條的寒巨比較好吃嗎？」

「不是，長條寒巨加上兩個雞蛋，這是能保佑昭昭考個好成績！」摸著瀟嫋的小腦袋，瀟箬解釋著。

油條加兩個雞蛋，這是來自現代的神秘力量！

翌日天還未亮，瀟箬親自在廚房和林荀一起準備了油條和水煮蛋，當然炸油條和下水煮蛋的都是林荀，瀟箬一如既往地看火。

看著瀟昭把油條和雞蛋吃光後，瀟箬才去拿昨日準備好的包袱。

筆墨紙硯、墊考卷的卷袋裝到考籃中，吃食和飲用水裝在食盒裡，擦臉的，漱口的，油紙傘、加上提神醒腦的香囊和驅蚊蟲的藥粉……

左手提著考籃，右手拎著食盒，背後繫著裝零碎的包袱，瀟昭身穿昨日長姊挑的戰袍，腳踩訂製的平步青雲靴，昂首闊步地走進貢院門前的考生隊伍。

貢院前面的學子不少人都認識瀟昭，他小小年紀連得三案首，榮獲「小三元」的事蹟在學子中廣為流傳。

能參加鄉試的都是秀才，在自己縣中都是免稅、免徭役，見了縣令都不用下跪的，心氣自然都高，看「小三元」不過是個面帶稚氣的十歲少年，多少都帶了點輕視的意味。

他們與瀟昭面對面時連學子間的拱手禮都懶得回，直接無視瀟昭仰頭向前走，鼻孔幾乎朝天。

貢院前面無關人等不得逗留，瀟家其他人把瀟昭送到貢院門口後就得回去，也就沒有看到這些人傲慢無禮的模樣。

要是瀟箬看到自己寶貝弟弟被這樣冷暴力霸凌，她定得讓那些人嚐嚐什麼叫火燒鼻毛！

瀟昭並不介懷他人的態度，無人搭理，他就安靜的排隊、抽號、交出攜帶的一干物品讓監考人員檢查，自始至終鎮定且沈著。

他的安靜與周遭學子聒噪的聲音形成鮮明對比，翰林院侍讀學士項善儀忍不住問一旁的學官。「這是哪位學子？」

學官順著項善儀的目光望去，看到瀟昭領完籤紙，身形挺拔地站在一群交頭接耳的學子當中，猶如雞群裡站立了一隻年幼的小鶴。

「回大人，這位學子叫瀟昭，嶺縣上溪鎮井珠人氏，嶺縣去年縣府院試皆第一的『小三元』正是此人。」學官彎腰拱手，恭敬地回答道。

「哦？『小三元』如此年輕？」項善儀摸著自己的山羊鬚，讚賞地點頭道：「此子不急不躁，安守本心，是個可造之材。」

說罷，他從側面邁步進入貢院，不再看門口眾多學子。

作為這次鄉試的正主考官，他不該對任何學子在考試前有過多接觸，以免失了公允。

學官低頭拱手送正主考官進入貢院後，才起身也跟進院中，臨關門前，他又看了一眼瀟昭，心中忍不住感嘆。能得到翰林院的誇讚，這人不簡單啊。

這一切瀟昭並沒有察覺，他按照規定等門口官吏檢查。貢院的搜檢十分嚴格，穿著的衣物要一層層摸過去有無夾層，考籃、食盒、包袱都要打開一樣樣過目，連帶的幾個燒餅都被剁成小碎塊，防止作弊小抄夾帶在內。

考生人數眾多，又要逐個搜檢，進場速度很緩慢，從天未亮到貢院門口排隊，到搜檢結束，所有考生入院落鎖，足足進行了四個時辰。

進到院中後，每人都按照自己抽中的籤號前往專屬號房。

瀟昭手氣不錯，他抽中的號房居中，離臭氣沖天的茅廁很遠，不會受到惡臭的影響，號房的兩塊木板也很完整，不像有些號房木板腐朽，晚上睡覺都要擔心會不會壓塌了木板，明日寫卷子都沒地方。

九日艱辛，其中苦楚沒有參加過科考的人體會不到萬分之一。

第一場老天尚且賞臉，風和日麗，到了第二場半夜時分，突然下起瓢潑大雨，不少考生是被豆大的雨點砸醒的。

難以入眠事小，弄濕了考卷才是最大的問題，當場就有十幾人的考卷被雨水打濕糊成一團，字跡難以分辨，到時自然也就沒有了成績。

瀟箬未雨綢繆，塞給瀟昭的油紙傘派上了大用場。

他將考卷小心地護在懷裡，用體溫烘著，油紙傘面壓得很低，幾乎挨著他的腦袋，貼著號房內壁蜷縮了整整一夜，暴雨才算過去。

幸好考卷保持乾燥完整，白日放晴，瀟昭用袖子反復擦拭當作桌面的那塊木板，確認沒有水漬，才鋪開考卷繼續書寫。

餓了就吃幾口碎餅，渴了卻不敢多喝水，以免要去茅廁浪費時間也增加風險，只能小小抿半口，潤潤乾燥脫皮的嘴唇。

身體的辛苦沒有阻塞瀟昭的思緒，詔、判、表、誥都信手拈來。

今年策論是針對中州水災，要求學子結合經學理論對朝廷調運相鄰州府存糧，救濟災民發表議論或者見解。瀟昭只略一思索，便筆翰如流，將所思所想條理清晰，脈絡分明的暢言於紙上。

待九日考畢，官吏唱道「休筆——各學子離場——」時，瀟昭竟然有種恍若隔世的感覺。

出貢院的考生一個個都蓬頭垢面，或哭或笑，有的神情恍惚、嘴裡念念叨叨，有的一出門直接膝蓋一軟暈倒在地。

相比他們，瀟昭雖然也是面色憔悴，腳步踉蹌，卻是難得的神智清明。

考試結束這日，瀟家全員早早在貢院外等待，說是貢院外，其實離貢院大門足足有幾丈距離，朝廷規定貢院門口除了考生學子，其他人一律不得靠近。

「出來了、出來了！」隨著貢院大門打開，等待考生的人群中有人呼喊道。

瀟嫋踮著腳尖，努力分辨烏壓壓的考生裡哪個是她胞弟，左看右看，就是不見瀟昭的身影。

還是林荀個子高看得遠，一眼就發現人群中腳步踉蹌的瀟家小弟。

他讓瀟箬帶著二老一少往旁邊站，別被洶湧的人群擠到，自己撥開人群逆流而上，幾個大跨步便走到瀟昭面前。

「阿荀……哥哥？」瀟昭著實有點眼花，他現在看什麼都是蒙著一層黑色的墨點，只能靠著熟悉的氣息和隱約的高大人影，判斷眼前之人應該是林荀。

說完這句話，瀟昭腳下發軟，一個踉蹌差點被人擠倒在地，林荀立刻伸手托住少年，強而有力的臂膀扶住他虛弱的身體，帶著他往瀟家人方向走去。

看瀟昭被半扶半抱的帶過來，瀟箬心抽抽地疼，立刻接過他身上的包袱，擔憂問道：「昭昭，昭昭你沒事吧？」

瀟昭努力睜大一圈圈發黑的眼睛，確定眼前是自己的長姊，他心中一鬆，呢喃道：「阿姊……阿姊……我沒事……」

最後一個字聲如蚊蚋，飄散在空氣中，同時他直接閉上雙眼，任由身體的重量全部轉移到林荀身上。

他這一癱軟嚇壞了瀟家人，瀟嫋差點哭出來，還是岑老頭摸了瀟昭的脈門，才讓大家提到喉頭的心重新落地。

「沒事，他只是睡著了。」

瀟昭這一覺足足睡了三天三夜。

飯菜都是瀟嫋端著小托盤送到床邊，搖醒他起來胡亂塞了幾口，又倒頭睡去。

要不是岑老頭再三保證他只是太累了睡得熟，瀟家其他人都要以為瀟昭是在貢院裡得了什麼重疾。

醒來的時候，瀟昭是被憋醒的，擁被坐起時才發現自己的左手被人壓得痠麻無力。是瀟嫋趴在床沿睡著了，壓著他的左手當成了枕頭。

他輕輕把手從瀟嫋臉蛋下抽出，從手背和瀟嫋臉上軟肉的紅印來看，她應該睡了有一段時間。

「嫋嫋，嫋嫋醒醒，趴著睡妳的腳要發麻的……」

晃了晃她的肩膀，瀟嫋依舊呼呼大睡，依稀還能看到她紅嘟嘟的嘴巴旁邊有一絲可疑的水光……

無奈地嘆了口氣，瀟昭決定還是先去解決迫在眉睫的生理問題，等會兒再來喊醒這隻嗜睡的小懶貓。

淨手後他來到院中，天色已昏黃，涼爽的晚風捲著秋意，吹得葡萄葉沙沙作響。

深呼吸一口氣，瀟昭只覺天地廣闊，胸中有無限的暢快。

「昭昭起來了？」

瀟箬和林荀從門外走進院中時，就看到瀟昭在葡萄架子下仰頭望天。

「阿姊，阿荀哥。」打過招呼，瀟昭上前主動接過林荀手裡的提籃。「剛起來的，讓你們擔心了。」

提籃裡羊腿皮白肉紅，很是鮮嫩。

瀟箬指著羊腿說：「正好，我看大牛叔剛宰的羊羔不錯，買了隻羊腿，今晚就做砂仁羊肉，好給你補補。」

這時代的科舉真是考一次就脫一層皮，看寶貝弟弟本就不豐腴的臉蛋短短九天瘦下去一大塊，瀟箬心裡說不出的心疼，恨不得人參、燕窩、阿膠、鹿茸，什麼滋補上什麼。

瀟昭乖乖點頭，跟著長姊和林荀一同前往廚房，想看看有什麼能幫忙的。

三人剛到廚房門口，瀟嫋飽含驚恐的聲音就從瀟昭房內響起。「不好了、不好了，昭昭不見了！」

她的小身體隨聲而來，像個瘸腿的小鹿，從房間裡蹦出來。

腿果然麻了……

齜牙咧嘴地跑出屋子，才看到三人一臉無語地看著自己。

瀟嫋一個急煞車，圓嘟嘟的小臉上露出尷尬的神情。「我一醒來沒看到昭昭……我還以為……」

她剛才大聲嚷嚷，驚動了家裡兩個老的。

岑老頭和鄭冬陽上了年紀後耳朵就有點不好使了，瀟昭起身的動靜沒有聽到，小丫頭的大嗓門才將他們從房中喚出來。

「怎麼了？出什麼事了？」岑老頭白花花的腦袋探出窗來，瞇著眼睛看了好一會兒，才確定廚房前面三人是誰。「昭昭啊，睡飽了？」

「岑爺爺，鄭爺爺。」瀟昭一一恭敬地拱手彎腰。「勞你們擔心了。」

這時代的文人最講究禮義仁智信，即使在自己家裡，尊老的禮節也不可怠慢。

鄭冬陽揮揮手讓瀟昭起身，端詳他的氣色確實已經恢復如初，才鬆了口氣道：「醒了就好，晚點你來和我說說這幾日考校了什麼。」

考場如刑場，古往今來進了貢院出來一命嗚呼的書生也不在少數，對於自己這個才剛十歲的徒弟，鄭冬陽很是擔心。

「是。」瀟昭又彎腰行了一禮，恭敬地回答道。

第三十七章

晚飯格外豐盛，除了兩個小的愛吃的砂仁燉羊肉，林荀還特地多做了幾個補氣血的養生菜，就為了補一補瀟昭身體的虧空。

雖然君子應該食不言、寢不語，但瀟家的規矩就是自家飯桌上就該用來交流感情，特別是全家齊聚的晚飯時間。

吃著噴香的羊腿肉，瀟昭將在貢院裡的事情一一詳細道來。

說到十一日半夜那場暴雨時，桌上人無不揪起了心，雖然知道瀟昭安然度過這場劫難，還是忍不住唏噓。

「哎，數年苦讀毀於一場雨，真是時也、命也。」鄭冬陽搖頭感慨，又讓瀟昭說說最後一場策論考的什麼。

「考了人丁賦稅、生財之道、耕法和計量，最後的要求是讓我們談論去年中州水災。」瀟昭將重點題他是如何作答，一一詳細講述給鄭冬陽聽。

鄭冬陽邊聽邊點頭，最後忍不住一拍桌子，喊了聲「答得好」。

他自認一輩子都在學海遨遊、上下求索，對於這題目，卻自認做不出瀟昭這樣水準的文章來。

「清晰明瞭，不拘泥於水災表面，能提出解決策略才是難能可貴，煥青可畏。」

煥青是鄭冬陽給瀟昭起的表字，取自「再上封章辭雨露，故令高節煥丹青」，是希望他光明燦爛，前程似錦。

如今看來，瀟昭完全沒有辜負他的期盼。

瀟箬舀了一勺燉得軟綿透爛的紅薯紅棗湯到瀟昭碗裡，笑盈盈地說：「行了，考過了咱們就不想了，考得怎麼樣都不要緊，咱們盡力了就好。」

「嗯，箬箬說得對，考完鄉試咱們家就算完成了一樁大事。」岑老頭呷了口酒，咂咂嘴巴說：「那另一件大事什麼時候辦？」

瀟嫋正用筷子費勁地扒拉著羊腿上的肉，聞言好奇抬頭問道：「咱們家還有什麼大事沒辦呀？」

巷子裡的陳姥姥說她已經是十歲的大姑娘了，該學會溫婉含蓄，首先吃肉不能抓著啃，她正努力地試怎麼溫婉的吃肉。

岑老頭渾濁的老眼中精光一閃，朝瀟箬和林荀的方向努努嘴，說：「喏，妳阿姊的人生大事還沒辦呢！」

剛喝一口湯的瀟箬差點被岑大夫這句話嗆到，嘴巴裡的紅棗嚥也不是、吐也不是。

林荀正要挾魚挑刺的筷子停在空中，耳朵以肉眼可見的速度漸漸發紅。

「咳咳……老爺子好端端地扯到我幹什麼！」好不容易梗著脖子嚥下棗子，瀟箬不自覺地噘起嘴，半是害羞、半是惱怒。

「還扯妳幹什麼，之前說三年孝期，不急著成親也就罷了，現在妳都二十了！妳看誰家姑娘二十還不成婚的？」

說起這個岑老頭就氣不打一處來。

前陣子他和別人下棋，登雲巷的李老頭下不贏他，就說自己孫子怎麼怎麼爭氣，企圖跟他擺顯。

比小輩他能輸？立馬就說瀟昭就是他孫子，遠近聞名的十歲「小三元」！

李老頭不服氣，說瀟昭跟他都不是一個姓，不能算他孫子。

就這麼辯著辯著，那李老頭生起氣來，指著他鼻子說既然瀟昭是他孫子，那瀟箬也是他晚輩，他也不管管瀟箬，二十歲的姑娘還不成婚。

氣得岑老頭當場翻臉，一把掀了棋盤，再也不去登雲巷找李老頭玩了。

岑老頭這氣呼呼的模樣，讓瀟箬也有了一絲心虛，當初她忽悠岑大夫時說的是孝期過了就成親。

在這個世界裡，十三、四歲就可以說親，十六、七歲當爹娘的一抓一大把，二十歲還沒成親，確實有點引人注意。

若沒有心上人也就罷了，她一個新時代女性並不覺得不成親有什麼大不了，問題就是明明有兩廂情願的人在……

可成親是她一個人的事情嗎？她說成親就成親？

想到這裡，她瞟了一眼身邊埋頭挑魚刺的人。

林荀的耳朵總是這麼誠實，比雪地裡的梅花都要紅。

他挑好一碟雪白的魚肉，連碟子放在瀟箬面前，又拿過一個空碗開始給紅棗剝皮。紅棗皮不好嚥，瀟箬剛差點噎著。

咬著筷子，瀟箬心中罵了句「榆木腦袋」。

你不說是吧，我來說。

放下筷子，瀟箬端正坐好，朝著一臉期盼的岑老頭道：「老爺子，您也知道我和阿荀的事，我們沒有意外的話，遲早是會成親的，只是……」

說著她扭頭看向林荀，把皮球踢給他。

瞬間飯桌上所有的視線全部聚集到林荀身上。

林荀在心裡嘆了口氣，他何嘗不想娶瀟箬。

從四年前開始，他就經常夢到瀟箬穿著嫁衣對他笑，現在閉著眼睛，他都能想起那身鳳冠霞帔在瀟箬身上的模樣，墨綠的綢緞上，金絲線繡成的祥雲紋路布滿領口袖口，鮮豔的紅色裡衣襯著她白皙的臉龐。有時她會手持一把遮面羽扇，只露出一雙秋水似的雙眸，定定地看著他……

可是現在的自己配娶瀟箬嗎？

他拿什麼娶這麼一個溫柔善良、聰慧能幹的仙女呢？

學牛郎藏起她的羽衣，強行把她拉入污濁的凡間？還是依仗瀟箬對自己的心意，安心地由瀟箬來撐起一片天？

「林荀，你到底什麼意思?!」一見林荀沈默，岑老頭沈不住氣了，重重地把小酒杯放在桌子上，力道之大，使杯中的酒液灑出來，濡濕了一小塊桌面。

平時就這一杯的限定小酒，漏了一滴他都要心疼半天，此時實在太生氣，無心顧及灑漏的酒水。

瀟箬和林荀雖然都和他一起生活了四年，但是人心總是偏的，兩人之間他更偏愛疼惜的是瀟箬這個丫頭。

一想到瀟箬辛苦炮藥，一介女流要在商會裡周旋賺錢，老頭子總是忍不住心疼這個聰慧能幹的姑娘，他經常想如果自己有孫女，一定也是瀟箬這番模樣。

而林荀於他，更接近於孫女婿的存在。

如今孫女婿疑似薄倖，在孫女說出遲早會成親這樣的話以後，竟然沈默不語！

林荀這小子是什麼意思？他平日裡對瀟箬百般殷勤，處處體貼，對別人不假辭色的樣子都是裝的？難不成他還有花花腸子，想要吊著瀟箬，最後紅袖另娶？

想到這個可能性，岑老頭恨不得抄起酒瓶子直接往面前比他高壯一圈的青年頭上砸去，壓根兒不管自己這把老骨頭打不打得過人家。

看老爺子激動得要動手了，瀟箬朝林荀翻了個白眼，趕忙安慰起老人家。「您別生氣，您聽阿荀慢慢跟您說……」

她其實和林荀很久之前就談過這件事，當時她忙於商會及炮藥的事情，瀟嫋和瀟昭又還小，就跟林荀商議原來說的三年孝期滿就成親這件事，得往後推一推。

當時林荀望著月亮，眼神赤忱，說：「箬箬，我從沒有設想過沒有妳的將來，妳於我就是這輪明月。」

他的目光從夜空中移到瀟箬的臉上，厚實溫暖的手掌輕輕撫摸著她的臉龐。「我還不夠強大，我還沒有資格攀月折桂，但是妳一定要知道，我的夜空中月亮只有妳一個，妳是我認定的月亮。」

這幾年來，林荀走的鏢越來越多，從天險縱橫的黑水，到溝壑遍布的潼關，到處都是他沈默卻可靠的背影。

那些危險性高的鏢很多老鏢師都不願意走，而他卻都主動請纓，因為越是危險，鏢銀就越豐厚。

要不是有次走鏢回來，瀟箬發現他身上有半肩寬的撕裂傷，逼問出他走鏢的路線，她還以為每次林荀走的都是危險係數小的鏢線。

那次瀟箬沒有責怪林荀，只是紅著眼睛默默給他上藥。

林荀手足無措地哄了很久，那張素來鎮定且開朗的俏臉上也沒有露出笑容。

之後林荀自己主動減少了危險的鏢線，不再為了鏢銀什麼樣的鏢都肯接。為此江平還曾經問他是不是哪趟鏢受了暗傷，林荀悶不吭聲直接和江平對練了三天，才打消他莫須有的猜測。

同理，安全性高的鏢誰都能走，鏢銀也很少，看自己每次往瀟家銀箱裡添的銀錢數量，林荀越發覺得自己離月亮還有十萬八千里的距離。

「哼，我倒要聽聽，他能說出什麼花來！」岑老頭在瀟箬和鄭冬陽的勸慰下，終於放棄和林荀幹一架的打算，只是依舊氣呼呼地瞪著他。

說出花來？林荀平日的話少得可憐，也就和瀟家人能稍微多說幾句，想讓他說出花來，不亞於從石頭縫裡擠水。

沒辦法將自己心中想的那些話講給岑老頭他們聽，看著面前的五雙眼睛，他頓了頓，鄭重說道：「我林荀，今生如若娶妻，只娶瀟箬一人。」

聲音渾厚鏗鏘，所有人都能從中聽出他的堅定。

直白有力的話語讓岑老頭一時呆愣，不知該做何反應。

鄭冬陽拍了拍岑老頭的肩膀道：「岑兄，我看阿荀對箬箬也是一片真心，孩子們的事情就讓孩子們自己去安排，咱們老頭子就別操這份心了！」

他素來豁達，在他看來瀟箬和林荀都是有主見的好孩子，該做什麼完全不需要旁人來干涉。

岑老頭被老兄弟一番勸解，心中急出來的火氣也滅了。他抬頭看向瀟箬，只見白皙俏麗的臉蛋上悄悄飛起一抹粉紅，水汪汪的杏眼微微彎著，朝自己微微點頭。

「哎，罷了罷了！」他重新一屁股坐到板凳上，拿起小酒杯珍惜地嘬了口杯底殘餘的液體。「你們年輕人的事情你們自己決定，我老頭子管不了。」

隨後他渾濁半瞇的雙眼一掀眼皮，盯著對面的林荀，一字一句說道：「若是哪天你辜負了箬箬……哼！」

話不用說完，意思已經非常明顯，他岑藥師的名號不是白叫的。

至此瀟家飯桌上才重新恢復和樂融融的場面，林荀依舊為瀟箬處理著不好吞嚥的食材，瀟嫋依舊嘗試怎麼才能溫婉地吃肉，瀟昭和鄭冬陽談論著歷年鄉試的題目，岑老頭心滿意足地呷著瀟箬給他額外添上的小酒。

只有天上的月亮透過窗櫺，將柔柔月光灑在兩對羞紅的耳朵上。

欽州鄉試報考共計三萬兩千五百二十七人，按照當朝規定千擇其一錄取，這場鄉試只能過考三十二人。

除去漏考的、未完成的、字跡不清的、卷面破損的以外，有效考卷將近三萬份。

鄉試按照慣例有主考二人，同考四人，提調一人，其他官員六至十八人，除了主考由朝廷指定，其他皆由總督、巡撫調取進士、舉人出身之現任州官充當，各州人數不一。

欽州的閱卷組由翰林院侍讀學士項善儀作為主考官，待制閣方清為副考官，其他組員十人，皆為他州官員。

衡建堂內，項善儀和閣方清分坐兩邊，案桌上一疊疊都是同考官舉薦上來的朱卷。

「提議按畝徵稅而不是按家中人口徵稅……嗯，這份卷子答得有理有據，十分漂亮。」閣方清將自己看到滿意的答卷遞給項善儀，說道：「難得有人站在農戶的角度，提出人多不一定地多的觀點。」

接過卷子，項善儀一目十行，看完後搖搖頭說：「人丁賦稅和耕法方面確實答得好，可生財之道與計量卻言之無物，看來這個考生多半佃戶出身，目光還是不夠長遠。」

將卷子放回到已閱那堆，這張卷子就算落榜。

「哎，項兄未免過於嚴苛，離放榜只剩下不到五日，我們看了三分之二的卷子，能讓項兄說上尚可的不過一十五張，這樣下去可能都挑不出足額的合格者。」

這話只敢在肚子裡說，誰叫侍讀學士從四品，待制從五品，官大一級壓死人。

閣方清搖了搖頭，無可奈何地拿起下一份卷子繼續看起來。

紙張的翻閱聲成為衡建堂內唯一的聲響，突然項善儀一拍桌子，放聲大笑道：「好！好啊！」

突如其來的聲音嚇了閣方清一激靈，差點扯破手裡正在看的朱卷。

滿身冷汗的他放下卷子，拍拍撲通亂跳的小心肝說道：「哎呀，項兄，老弟我還不想因公殉職呢！」

「抱歉抱歉！是我失儀，驚著閻兄了。」項善儀笑咪咪地說道。

向來嚴肅的方臉上難得露出如此和煦表情，看得閻方清頗為訝異。

「項兄如此高興，難道是覓得良才？」閻方清忍不住撐起半個身子，伸長脖子去看他手中的卷子。

項善儀索性把卷子攤在案桌上，讓同僚同觀。

「你看這份答卷，人丁賦稅、生財之道、耕法和計量都答得十分穩妥。他建議朝廷每隔五年進行一次人口普查，從統計的人口出發，既能按照不同地區的人口結構調整相應地區的賦稅標準，也能清楚知道人口流動的方向和原因。

「他還提出，不同地區人們生活方式的不同，當地財政增長方式也會不同，不能一概而論，要求每個州府都按照同樣的模式發展，要因地制宜。

「最關鍵的是最後關於中州水患的策論，旁人多著墨於稱讚朝廷調運相鄰州府存糧救濟災民，頌揚聖上仁慈憐愛百姓。

「他則提出中州水患的原因是當地缺少大型的河流和湖泊，每年驟然暴雨就很容易形成水災，而久不下雨則會發生旱災，每次都靠相鄰州府的救濟，並非長遠之策。

「他建議在中州百姓聚集的城鎮附近修建大型堤壩，既能蓄洪，又能滯洪，在平日還能提供農業灌溉的便利，從源頭解決水患、旱災兩大問題，也就不需要年年都要向其他州府求助，增加相鄰州府的財政壓力。」

閻方清邊聽邊看，也忍不住心中欣喜，這個學子能縱橫全域，將事件的各個細枝末節聯繫起來，以小見大，由表及裡，針對問題提出切實的解決方案，實在是不可多得的人才！

看同僚盯著卷子的眼神越來越亮，項善儀知道這份漂亮的答卷也征服了他。

「哎呀呀，多久沒看到這樣的卷子了。」閻方清忍不住手捧起卷子，像捧著珍惜的寶貝一般。

「那這份可是解元？」雖然還沒看完所有的卷子，閻方清已忍不住想定下這次欽州鄉試的第一名，因為他相信接下來不會有比這份更好的答卷，想必項兄也有相同的想法。

出乎他意料的是，項善儀收斂起笑容，慢慢搖了搖頭。

頓時他就著急起來，這可是難得的人才，此人不能成為解元，不就是明珠蒙塵？

閻方清惜才，心中一著急，也顧不上官級差距，話中帶上了情緒。「項兄莫不是早就對解元有了人選？」

項善儀與閻方清同屬翰林院任職，知道他是個直脾氣，並不責怪他出言不遜，只伸手接過他手中的答卷，放在案桌上珍重地撫平。

「閻兄可知每個州府的解元，到了盈州會試前夕，會去哪裡嗎？」

閻方清是個不愛交際的人，每日只在翰林院與家中兩點一線，盈州各種文人宴會，幾乎看不到他的身影，自然對項善儀說的這事一無所知。

他心中仍有芥蒂，語氣卻緩和了很多，說道：「不知，我素來不愛這些場所。」

項善儀點點頭，說道：「曼煙樓，九州的解元都會在會試前夕被邀請到曼煙樓參加賞花大會。」

不待閻方清開口，他接著說：「曼煙樓幕後老闆正是冀元範，當朝國舅的門客之一。」

瞬間閻方清啞口無言，他再兩耳不聞窗外事，也知道當朝國舅爺的大名。

當朝國舅爺隋應泰，是皇后唯一的親兄長，和他同胞妹妹一樣，生得一副好皮相。鼻梁高挺，眉眼纖長，薄唇一勾能引得盈州萬千少女心生蕩漾。

偏偏這樣一個富貴皇親還未娶正室，惹得朝堂中不少人都心有期待，想把自家女兒嫁給這個年輕國舅。

當今聖上年事漸高，皇嗣稀少，只有七皇子一個龍子。為了開枝散葉，先皇后病故後，冊封隋氏幼女為后，只因官宦女子中，隋氏一脈最能生育，家中子嗣眾多。

新皇后一門為了穩固自己的勢力，想方設法拉攏群臣中的守舊派，常常進言，皇后所出才是正統。

和國舅隋應泰走得最近的人，就是當朝宰相喬生元。

有人說隋應泰已經是喬生元內定的女婿，也有人說他倆只是忘年之交。

盈州傳言紛紛，什麼樣的猜測都有，但有一個事實是大家心知肚明的，那就是隋應泰透過喬生元這層關係，在朝堂上安插了不少自己的勢力。

翰林院皆為文人學子出身，熟讀史書，深知外戚干政的危害，無奈他們只有詳正文書、選育人才的職能，並不能與當朝宰相、國舅這樣既有財力、又有權力的人物相抗衡。

閣方清嘆了口氣，說道：「選拔賢能本就是我們翰林院的職責，若是害怕人才被外戚所用，而故意避開，豈不是我們瀆職？」

項善儀手指輕叩桌面，慢悠悠地說道：「誰說我們要避用人才？這樣難遇的奇才……就定為這次的經魁吧。」

九月初三，寅日辰時，欽州貢院龍虎牆前圍滿了人。

今日是鄉試放榜日，瀟家集體草草吃了早飯就來到貢院西牆，就為了趕上放榜時刻。

沒想到等他們到了貢院，這裡已經被圍得水洩不通。就算在林荀有力臂膀的開路下，幾人仍舊費了九牛二虎之力才擠到榜前。

未到吉時，占好位置的人就互相聊天打發時間。

左邊的那個說自家兒子已經是第五次參加鄉試，經驗豐富，這次感覺良好，定能榜上有名。

緊挨著的人就吐槽她。「要是有經驗就能高中，又怎麼會有這麼多考到鬢髮皆白的老秀才。」

被吐槽的那個不樂意，覺得這人是在咒自己兒子名落孫山，氣得當場就罵起來，要不是現場有官吏維持秩序，她都要伸手撓那人的腦袋瓜了。

這邊吵鬧熱鬧，另一邊的中年人則是雙手合十，兩眼緊閉，絮絮叨叨地嘴巴裡念叨著「文曲星保佑！太上老君保佑！王母娘娘保佑……」，幾乎把滿天神佛叨擾了個遍，祈求自己這次能中選。

和他相似的人不在少數，好些文人打扮的人也是緊張的模樣，滿頭是汗，一臉虔誠的求神拜佛。

瀟箬一臉黑線，感覺這幫人都不怎麼正常，她雙手捧著瀟昭的臉蛋，把他的臉固定到正對自己的角度，直視他黑亮的雙眸，鄭重地說：「昭昭，咱們就算這次不中也沒關係的，別給自己壓力知道嗎？」

她可不想自己可愛的弟弟變成這些神經不正常的人的模樣。

瀟昭任由長姊的雙手擠壓自己兩頰肉，一張臉像金魚一樣嘴巴嘟起，想點頭應好，最後卻只發出一聲「啵」。

萌得瀟箬心肝亂顫，只想把可愛弟弟摟進懷裡狠狠搓揉一把。

好在她理智還在，知道這是貢院龍虎榜前，努力忍了又忍，才克制住自己蠢蠢欲動的雙手，保全了瀟昭在眾人心中「小三元」的形象。

吉時已到，書吏按照填寫好的草榜從第六名開始，將考生姓名、籍貫謄寫到龍虎榜上。

第六名　季在田　欽州中嶽人氏

第七名　耿會圖　欽州崇讓人氏……

每寫一個名字，人群中就有一小陣歡呼，是考中的人在慶賀。

一直到第三十二名，都沒有出現瀟昭的名字。

寫完後頭，書吏才掉頭開始倒著寫前五名。

第五名　谷允禮　欽州崇讓人氏

第四名　余惟道　欽州順天人氏

看到這兒還沒有寶貝弟弟的名字，瀟箬有點不忍心看了，蔥白的手指無意識地握緊了林荀的手，用力到指尖發白。

書吏還在謄寫。

第三名　瀟昭　欽州嶺縣人氏

看到熟悉的名字，瀟箬幾乎不敢相信，耳邊傳來瀟嫋開心的歡呼。「是昭昭！昭昭你是第三名！阿姊，昭昭第三名！」

被妹妹開心地搖晃著胳膊，她才終於有確定的感覺，隨之心中就爆發出無比的開心與自豪。

她一把摟住瀟昭，用臉蹭著弟弟的額頭，眼眶發熱，聲音都帶點顫抖。「昭昭，你考中了，你是第三名！」

相比之下，瀟昭要沈著很多，他輕輕回抱了下長姊。

待瀟箬冷靜下來後，從長姊懷中退出來，瀟昭臉上雖然有欣喜卻依舊鎮定。

瀟家身邊的人知道這個面帶青澀的少年就是這次的第三名後，紛紛拱手道恭喜，岑老頭和鄭冬陽與有榮焉，也樂呵呵地回禮道：「同喜同喜。」

剩下的第二名和第一名是誰，瀟箬根本無心去看，待書吏謄寫完所有的名字，宣布明日鹿鳴宴的時間和場所之後，她就迫不及待地拉著家人回家。

她要第一時間去瀟家父母的牌位前，告訴他們這個好消息。

回家領著弟弟、妹妹拜了父母後，真正的忙碌才剛開始。

瀟家小院從未如此熱鬧，絡繹不絕的人登門來賀喜，除了商會和鏢局相熟的人以外，還有不少地主、中農也帶著厚禮登門拜訪，前來「獻地」。

所謂獻地，其實就是把土地登記到瀟昭名下，因為考上舉人之後，他名下的土地就可以免除皇糧國稅。

這些土地雖然登記在瀟昭名下，實際使用和收穫還是歸地主、中農所有，他們會每年給舉人一定的財帛作為獻地費用。

這些來獻地的人都被瀟箬禮貌地請回去，她和瀟昭商量，這些免賦稅的土地額度都給井珠村的村民用，作為之前受他們照拂的報答。

瀟昭在這些問題上，很贊同長姊的想法，本來他考功名，也不是為了獻地得來的這點財帛。

古語有云，滴水之恩當湧泉相報。井珠村的村民對他們家的照拂，用這點免賦稅額度來報答是理所應當。

商量停當，瀟箬當即在書信中報喜，並寫明事由，讓村長爺爺統計好村中各家的田地數量和位置，好送到官府登記入冊。

書信交給信客後，瀟箬依舊停不下來，她又開始忙碌起瀟昭明日鹿鳴宴的穿搭。

「這件彈墨穿花紋絳紗衫怎麼樣？看起來斯文貴氣，很有文人範呀！」

抬手在瀟昭身上比劃著，又覺得這件長衫似乎不夠穩重，把這件先列入備選項，瀟箬又一頭栽進衣櫥裡。

拿出另一件梅花暗紋箭袖衫，抖開在陽光下仔細端詳，她滿意地點頭道：「梅花好，牆角數枝梅，凌寒獨自開。文人雅士就喜歡這個。」

看她忙忙碌碌反覆比劃，像一隻拚命儲存食物的小倉鼠一般，陪在一旁的林荀忍不住別過頭去，捂著嘴輕笑出聲。

勾起的唇角緩和了他刀削斧鑿般的線條，鋒利凌厲的劍眉舒展開來，好似冰雪融化，萬物復甦。

天天對著這張俊臉的瀟箬還是被他的笑容勾到，看呆了一瞬。

馬上又回過神來，心中暗暗唾棄一句花癡。

她佯裝生氣，粉面含春道：「你笑什麼！」

「咳咳！」林荀假意咳嗽兩聲，清清嗓子，說道：「沒什麼，就是覺得妳這樣子，將來一定是個好母親。」

泛著淡粉的臉龐由內而外透出血色，瀟箬不用看都知道自己的臉現在一定很紅。她低聲嘟囔著。「什麼母親，我都沒成婚呢……」

含糊不清的聲音很小，站在她面前的瀟昭都沒聽見，林荀卻聽了個清清楚楚。他笑不出來了，想起自己和月亮的距離，腦中浮現出幾日前江平和他商量的事情。

「箬箬……」他忍不住叫出最熟悉、最親近的稱呼。

瀟箬感覺臉上還是火辣辣的，頭也不敢回，只假裝忙碌的給瀟昭配明日的靴子，輕聲假裝隨意地應了句。「怎麼了？叫我幹麼？」

林荀看著嬌小的背影，糾纏了他幾日的話終於還是說出口。「箬箬，我有事和妳說。」

察覺到林荀的語氣不對勁，瀟箬扭頭看了他一眼，發現他緊抿雙唇，表情糾結又嚴肅。

「昭昭，你去看看岑爺爺的橘皮曬好沒有，沒曬好你就幫幫他。」

找了個理由打發瀟昭出去，房間裡只剩下瀟箬和林荀二人。

放下手裡的衣物，瀟箬坐到林荀對面，直視著那雙赤忱又深邃的雙眼。

「阿荀，你怎麼了？有什麼事要和我說？」

眼前的面龐他看了千萬回，還是覺得美麗又生動，每次看都能讓他心動如初，而這刻在心尖上的臉，接下來可能好久都見不到。

想到這裡，林荀的心好像被利刃一點一點割著，但是為了和箬箬的將來，他又不得不說出最不想說的話。

他乾澀又艱難地說道：「箬箬，我要去盈州了。」

第三十八章

數日前，江平從鏢局掌櫃房間裡出來，看到院中的鏢師們正在練拳腳。

平日對練是兩人一組，互相餵招，今天卻是罕見的五對一，五個鏢師圍攻一個。

被圍攻的那人手腳快如閃電，在五人拳頭交織的人牆中閃轉騰挪，鷹眼如炬的抓住空隙後才猛然出拳，拳風凌厲，掀起近旁人的衣角。

斗大的拳頭在擊打到對面之人的前一刻，化拳為掌，直接將人推出去三丈遠，將五人合圍之勢擊破。

攻勢被破解，剩下的四個鏢師收住拳腳，分立開來。

被推倒的那人一個鯉魚打挺，原地躍起。

「林哥這招好啊，叫啥名字，也教教我唄！」他拍拍屁股笑嘻嘻道。

林荀自從不走危險性高的鏢線後，掌櫃覺得他這麼好的身手浪費了可惜，就讓他沒事多來鏢局裡帶帶新招進來的菜鳥蘿蔔頭們，每月多發五兩銀子作為教費。

這次對打的五人是一個村子出來的，少年氣盛，自視甚高，誰都不服管。

林荀跟他們幾個連續對打了三天，把五個硬是打到服氣，現在一口一個林哥的叫著，纏著他多教他們點功夫。

江平走到小夥子身邊，拍拍他肩膀道：「行了，你們幾個自己琢磨去，都吃現成的也不怕頂著，我和你們林哥說點事。」

江平在順記鏢局威望很高，他說的話基本沒人會反駁。五個小夥子哦了一聲，陸續出了內院，去外院找其他鏢師練招去了。

林荀解開出拳力道太大而鬆散的腕帶，一頭用牙咬著，另一頭攥在手裡用力重新收緊。整理好兩條腕帶了，也沒聽到江平說是什麼事。

抬頭看向江平，他開口道：「江大哥，有話你直接說，是有什麼事需要我去做？」

他本來打算不找林荀的，可是又覺得他實在是個好苗子，一直待在欽州太埋沒人才了。嘬了下牙花子，江平還在猶豫要不要說這事。

他心一橫，最終還是開口道：「是這樣，咱們欽州順記只是順記鏢局的一個分部，這事你知道吧？」

林荀點點頭，這事他一開始就知道，順記鏢局在各州府都有分部，欽州只是其中一個。

「最近咱們鏢局的大老闆，也就是總掌櫃想頤養天年了，咱們掌櫃被指派去盈都做一把手，掌櫃的意思是想讓我跟著他去盈都做二把手。」江平說到這裡，咧開嘴笑起來。

這等於是升遷，是好事。

聞言林荀也露出笑容，真誠地恭喜道：「能去盈都發展是個好機緣，小弟在此先恭喜江大哥了。」

江平撓了撓腦袋，說：「哎，我琢磨著我去盈都了，常跟著我的兄弟也不能落下，其他幾個人我都問過了，除了馬老三他捨不得妹子不去，其他人都願意跟著我去盈都。林兄弟，你要不要也跟我一起去盈都？」

說著他又似乎覺得不妥，臉上露出踟躕的神色。

「我本來想瀟姑娘他們都在欽州，你可能不會跟我去，但是你們畢竟還沒成親。盈都是咱們的國都，那裡的機緣和財力都比欽州強太多了，你要是願意去盈都，不說能發大財，賺得肯定是比在這兒要多好幾倍！

「咱們掌櫃又這麼賞識你，到時候我再舉薦你做三把手肯定是沒問題的！等你到盈都賺了大錢，再風風光光地把瀟姑娘娶進門，成為真正的一家人，那多好啊！」

不得不說江平這番話完全說到林荀的心坎裡，他用牙齒咬著嘴唇內側的軟肉，心中輾轉。

無法當時就給出答案，他只能道：「江大哥，我回去想想。」

林荀這樣講，江平反倒有了底氣，他知道他這個兄弟平日冷靜果斷，不願意的事情一刻都不會猶豫，能說出回去想想，那多半是成了。

江平露出一口大白牙，拍拍林荀肌肉線條清晰的肩膀道：「好，我們還有一個月才出發去盈都，在那之前你給我回復都可以，我等你！」

這件事林荀幾次想和瀟箬說，可每次看著那雙秋水般的雙眸，他就說不出要孤身遠走的話來，直到今天……

「你說什麼？」瀟箬懷疑自己幻聽了，忍不住又問了一遍。

邁出了第一步，接下來的路途便順暢很多，林荀將江平對他說的話複述給瀟箬，包括「到盈都賺了大錢，再風風光光地把瀟姑娘娶進門」這句話。

兩人只隔著窄窄的案桌面對面坐著，窗外的陽光斜斜地灑了滿地的碎金，也灑在林荀的身上，籠罩出一圈微黃的光暈。

瀟箬看著光暈中的人，很想告訴他自己並不在意是否風光出嫁，也不需要一個多麼有錢有勢的良人，錢她自己就會賺，她想要的只是一家人平平安安的生活。

話到嘴邊，又嚼爛了嚥回肚子裡。

最後她只是和往常一樣，揉亂面前人頭頂的髮髻，低低說了聲。「天色不早了，我先去給丁掌櫃送藥材。」

拒絕了林荀陪她去的提議，提起裝滿炮附子的藥籃，瀟箬低頭匆匆出了瀟家小院，連身後岑老頭喊她都沒有應答。

岑老頭撓撓耳朵，疑惑地問一旁的林荀。「箬箬給誰送藥材啊？這麼著急忙慌的，我還想讓她帶隻烤鴨回來，晚上好給昭昭慶祝呢。」

林荀看著空無一人的院子，沒有回答。

沒得到回應的岑老頭習以為常，摸摸口袋裡瀟箬給他的零花錢，咂著嘴也晃著出了門。

「一個、兩個都怪兮兮的，沒人帶烤鴨回來，我自己去買。」

還能偷摸帶瓶小燒酒，嘿嘿，一舉兩得。

彆扭的氣氛在瀟家蔓延。

雖然林荀還是如往常般幫瀟箬處理不好入口的食材，瀟箬也依舊笑盈盈地幫家裡老小布菜舀湯，飯桌上的二老二小還是敏銳地察覺到他倆有哪裡不對勁。

「阿姊和阿荀哥哥吵架了？」瀟嫋舉高飯碗，把臉藏在飯碗後面，自以為很小聲的問瀟昭。

瀟昭也有樣學樣，用飯碗當掩護，小聲回答道：「沒有吧……下午還好好的呢……」

目睹了全程的瀟箬又好氣、又好笑，這雙胞胎在掩耳盜鈴這方面是一點長進都沒有啊！給他們各挾了一隻烤鴨腿，她假裝板起臉來，說：「好好吃飯，舉這麼高幹麼，小心摔了碗！昭昭你明日去鹿鳴宴也這樣舉著飯碗說話？」

挨了長姊訓斥的兩個小孩立刻乖乖地把碗放在桌上，埋頭扒飯啃鴨腿。

吃完飯，收拾好碗筷，一直到夜深入睡，瀟箬都沒有和林荀說過一句話，連眼神的交集都儘量避開。

漫漫長夜，相鄰的兩個房間裡，床上的人皆是輾轉反側，難以入眠，還要擔心自己翻身動靜太大會吵到對方安寢。

唯有高空懸掛的明月，在靜靜注視著兩人。

前一晚沒睡好，瀟箬難得貪覺，差點錯過了瀟昭去鹿鳴宴前的準備工作。

幸好昨日已經搭配好衣飾，今日只需檢查有無遺漏即可。

只見瀟昭身穿梅花暗紋箭袖衫，足踩鴉絲暗紋滾邊靴，白玉冠束著烏黑的髮，更襯得瀟昭面如冠玉，目若朗星，行走坐臥，皆有風骨，好一個翩翩少年郎。

越看寶貝弟弟越滿意，瀟箬替他撣去並不存在的灰塵，囑咐道：「等會兒宴席上，咱們要保持低調，本來就這麼俊了，要是再出風頭，容易惹人嫉妒，木秀於林而風必摧之。」

瀟昭點頭應是，才登上來接他赴宴的馬車。

鹿鳴宴設在布政司衙門，正副主考官、學政、提調、監試、同考及執事各官均到場，受邀的三十二名舉人則由專門的馬車接到宴會地點。

瀟昭到時，已經有大半舉人已經抵達，在差役的指引下到宴會內院等候。

宴會尚未開始，舉人們相互行禮寒暄，也有不少人向瀟昭打招呼，瀟昭一一拱手禮貌回應。

「在下耿會圖，這位想必就是瀟昭小兄弟吧？」一名白衣書生裝扮的中年人拱手向瀟昭說道。

瀟昭記性很好，立馬想起這個名字是當日龍虎榜上的第七名，他立馬同樣拱手彎腰道：

「正是在下，瀟昭見過耿兄。」

耿會圖啪的一聲打開摺扇，搖著扇子笑著說道：「哎，別別別，我受不起這稱呼，聽說瀟昭小兄弟年輕有為，這才十歲，我這把年紀，不說做你爹，做你叔叔可是綽綽有餘。」

他這話明著是恭維瀟昭年幼中舉，聰慧非凡，細細品來卻另有一番深意，靠得近的幾個舉人聽明白他的言下之意，眼裡都掛上一層淡淡的笑意。

瀟昭也明白這人是在占自己便宜，想起了臨出門前長姊的教誨，他眼神暗了暗，並未搭話。

他未做聲，身後卻有人替他說話。

「幼學舉人，確實百年難得一遇，想必家中父兄都是懷瑾握瑜，早有功名。」

話中明顯就是嘲諷耿會圖一把年紀才中舉，還妄想要當人家十歲舉人的長輩。

氣得耿會圖扭頭循聲望去，想看看是誰在駁他面子。

瀟昭也忍不住轉身看去，站在他身後為他發聲的是一個十四、五歲的少年。

低調的深青色常服上用金絲線繡著梅花，腰配一塊潔白剔透的美玉，通身清潤貴氣，一看就是富家子弟。

瀟昭不認識少年，在場的其他人卻都認識，這位正是這屆解元柳停雲。

原本怒氣沖沖的耿會圖看到是柳停雲，喉頭一哽，一句話也說不出來。

這可是欽州首富柳家的獨苗，聽說還有親眷在盈州做官，是他萬萬得罪不起的角色。

「怎的？耿兄另有高見？」柳停雲面帶嘲諷，星目直視著耿會圖。

耿會圖只覺被看得背後一陣冷汗，連連討饒。「沒有沒有，柳解元真知灼見。」

聽面前人喊少年柳解元，瀟昭立馬想起昨日龍虎榜的第一名，正是柳停雲。

他趕緊拱手行禮道：「瀟昭愚鈍，未識柳兄，還請柳兄見諒。」

他比柳停雲矮小半個頭，一彎腰柳停雲就看到他後腦勺有個旋兒，雖然努力束髮掩蓋，依然能分辨得清楚。

想起母親常說後腦勺有旋兒的人聰明，果然沒有騙他。

這小傢伙不只聰明，長得還挺好看。

外貌協會的柳停雲當即決定要跟這個又聰明、又好看的人當朋友。

他正要伸手去扶瀟昭，門口差役通報。「主考官翰林院侍讀學士項善儀，副考官翰林院待制閻方清到——」

只見兩名考官身著朝服，雲雁緋袍、銀鈒花帶，好不威嚴。

兩人會同各官先行謝恩禮，依次入宴。

各新科舉人在鼓樂聲中共同謁見主考等官後，按照名次順序一一入座。

開宴後，依照慣例，歌〈鹿鳴〉之章，作魁星舞。

開場預熱結束後，項善儀讓各位根據「鹿鳴」二字作詩，算是彰顯在場舉人的文采。想在主考官面前出一出風頭的大有人在，不一會兒就有好些人出來吟詠起詩句。

「春秋聖筆終麟獲，雅頌工歌宴鹿鳴。」
「鹿鳴筵上笙歌動，一片丹心為皇權。」
「鹿鳴似解懷人思，鶯韻如聞出谷篇。」
謹記長姊教誨，瀟昭也隨意吟詠了兩句契合宴會氣氛，喜慶祥和的詩句，算是躲過了眾人的注意。
在他吟詠詩句時，兩位考官的灼灼目光還是引起了柳停雲的注意。
這傢伙怎麼被兩位大人如此注意？不會是妒賢嫉能吧？
心中已經把瀟昭劃分到自己這邊的柳停雲，暗暗決定不管如何，他都要保護這個朋友。
鹿鳴宴結束後，瀟昭被差役單獨叫走，不知發生什麼的柳停雲急得在布政司衙門口原地來回打轉。
貼身小廝湊上來問何時歸家，也只得到柳停雲隨意揮揮手，小廝只得乖乖在一旁等著少爺轉完圈再說。
過了好一會兒，瀟昭才在差役的指引下從門內出來。
柳停雲立刻迎上去，問道：「他們為難你了嗎？」
瀟昭一臉莫名其妙，這個柳解元怎麼還在這裡？
不過禮不可廢，他拱手行禮道：「不曾有人為難我，多謝柳兄關心，小弟先行告辭。」
說完就上了自己的那輛馬車，回家去也。

聰明、可愛，還直率！不愧是我柳停雲認定的好朋友。

被瀟昭無視，柳停雲不僅不生氣，還有點美滋滋。

於是柳家小廝就看到自家少爺變臉似的，從一臉焦躁變成滿面春風，笑呵呵地上車宣布打道回府。

瀟昭一到家，謝過車伕後，就迫不及待地去製藥房找長姊，要將好消息告訴她。

「昭昭回來啦？宴會怎麼樣？」瀟箬停下火燒生蛤殼的動作，起身迎向弟弟。

一向行走坐臥講究文人風度的弟弟竟然一路小跑地來找自己，小臉蛋紅通通的，瀟箬知道定然是有什麼大事發生。

「阿姊，我要去國子監了！」瀟昭激動地說道，一雙眼睛因為興奮而閃閃發光。

「國子監？」給弟弟倒了杯水讓他緩緩，瀟箬讓他慢慢說。

喝完水，瀟昭才覺得自己的心跳得沒有那麼快了，將剛才宴會結束後的事情緩緩道來。

原來宴會結束後，他被差役領到宴席隔壁的房間，裡面等他的正是項善儀和閻方清兩位考官。

「你方才在席上，可是故意收斂鋒芒？」項善儀目光灼灼，盯著面前面帶稚氣的少年問道。

瀟昭心中一驚，以為自己故意之舉被看透，兩位大人這是興師問罪來了。

他趕緊拱手低頭請罪。

沒想到兩位大人非但沒有苛責，還大笑起來。
「好，好，好啊，行高於人，眾必非之。你能明白藏拙的道理，很好！」
扶起瀟昭，項善儀將兩人商議後的打算告訴他。
「瀟昭，你天資非凡，文采卓然，我和閻大人想推薦你去國子監進學，你可願意？」
這番話是瀟昭從未想到的，他一時有些呆愣。
項善儀摸摸山羊鬚，嚴肅的臉上竟然露出一絲不易察覺的羞赧，道：「我們二人只是翰林院的侍讀學士和待制，在仕途方面無能為力，唯有國子監，還能說上一二……」
話未說完，只見瀟昭突然雙膝跪地，額頭貼地行了跪拜大禮，兩人趕緊去扶他起身。
「我願意！我願意去國子監求學！」瀟昭又深施一禮，眼中滿是激動。「瀟昭謝二位大人！」
見他如此誠摯，項善儀和閻方清放下心來，他們原本還有些擔心瀟昭會覺得中舉後直接邁入仕途會更好。
「好，那你便回去和家人商量，盡快啟程去國子監，我們會先行回盈都，在國子監給你留好位置。」
聽完瀟昭的敘述，瀟箬明白弟弟這回是遇上伯樂了。
盈都，又是盈都。
一個個，怎麼都要去盈都……

面前的瀟昭仰著頭看著自己，臉上還殘留著興奮的紅痕，瀟箬知道自己是不可能不讓他去的，畢竟國子監是這兒最好的學校，能去國子監求學，是所有文人學子的願望。

貝齒輕咬下唇，電光石火間，瀟箬做了一個新的決定：全家一起去盈州！

秋夜的風已帶有縷縷涼意，碩果累累的葡萄架子下，一籠白煙裊裊升起。調皮的秋風吹散煙霧，露出碩大的青銅火鍋。

瀟家人正在院中圍著小桌涮火鍋，每個人臉上吃得紅通通，額頭沁出一層薄薄的汗水。

「昭昭，我還要吃寒巨……呼哈……再給我燙點寒巨！」瀟嫋吃得唏哩呼嚕，完全忘記了自己曾經立志要溫婉含蓄。

這個世界並沒有火鍋，這個青銅鍋還是瀟箬自己畫的設計圖，向鐵匠訂製的。

從第一次吃到火鍋開始，這種奇妙而美味的吃法就深受瀟家老小的歡迎。

不過炒製火鍋底料所須的香料昂貴非常，所以瀟家吃火鍋的頻率並不高。每次出現火鍋大餐，除了年節，就是家中有什麼大事發生時。

「嫋嫋，吃點五花肉，這個香！」岑老頭溺愛地想把剛燙好的肉撈到瀟嫋碗裡。

突然他右邊的林荀伸出筷子，飛快將鍋裡肉片撈走大半，全放在瀟箬的碗中。

「你！」岑老頭氣得白鬍子翹上天，怒瞪這個不知道尊老愛幼的渾小子。

瀟箬無視熱切討好的狗狗眼神，清清嗓子道：「我有件事要宣布。」

圍坐在小桌旁的五人都停下手上的筷子，聽一家之主的發言。

瀟箬沒有拖延，直接道出今日的決定。「咱們家要搬到盈州去。」

搬家是大事，更何況是搬到千里之外的國都。岑老頭不解，問道：「怎麼突然要搬家？咱們不是住得好好的嗎？」

習慣了瀟箬作為一家之主，平日她的決定向來是沒有人會反駁，搬家這樣的大事也是如此，因此他也只是發問，並沒有表示反對。

努力無視林荀越來越亮的狗狗眼攻擊，瀟箬強迫自己不看旁邊明顯激動起來的人。

「今天鹿鳴宴後，兩位大人單獨找了昭昭，表示願意推薦他去國子監唸書。」

她將今日瀟昭之事慢慢道來，最後強調道：「昭昭雖然已經是舉人，但他才十歲，我不放心他一個人去盈都。」

搬家主要是為了寶貝弟弟，才不是為了那隻傻兮兮的狗子！

這個理由很充分，兩個老的都表示贊同，瀟嫋壓根兒沒有投票權，於是瀟家要舉家搬遷的提案全員通過。

火鍋好吃卻難收拾，飯後打發二老二小去消食，瀟箬和林荀一起動手打掃殘局。

瀟箬剛拿起一個碗，立刻被一雙有力的大手接過，再拿個碟子，繼續被接過……

「行了，我又不是不會洗碗。」瀟箬瞪了依舊亢奮的狗子一眼。

被瞪了林荀更開心，平日嚴肅的臉上咧開大大的笑容，露出八顆潔白的牙，灼熱的眼神緊緊黏在瀟箬的身上。

「箬箬，妳終於肯和我說話了。」無形的狗尾巴甩得飛快。「妳說搬去盈州……也有我的緣故吧？」

瀟箬感覺自己的耳朵裡都出現了狗尾巴飛速搖擺，劃破空氣的聲音，忍不住噗哧一聲被自己的腦補逗笑。

她輕輕推開靠近自己的林荀，說道：「行了，快去洗碗，搬家那麼多事，明天開始有得忙呢！」

嬌嗔的語氣像把小梳子，順毛梳得狗子通體舒暢，幹活效率快速提高，沒一會兒就把火鍋殘局收拾得乾乾淨淨。

趁著老的小的還沒回來，兩人貼著說了些小話，暢想了一番盈州的生活，之前彆扭的冷戰彷彿從來沒有發生過。

——未完，待續，請看文創風1226《藥堂營業中》3（完）

2023年12月出版

村裡來了女廚神

文創風 1215～1216

只要花點心思，小本經營也能成就大事業！
拿不出一大筆錢做生意根本沒什麼大不了的，
看她展現二十一世紀的思維，在古代餐飲市場引發一場革命……

恬淡暖心描繪專家／予恬

穿越到一個五穀不分、被當成膿包的女人身上，
宋寧真的是不知道該感謝老天仁慈，讓她有機會重活一回，
還是埋怨上蒼實在對她太殘忍，竟要在別人厭惡的眼光中生活。
也罷，既來之則安之，既然回不了現代，
不如老老實實當她的農家媳婦，順便做點吃食買賣補貼家用，
瞧她轉轉腦、動動手，白花花的銀子就飛進口袋啦！
只是生意雖然做得風生水起，宋寧卻始終猜不透丈夫的心，
畢竟他們兩個人不過是奉父母之命成親，
像杜蘅這般外貌、身材跟頭腦皆屬頂尖又知書達禮的男子，
真的願意跟她這平凡無奇的女子廝守一生嗎？

娘子安寧，閨房太平／途圖

2024年1月出版

小虎妻智求多福

她的婚事是不能輸的賭注，押錯寶都得贏，
且夫妻同船而渡，她絕不允許這條船翻了！
既嫁之則安之，以後請夫君多多指教嘍～～

文創風 1220 **1**

為讓東宮成為家人的靠山，寧晚晴決定嫁給草包太子趙霄恆，
孰料備嫁時又起風波，前世身為律師的她連上山燒香都能遇到案件，
她當場戳穿神棍騙局，再搬出太子的名號，將犯人送官嚴辦！
這些大快人心的事全傳到趙霄恆耳裡，他挑著眉問她一句——
「還沒入東宮就學會拉孤墊背，以後豈不是要日日為妳善後？」
趙霄恆不呆耶！她幫百姓主持公道，他替她撐腰豈不是剛剛好～～

文創風 1221 **2**

嫁進東宮後，寧晚晴迎來春日祭典最重要的親蠶節，
她奉命依古禮採桑餵蠶，代表吉兆的蠶王卻被毒死在祭臺上。
幸好趙霄恆及時請來長公主鎮場，助她揪出幕後黑手，才還她清白。
他分明是稀世之才，又穩坐太子之位，為何要偽裝成草包度日？
接下來，因趙霄恆改革會試的提議擋人財路，禮部尚書率眾鬧上東宮，
不過身為賢內助的她沒在怕的，當然要陪著夫君好好收拾這些貪官啦！

文創風 1222 **3**

「別的人，孤都可以不管。但妳，不一樣。」
趙霄恆的偽裝和隱忍，是想暗暗查清當年毀掉外祖宋家的冤案，
她豈能任他獨自涉險？兩人抽絲剝繭下，真相即將水落石出，
但一道難題又從天而降——皇帝公爹要太子削去當朝太尉的兵權！
寧晚晴滿頭黑線，太尉跟此案亦有牽連，這差事可是燙手山芋，
而且皇帝公公只傳口諭，連聖旨都不肯頒，如何讓太尉乖乖就範呢？

文創風 1223 **4** 完

朝堂之事塵埃落定，可寧晚晴和趙霄恆的閨房不太平了——
「妳不能一生氣就離宮！妳走了，孤怎麼辦？」
她只是要回娘家探親，忙於政務的他居然以為她是負氣出走，
這誤會大了，可他的在意讓她心中泛甜，他在的地方才是她的家。
但北僚來使又讓大靖陷入不安，還要求長公主和親換取休戰，
北僚狼子野心，這婚約分明是個坑，他倆要怎麼替長公主解圍啊……

藥堂營業中 2

國家圖書館出版品預行編目資料

藥堂營業中 / 朝夕池著. --
初版. -- 臺北市 : 狗屋出版社有限公司, 2024.01
冊 ; 公分. --（文創風 ; 1224-1226）
ISBN 978-986-509-484-3（第2冊 : 平裝）. --

857.7　　　112020314

著作者　朝夕池
編輯　黃暄尹
校對　沈毓萍
發行所　狗屋出版社有限公司
地址　台北市104中山區龍江路71巷15號1樓
電話　02-2776-5889～0
發行字號　局版台業字845號
法律顧問　蕭雄淋律師
總經銷　知遠文化事業有限公司
電話　02-2664-8800
初版　2024年1月
國際書碼　ISBN-13　978-986-509-484-3

本著作物由起點中文網（www.qidian.com）授權出版

定價280元
狗屋劃撥帳號：19001626
網址：love.doghouse.com.tw　E-mail：love@doghouse.com.tw